卷二·行走记

名家散文自选集

散文就是同亲人谈心

时间纷至沓来

陆梅/著

民主与建设出版社

① 和三角梅合个影

② 在亚丁和玛尼堆、苔藓

③ 在大理洱海

④ 在腾冲

陆梅在大理洱海

时间纷至沓来

目录

卷一 · 岁时记

卷三·读书记

卷一·岁时记

2012年1月1日　元旦/腊八

信　仰

卓越网上订的书，元旦第一天上午到，效率极高。

书单：《资中筠自选集》5卷，广西师大2011年版。

《玛格丽特·尤瑟纳尔——创作人生》，花城出版社2004年版。

给圣恩复习语文、英语。三天后考试。是她作为小学生的第一次期终考。我急，她不急，仍悠哉找乐，嘻哈串门。

看蒋勋《新编传说》。勒口一句话："美之于自己，就像是一种信仰一样，而我用布道的心情传播对美的感动。"

晚间喝茶，抄录《地藏菩萨本愿经》：

"慈因积善。誓救众生。手中金锡。振开地狱之门。掌上明珠。光摄大千世界。智慧音里。吉祥云中。为阎浮提苦众生。作大证明功德主。大悲大愿。大圣大慈。……"

《地藏菩萨本愿经》文字静美。恰应和了蒋勋对美的理解。美就是信仰。而我们用布道的心情传播对美的感动。

2012年1月6日　小寒

清　朗

今日小寒，又是农历十二月十三日。此前一日，农历十二月十二日，又叫百福日。《墨子·鲁问》：“今以一豚（猪）祭，而求百福于鬼神。”“活法儿”微博有人发帖：“立百福之基，只在一念慈祥；开万善之门，无如寸心挹损（淡泊谦让）。”

再说小寒，俗语云：“小寒大寒，冷成一团。”即为三九隆冬之时。此时“寒性凝滞，寒性收引”，正是关节痛、颈椎病、脾胃病易发之时，要保暖，少进补。《粥记》：“每日起，食粥一大碗，空腹胃虚，谷气便作，所补不细，又极柔腻，与肠胃相得，最为饮食之妙诀。”

医院探病回，开电脑，抄录一段来自一个外科新兵的日记：“我们都要好好活着。温良恭谨。正直善良。无悔于心。怀有理想。我们都要好好活着。每一天，都要好好地吃早饭。不要大鱼大肉，不要餐餐饱食。吃本地的，应季的食物。知其寒热温凉。频繁小口地喝温水。多饮茶。……我们都要好好活着。”

今日小寒，告诉自己：要保暖，少进补。内心清朗，朴素生活。新年伊始，开个好头。《周易·系辞》曰：“君子敬以直内，义以方外。”敬乃立身之道，义为处事之道。说的是内心正直、做事有原则。一个有主见的人，气质是清朗的，就像冬季雪晴后的空气。

2012年1月11日　多云

餐　聚

昨日中午，偷闲和白桦夫妇，旅居澳洲的黄文生、王亚法及沪上笑星王汝刚餐聚。王亚法做东，在番禺路、延安西路口的翠蜓轩酒家。该酒家隐在龙之梦大楼后，墙面饰以一巨型鸟笼。王亚法、白桦、王汝刚都带来了自己的著作。白桦是我一向敬重的老作家，他的小说集《蓝铃姑娘》、长诗《从秋瑾到林昭》，我们曾为他开过新作研讨会，反响热烈。获赠王汝刚写他老搭档李九松的文化随笔一本。王亚法第一回见，他的《张大千传》，砖头一般厚，学林出版社熟友褚大为责编。久不见大为，他也是我写的书《谁在畅销》的责编。世界真是小，有缘就得见。黄文生第二回见，他和王亚法都热心交友，早年在澳洲打拼。如今已然念念思乡。

回报社，得空翻阅2011年11期、12期集团内刊《报刊业务探索》。文汇报总编辑徐炯一篇谈文汇如何"智慧立报"的演讲，颇有新见。择其要点摘录：

许多记者好像以为，稿子里有了某某专家怎么说，就有了“深度”，是“深度报道”了。这实在是大大的误解。要写深度报道，记者必须建立自己的专家后援团。要找对专家；要具备跟专家对话的能力；要跟读者一起追求深度认知。

网络媒体兴起之后，热点越来越多，而且快速切换。热点太多和快速切换，会屏蔽掉真正有价值、应当认真关注的人和事。

正因为今天读者的注意力不断被分散，我们需要不断强化他们对某个话题的关注和印象。

快而劣质，或者慢工出细活，我们总在选择前者。

2012年1月15日　阴有雨

农　具

周末，窝在家里翻书。今年1月号《作家》封面不再是作家的大头照，改以水彩插画，清新可喜。

作家照改在封二，这一次是阎连科。“作家地理”有他新作《711号园——北京最后的纪念》。篇幅看，应是长篇散文，一本书的量。开篇引子大气凝神。这个“711号园”就是去年夏天媒体炒得沸沸扬扬的北京花乡公园强拆对象。阎连科在这里租了房，和这里有了一段城市里的诗栖记忆，直至这个千亩绿地的消失。

第一章农具。阎连科总结农具最后的三个去处不一样的命运：一是被扔在田头化为黄土；二是被提回家，再无用处后再次走入炼铁炉；三是被偶然发现送到博物馆里。三种去处，表面看第三种是最好的命运，阎连科却给出了不同说法：“……这貌似通向神灵的座位，其实是一条最为悲哀的路途与去处。因为在那儿，它们将再也不是自己，再也没有安宁，再也没有新生的可能。”“博物馆是农具的囚室。”

在南方，农具的去处有点尴尬。城市化进程湮没了田间地头。“田间地头”已然成为一个意象，一种想象。昔日麦苗田地，如今拔地而起幢幢高楼。杂芜、密集、沉闷。那些农具如何消失？又消失在哪里？都不甚了了。真有遗落在地，也少人在意。

有一次，我在江南古镇见到一家有卖锄头镰刀的农具店。店里冷清，一整排簇新的铁器离地打着盹儿。木柄透白，铁器黑沉。镰刀、锄头、耙犁、洋铁皮簸箕……连同这家崭新小店，它的存在，本身就是奇迹。在这个小镇，农具的消耗微乎其微。它更似一间农具展示厅——博物馆的民间体。

阎连科如此叹息：“农具一词已古老得有了唐诗宋词的味道。城市人以分不出韭菜与小麦的差别而认为是一种体面的荣誉。”

2012年1月16日 小年

问 答

今日小年。抄录“活法儿”一则微博：

“二十三，糖瓜粘。”今天是小年儿，家家户户打扫厨房，以糖瓜献灶王，让他“上天言好事，下地保平安”。传说灶君爷上天专门告人间罪恶，“司命随其轻重，夺其纪算”，大罪减寿三百天，小罪减寿一百天。不信则无。但势必一年一度的大扫除即将开始，而炉灶象征着财库和全家人的健康，必锃新瓦亮。

想起《论语》里的一问一答：

王孙贾问曰：“与其媚于奥，宁媚于灶，何谓也？”

子曰：“不然。获罪于天，无所祷也。”

这一问一答很有意思。王孙贾话里有话。孔子的回答圆融中庸。可以这么理解，也可以那么理解。看你要哪一个答案。

2012年1月19日　农历二十六

买　花

年味日浓。今天是年前的最后一次报社编前会。到得早，李工照例已经到，正举着平日抄录的纸片念念有词。俯身探看，都是古人的好词好句，从尺牍上抄来。也拾得一句，马上记下："清洁芳风，良可玩味。"

下午，去凯旋路附近的花市买花。捧回三束桔梗、三枝腊梅。桔梗浅绿蓝紫，腊梅枝长花茂。真真清洁芳风，雅静可喜。日本很多作家写过桔梗花，脑海里翻出安房直子、樋口一叶，好像还有石黑一雄。曾在新出散文书《女孩四季》里，给自己挑了一种花：桔梗蓝的雏菊。买花时，还真有雏菊，惜乎颜色不对，温吞的粉和土黄，看着叫人黯淡。桔梗插在玻璃花瓶里，腊梅置于书房墙角。清香满室。

2012年1月20日　农历二十七

清　供

睡了个懒觉。起来看桌上花瓶里的桔梗花，绰绰风雅。花和一只金黄南瓜并排，与一堆书相伴，脑海里想起汪曾祺的一本书名：《岁朝清供》。

怕记忆有误，查了下网。曾看过日本推理小说家连城三纪彦的《一朵桔梗花》（短篇小说集，新星出版社2010年版引进）。此书获过日本直木奖和推理作协奖。东野圭吾的推荐语："我作品中每一位女主人公的塑造都借鉴了《一朵桔梗花》，因为这是唯一一部让我感到酸涩的小说。"

连城三纪彦，本名加藤甚吾，1948年生于爱知县名古屋市。

"女人如花，花落留香。"在连城三纪彦笔下，花就是女子，女子就是花。桔梗花是恬美、柔弱、清幽的指代。但是，在日本文学里，凡是美的东西常常也有魅惑人的神力，你无端地被魇住，直至以命相抵。

以花的凋谢喻生命之陨落。《一朵桔梗花》里的女子生活于社会底层，被大时代所弃，逃不脱花一样的流转凋零。唯美典丽的文字背后，是人性之复杂纠结。豆瓣上有人留言：“如果他是一位画家，那么他必定喜画枯萎的花，并让萎谢的花朵，看来比盛放的花更美……”日本人善于描摹恶之花。

写童话的安房直子更是将桔梗写成了经典：“用桔梗花染蓝你的手指吧！”《狐狸的窗户》里，小狐狸这样说。于是大家口耳相传，不约而同被这个故事所感染。脑海里翻出一片美丽的蓝色桔梗花田，天地一片蓝。读故事的你伫立在这一片花海中。理所当然的，一只可爱的小白狐悄然而至，托着一盘桔梗花汁冲你道：“染染你的手指，用来做成小窗……”这扇小窗，就像卖火柴的小女孩手中的三根火柴，点燃的那一刻，可以看到你渴望见到的景象。

安房直子笔下的桔梗花，纯美，魅幻，哀婉，淡淡的哀伤。

2012年1月22日　除夕

文字里的香

今天是大年夜，大寒后的第一天。天空飞飞扬扬飘起了雪花，细细密密的雪粒子倾空而下。终于在南方的上海见到雪，圣恩很兴奋。

上午去了趟久光百货。笑笑短信来：“梅子：下雪了！”

久光地下一层超市，收银处排起长队。同样排长队的是路面的私家车。人们行色匆匆，手提大袋货品，只为购物而归。归心似箭。

午后雪停，太阳下了无痕迹。云很快又收了去，一下午的阴。

与父亲电话，定下年初二回家。年初一母亲要去庙里敬香。

继续翻看新一期《作家》。阎连科的《711号园》。

年年岁岁年相似，总把旧桃换新符。

隔壁书房的三枝腊梅少了幽香飘拂，空气也显微浊了。

汪曾祺的《岁朝清供》读过又读，仍满口噙香。原来，最幽香不绝的是文字里的香。

比如《夏天》的开头："夏天的早晨真舒服。空气很凉爽，草上还挂着露水（蜘蛛网上也挂着露水），写大字一张，读古文一篇。夏天的早晨真舒服。"

就这么几句，神清气爽，勾起我无限神往！仿佛走进童年夏天的乡村早晨，屋檐下，草叶间，那闪着莹光的露水，一不小心，濡湿了你的发和眼。空气清新。

2012年1月23日　大年初一

日　常

窝在家里，喝茶，翻书，看《汉武大帝》。日常里的一天。黄昏时刻，下楼透气，自觉意志消沉，书写的心情散淡。

逛氧气生活店。店员小姐送了本2010年1月号《氧气生活》。这一期主题：日常一天。

这个日常一天，也是壬辰龙年的第一天。晚上借此主题，回想我的一天：晚起。一碗芝麻汤圆作为中餐。接着给桔梗花换水。悉心整枝，去黄叶。修饰过的桔梗花疏密有致，亭亭玉立。手机拍下“岁朝清供”一角。绿的叶，黄的瓜，浅白蓝紫的花，大叠的书静立在后。存作手机壁纸，是为纪念。

翻《岁朝清供》。汪曾祺的文字是竹林里的一阵清风。是雨后停在草尖上的露水。是闲步莲花池一径走，一径走，突降大雨，跑至小酒馆，与好友“两杯市酒，一碟猪头肉”的久坐。汪曾祺的日常一天。数十年后，他写了这日常一天的一首诗寄给与他对饮的友人。诗曰：

莲花池外少行人，野店苔痕一寸深。

浊酒一杯天过午，木香花湿雨沉沉。

买了两块棉布。大的桌布，小的靠枕套。皆白底印花，花瓣黑线勾勒，绿叶深浅不一。产自印度的WorkingHouse。大朵大朵的线条勾勒，清朗素颜。

《氧气生活》里有一个问题：如何理解“日常”这一个词？日，常。

有曰：日常，平时生活。

或曰：日常，即每日无常。

又曰：日常，就是平凡的一天。

想起顾随先生一句话：“以悲观之心情，过乐观之生活；以无生之觉悟，为有生之事业。”所谓日常，既是日日之有常，亦是每日之无常。

2012年1月25日　年初三

语　言

汪曾祺说使用语言，就像揉面。

“水和面粉本来是两不相干的，多揉揉，水和面的分子就发生了变化。写作也是这样，下笔之前，要把语言在手里反复抟弄。我的习惯是，打好腹稿。”

他这么形容写文章的“文气”：一个词，一个词；一句，一句；痛痒相关，互相映带，才能姿势横生，气韵生动。

2012年1月26日　年初四

看　画

下午去上海美术馆，看胡安·米罗画展。

南京路上人太多。美术馆也比平日嘈杂。美术馆门前一棵腊梅清气芬芳。深呼吸，满腹清寒的香。

米罗画展在三楼。7岁小童圣恩的兴趣果然比两个大人浓厚。兴致勃勃拉着妈妈主动讲解——

“你看这个细节，像不像一只蜗牛？”

“这是一只倒立的蜗牛。”

“这是一个小人人。”

“这是正反两头怪，身体是老虎的身体，旁边有许多小动物，还有一座宝塔。”

“看，左边是大鲨鱼的脸，中间是狐狸妈妈的脸，另外一边是小女孩妈妈的脸。”

……

继而强调：“妈妈，所谓的画，你不要把它当成画，你要把它当作生物或非生物，或者现实！”俨然专业讲解员的笃定。

看完画展，“讲解员”问妈妈：“米罗的这些画是他什么时候画的？”

妈妈回：“年轻时、中年时和老年时吧！”

她若有所思，兀自咕哝：“那就怪了，我怎么觉得是他小时候画的？……可也不对，有些画我也画不来，应该是他长大的时候画的吧？”

下到一楼，又在清冷的美术书店驻足。买画册和书若干：

《克里姆特·风景》，广西美术出版社2010年11月版；

《走过四季：油画风景写生》，张启彬、V.A.梅尔兹利亚科夫编，广西美术出版社2011年11月版；

《讲故事的人》，［英］约翰·伯格著，广西师大出版社2009年9月版；

《十二月花神》，焦俊梅编著，湖南美术出版社2011年6月版。

书店里还看到收有自己文章的《随笔的东京》，焦扬主编，上海少儿出版。为七位儿童文学作家赴日交流的随笔结集。不期然的遇见，亦算一乐！

回家翻克里姆特画册。克里姆特的风景画，爱用夸张的粗黑线条来勾勒花的形态。大片泼墨的绿和斑斓色彩，画里只有风景，没有人。布面油彩《有鸡的花园小径》，就是典型的克里姆特装饰画风。百花盛开的花园小径，两只呆头呆脑的母鸡站在空荡的小径中央，画面里有一种莫名的哀伤感和离弃感。人去楼空，花儿为谁开？

买下这本画册时不曾意识到，我办公桌上还立着一本《克里姆特——维也纳分离派大师》，河北教育出版社“世界名画家全集”一种。而此前去西班牙，曾在巴塞罗那的一家博物馆买回了几面精致的小镜子，那上面，就印有克里姆特名画《吻》——只能哂笑我那懵懂般的呼应与巧合！

克里姆特1918年在维也纳的家里脑中风去世，享年56岁。有一张摄于1912年的黑白照片，克里姆特穿着一件宽大的袍子抱着猫，站在他的画室前。稀疏卷发，深长额纹，修士般的衣着，和猫一样的眼睛，确乎与众不同。克里姆特不喜欢社交，作画之外爱在庭院里种花。那些花儿，繁盛惊艳。

2012年1月27日　年初五

画家笔下的树

翻看《走过四季》里的油画风景。

卡拉霍夫·尼古拉（1928—　）的画：被时间压弯的树干，古老的岩石，古怪的斑白的百年青苔，深金色的落叶，俄罗斯北方无尽旷野的静。……

瓦里切夫·伊万（1924—　）的画：斜斜的栏杆，靠近干草垛的马，无边的田野，在风中沙沙响的麦穗，秋天金黄的白桦树叶，轻盈飞舞的初雪。……

俄罗斯风景画画家，我还想起一位：西多罗夫。他画不同季节里的树，远树和近树，春天鲜绿的树和冬天枝丫光秃的树，树和屋子，屋子门前晒太阳的老人，说话的妇人，荡秋千的孩子，正午的寂静，暴风雨来临前的院子，荷锄晚归的农人，黄昏下收拾干草，初春疏朗的树影投射在大地上，金叶撒满小船的秋天，躺在树下酣睡的劳动的人们。……

西多罗夫的油画，每棵树都有生命。风景里的房屋、小河、森林、牧场……和每一棵树，都是他的家园。

凡·高也喜欢画树。他对树有一种天然的警觉与亲近。在写给弟弟提奥的信中，他多次提到树："有一座周围种植着榆树的大教堂，特别美。""海岸上的房子，都是用黄石头盖成的简单普通的哥特式建筑，都带有满植着柏树与其他深色常绿树的花园。""就在那个晚上，我从我的房间的窗口看房子的屋顶，看榆树的树梢，它们在夜晚的天空上显出一排黑影。"（1876年4月于雷姆斯盖特）

"上星期六，我又一次长途旅行到伦敦。我在早晨四点钟离开这里。公园里的榆树林荫道是昏沉沉的，穿过公园的道路是濡湿的，灰色的下雨的天空笼罩着整个公园。""这是一个晴朗的天空，我从这里到里契蒙，沿着泰晤士河，做了一次愉快的旅行。长着大量黄叶的高大的栗子树与明净的蔚蓝色的天空，倒映在泰晤士河里。透过那些树梢，人们可以看到位于山上的里契蒙的一部分地方。"（1876年7月于伊斯列瓦斯）

"从我的房间的窗口望出去，是一座栽着松树与白杨的花园，古老的房子的后边盖着常春藤。狄更斯说：'绿色的常春藤是一种奇怪的植物。'……"（1877年1月于多德列希特）

"我已经画好两幅素描：第一幅是《悲哀》……另一幅是《树根》，画的是沙地上的一些树根。我想在这幅画中表现像那幅人物画一样的感情。树根痉挛地、愤怒地攀在地上，已经被风暴从地里拔出一半来。在那个面无血色、瘦弱的女人身

上，也像黑色的多病的树根一样，我想要表现为了生活而进行的斗争……”（1881年12月于海牙）

凡·高还画过一棵橄榄树。茂盛的枝叶使力上伸，扭曲，翻腾，呼喊，仿佛时刻要燃烧。

约翰·伯格在《讲故事的人》里论述到“绘画和时间”：

“无论这画家是大师还是蹩脚的画匠，对于绘画的‘述说’不会有任何影响。其差别在于绘画所传达的：当作品产生的环境（赞助、时尚、意识形态）改变之后，画家所预见的作品的被观看时刻，与作品被后人观看的真实时刻的兴趣有着怎样的相通。”

“绘画是从过去接收的预言，是观者在那个时刻从绘画中所看到的预言。有些预言很快枯竭——绘画失去它的述说；另一些继续。”

2012年2月5日

摘　录

抄录周作人一段话：

文章的理想境界，我想应该是禅，是个不立文字，以心传心的境界，犹如世尊拈花，迦叶微笑，或者一声“且道”，如棒敲头，夯的一下顿然明了，才是正理，此外都不是路。我们思想自己最神秘的经验，如恋爱和死生之至欢之悲，自己以外只有天知道，何曾呻吟作苦，勉强写下一联半节，也只是普通的哀辞和定性诗之流，哪里道得出一份甘苦。

2012年2月14日

绿竹庵

"……次日，走绿竹庵，简梁上，有《维摩经》一部，缮写精良，后二卷未竟，盖无垢笔也。公取而续书之，如出一手。……"

张岱《陶庵梦忆》"逍遥楼"篇。绿竹庵，颇似正写着的儿童小说《小世界》里，格子在恩养堂后院看到的那一片竹海，扶疏蓊郁。那个老住持就住在竹海深处，取名绿竹庵。瘦猴见到的僧房只是她平日看书抄经处。

躲在这样一个幽静处，老尼姑每日里"读书其中，扑面临头，受用一绿，幽窗开卷，字俱碧鲜"。（张岱，《天境园》）

2012年2月23日

旧　地

今天是农历二月初二，“二月二，龙抬头。”民间有剃头日一说，也宜出行。

下午，去上海图书馆参加一个新闻出版工作的会。不待会结束，步行湖南路，特意拐进寂寂无人声的上海交响乐团——文学报以前的办公地。进文学报近20年，大抵有10年时间在这里上班。炎炎热夏，连同所有青春的记忆纷至沓来。

铁门进去，正对普希金像的小花坛还是老样子。边上一棵梧桐树都高过了三层楼，斜逸着身子，浓荫蔽日。原先的大办公室灯光黯淡，有人在里面打乒乓球，偌大屋子成了运动室。

往西走的大草坪，草枯黄着，未到返青时节。边上新栽了几棵阔叶芭蕉，惜乎叶子萎黄，不成样子。边边角角，也多出来一些建筑，设计成玻璃房子的咖啡吧。卵石小路，木头桌椅。静得只觉萧索。

出得乐团，沿武康路、复兴西路慢走。高墙内，倒是那些大树一派生机葱茏。一任墙外如何变迁，兀自深茂笃定。

拾得一句诗：“今日归来深竹坞，春灯补读未完书。”

2012年3月5日　惊蛰

好散文

今天是惊蛰。下了长夜的雨，晨起下楼，空气里飘荡着湿漉漉的清和新。

二十四节气里，立春和雨水之后，就是春意萌发的惊蛰。遗憾在城市里，着实感受不到蛰伏在泥地里的昆虫们被春雷惊醒的惊乍表情。但是想象一下也叫人欢欣！

小时候的经验翻出脑海：春意暖阳，万物复苏，乡亲们在田里翻土，小孩们跟着凑热闹。这时候的田野可好看！一锄头下去，总会蹦跶出几只呆头呆脑的螽斯、蛐蛐、蚂蚁、长脚蜈蚣、小鼠……它们一律混沌和被惊扰的表情，光天化日下，浑不知逃生。那蜷曲着的身子，阳光下显出明黄的色泽，微细的小胳膊小腿像是某种植物的绒毛，心底无端生出柔软的怜惜。唐朝韦应物有诗："微雨众卉新，一雷惊蛰始。田家几日闲，耕种从此起。"说的就是这个节气。

出地铁，往单位路上，一树树的茶花开得正浓妍。雨天，却将花儿们纷纷击落在地。撒落在树下的那一地嫣红花瓣儿，却是比开在枝头还要深情醒目。收到短信，我熟识的一位作家看了我责编的版面，对评论家雷达的长文《我心目中的好散文》大为激赏。这短信来的正是时候——雨天里相逢姹紫嫣红的好心情，亦是好兆头。

我甚少对“职业的阅读”留下深刻印象，总觉工作状态经手的文字和自己性情的阅读分开些才更明智。雷达的这篇《我心目中的好散文》，却是真心打动了我，且长久盘旋在我脑海里。我对他的那些高屋建瓴的理论和深刻洞见不陌生，真正打动我的，却是他在论述时把自己也融进去的那份真率和诚挚。他说：

“散文的魅力说到底，乃是一种人格魅力的直呈。……我也写散文，也想向我心仪的目标努力，却收效甚微。……蒙田的一段话，竟好像是为我而说的：‘如果我希求世界的赞赏，我就会用心修饰自己，仔细打扮了才和世界相见。我要人们在这里看见我的平凡、纯朴和天然的生活，无拘束亦无造作，因为我所描画的就是我自己。’如果有一天，我远离了我的朋友，他们重新打开这些散文，将会看到一个活生生的矛盾性格和一张顽皮的笑脸。”

2012年6月15日

乌　鸦

飞机并大巴，一路由上海到南昌，再抵九江庐山。入住庐山全国人大休养所。下午四点，阳光灿烂。待晚饭后看手机，七点半，天还亮着，与友人散步。

下午躺在床上翻书《庐山历史上的今天》。义熙七年（411）6月15日，诗人谢灵运初上庐山。与东林寺慧远法师结为忘年交。慧远圆寂后，谢灵运写下《运公祖师塔铭》。

不时听到乌鸦叫。呀！呀！地一声声在树林间盘绕。东京街头也是呀呀叫的乌鸦，盘旋在城市上空。清晨的马路上，行人稀少，乌鸦怡然地在垃圾桶上、斑马线上散步穿行觅食。此刻听到乌鸦叫，又是另一种状态——隐在山野树林间，任何鸟的鸣叫都自如得像一缕山风。

2012年6月16日

陈寅恪墓

早餐后去庐山景区参观，花径、锦绣谷、仙人洞、含鄱口和庐山植物园，在植物园看到陈寅恪墓。一般游客不知陈寅恪，也甚少来拜谒，幸而在喧嚷的景区获得一份清静。陈寅恪是江西修水人，墓地选在庐山植物园，和一山的草木结邻，甚是合宜。

墓地简素得只三块形状各异的石头。一块大石上刻着他写给王国维的名言："独立之精神，自由之思想。"令我想起湘西凤凰的沈从文墓。也是安于喧嚷市声外的山脚僻静处。墓地一块大石头，正面刻着沈从文手迹："照我思索，能理解我；照我思索，可认识人。"

巧得很，这一天，庐山历史上的记录，2004年6月16日正是陈寅恪墓落成仪式。这一年，距陈寅恪去世整34年。

庐山植物园1934年3月20日由胡先骕创立。胡既是中国植物学界的泰斗，文学功底亦深厚，文学史上留名。

在仙人洞看到石刻的四个大字——常乐我净。下午开文艺副刊座谈会，翻带来的书弘一法师《心经的力量》，恰巧提到这四字。敬录如下：

常是永久，乐是安乐，我是自由自在，净是纯洁清净。四个字合起来，就是永久的安乐，永久的自由，永久的纯洁。佛教最大的目标，不单说破人生是苦，而是主要的在于将这苦的人生改变过来，造成为永久安乐自由自在的纯洁清净的人生。指示我们苦的原因在那里，怎样向这目标努力去修持。这个境界，佛法叫“常乐我净”。

2012年6月17日

庐山图书馆

早餐后去看庐山的人文历史，第一站庐山图书馆。这个图书馆因古籍善本和大量的外文书而独具特色。西式三层小洋楼。外墙面刷成古朴低调的灰。灰墙面上五个任继愈手书大字：庐山图书馆。该馆创建于1934年7月。进大厅先见到一帧大型彩照。1961年8月，毛泽东在庐山阅读图书馆藏书。

二楼的外文书库里，一排排蒙着灰的外文旧书倚靠在书架上。有相当一部分是当年外国学生读书时留下。随手翻到一本书皮已脱落了的童书，插图精美。最后一页借阅卡还插在卡套里，抽出来看，一串外国人名，时间从1937年到1948年，此后再没有。时间的沧桑呼应着历史的陈迹。这本童书的借阅者，多半各自回到了自己的祖国吧？如果他们还健在，少说已届人瑞了。

第二站：美庐别墅、庐山会议旧址、庐山抗战博物馆。后者即毛泽东住过的庐林一号。方正宽阔的四合院，环山面水，正对着鄱阳湖，朗阔幽静。下午又去共青城市，拜谒胡耀邦陵墓。此后北京专家返程。我在机场附近宾馆住下，翌日飞往昆明参加一个儿童文学笔会。

2012年6月19日

法音　山风

今天由昆明到大理。清早出发，一路西行，大巴开了近五个小时。用过午餐后去崇圣三塔寺。

第一次到大理是在1996年。那时还没建起寺庙，三座塔下一排排小商铺，搭一个简易棚子卖大理石花瓶和缅玉、手镯、银饰。我搬回两个沉沉小花瓶。一个送了人，一个置于案头用作笔筒。平滑的肌理和天然纹路，大地、乱云、远山和树的黛色，浓缩于冰滑石头上，清冷，生动。

还有一事印象深刻。多年前那个下午，我和朋友们在塔下闲走闲看，突听得有人唤，抬头——远地遇旧友——是我以前单位的同事！如此巧遇，真真惊喜。

新建的崇圣寺正对辽阔洱海，背倚绵延苍山。俯仰之间，山水尽收。这是崇圣寺有别于都市庙宇的地方。和天近，和地近。和天地近的地方，更适宜拜佛静心吧。

在最高一层的大雄宝殿听到放音机里的唱诵。法音潺潺，美如诗篇。宝殿外有一圈长廊，苍山上的风拂来，真静呵。此刻，身心安宁。视线所及，皆成慈悲的源头，遍一切处，如海辽阔。“深刻而宁静，单纯而不复杂，纯净灿烂清澈，超越概念心，这是诸佛的心。”大抵，这也是“常乐我净”的境界吧。一个人如果真的能够做到永久的安乐、自由、洁净，就是佛了。向佛学习。

2012年6月20日

凤凰花树

今天到瑞丽。中午在芒市午饭已是下午两点，接着大巴又赶两小时才到瑞丽市。在中缅边界的桥岸边看到一棵高大的凤凰花树。大朵大朵的红色凤凰花从高空落地，“啪啦”一声，水泥地上尽是硕大的花和醒目花瓣。喜欢花的女子弯腰捡起一朵，脸上花一样喜悦生动。

2012年7月7日　小暑

梅子黄时雨

回了一趟松江老家。正是七月初夏，梅子黄时雨。

家门前绿意葱茏。春天里的新竹已一片繁盛景象，竹节翠绿可人。葡萄藤蔓越过黑色铁窗，爬上了二楼高墙，三五串葡萄悬在上面，清新可喜。蔷薇丛里顶出一枝嫣红花儿，晚放的花，边缘起了锈，却遗世独立地绽放着。开过金银花的棚架下，丝瓜藤蔓正蓬蓬勃勃，长势旺盛。菜园子就不用说了。庭院里，梨树的叶子掉得有点稀拉，满树的梨子正长个。大花盆里也不知母亲种了什么草（花？），一径绿着。那棵大桂花树，被我写进了散文《永恒的至福》，如今它休眠着，未到花开时节。

难得家人茶聚，少不了一个人——启智。我在写家乡的一些文字里，如此称呼他。他是我姐姐的儿子天天小时候的玩伴。难得今日天天也来了，因为暑假。过了这个夏天，他就念初三。启智呢，照说他早是大小伙子了，今年二十有二，阳光学校毕业，开始工作了。问他什么工作？他答："拧螺丝。"

又问拧螺丝发工资吗？他又答："现在没，很快就有。"

他说话的时候，还是眼睛向下，不看人。问他一句，他就答一句。细细看，他的眼眉和神情，还是多年前的样子。可到底，嘴唇周围漫出一片青春的胡子了。我有意和他搭话，问他算术，多年前，6岁的小天天和他玩得很好的时候，我也拿这算术来考他，我问他："1+1=？"他答"2"；那么"2+2=？"他答"3"；"那3+3呢？""等于4"……

他的算术连同他的部分记忆，还是停留在天天6岁时。我问他的时候，长大了天天就坐在我边上看书。天天善意地朝我笑笑，什么也没说，低头继续看他的书。

午后三时，睡午觉的也已经起来了，茶也淡了，姐提议去西林禅寺吃素斋。

我们到的时候，已是寺庙快要关门的时辰。香客只零星几个。安静得可以随处走，随性看。有个小女孩在桥下池边看水里的锦鲤。这锦鲤，颜色艳极！以前只见过红黄间色，簇拥在一堆，只觉混杂。这里的锦鲤，却是黄的金黄，无一丝杂色，像是皇帝那身上朝的黄袍披在了鱼身上。黑的呢，仔细看，竟不是黑，是深蓝！就那么一尾，也不扎堆，静默地游弋在大群鱼附近。还有一种纯白色！真正丝绸的白，轻盈地荡来荡去，许是在荡秋千呢。纯红的就不必说了，惊鸿一瞥。

姐姐因为刚写过西林禅寺，亲切感陡增，拉我去崇恩图书馆。小偏门进去，果然消汗的好去处。各类佛学杂志和书籍不少，可以随意看。有谁能想到呢，这样一个平日里恐怕香客游客簇拥，忙着烧香拜佛留影的喧嚷之地（如今哪里不是喧嚷之地呢？），咫尺之遥，却还有这样一处安宁角落？我们静静坐了一些时候。也翻书，也静心。图书馆的一面，齐齐整整立着一墙专业佛书，厚厚的精装本。站在这面佛墙前，我徒生一个词：皓首穷经。又心生汗颜。怎么说呢？恍然觉得我所有以往看重的那一点点成绩，是那么微小无力。在那面佛墙前，我只是一个初生的小婴孩。

所谓敬畏之心，大抵如此吧。

2012年8月7日　立秋

盛夏要过去

今日立秋，曾经很强大的盛夏就要过去。

延宕了很久的一个长篇终于在这个热夏收尾。

加拿大作家阿尔维托·曼谷埃尔说：“过去是不会真正离去的：我们正在经历着的一切仅仅存在于逝去的瞬间之中。”

2012年12月20日

鬼 神

冬至夜，明日冬至。

读今年最后一期《收获》上南帆专栏“关于泥土的记忆”文《风声竹林夜》。

谈到鬼魂问题。

南帆讲，很长时间来，不知道对于鬼魂问题如何表态。直至读到孔子的《论语》，《论语·述而》记载：“子不语怪、力、乱、神。”由此恍然大悟——可以存而不论，不置可否。他继而引用维特根斯坦《逻辑哲学论》的最后一个命题：“凡不可说的，应当沉默。”南帆认为，面对意识之外的一片巨大的神秘，凡人无法窥视，语言难以登陆。这时，缄口是正确的选择。

所以孔子还有一句话：“敬鬼神而远之。”

2012年12月23日

艺术和内心

读到一句很令我开启思路的话："你要觉得读者比作者大，你就按他们喜欢的写。你要觉得艺术比生活大，你才能在艺术当中。"

很多写作者都被追问过读者与作者、写作与生活之间的关系。"读者是上帝""生活是写作的源泉"已然唯一标准。可是郁闷的是，明明口不应心，明明还可以有更多精彩真实的解释，大多数的回答却总是叫人泄气。所以当崔曼莉不假思索道出她的写作观时，真想拍手称快！

一个尊重艺术、尊重自己内心的写作者，是值得信赖的。凡高对他的弟弟提奥说："没有什么是不朽的，包括艺术本身。唯一不朽的，是艺术所传递出来的对人和世界的理解。"年岁日增，越发地倚赖内心，遵从内心的需要。实则是为心灵的完善和超越而活。

2013年1月26日

维尔纳·贝格

周末天晴，三人去多伦路现代美术馆看画展。奥地利画家维尔纳·贝格的油画与版画。一至三楼，沿铁皮楼梯旋转而上，似乎经历了一个由暗而明的视觉体验。画都深有印象。大色块的灰和蓝。深浓的紫和绿。罩着袍子衣衫的雨中的路人。冷色调的神秘。路人的脸都沉思渺远。或者干脆只给你一个背影。可是这个背影是有表情的，还是，仍然是梦游般的恍惚与寂寥。

他画都市里的行人，精神病患者，睡着了的喂奶的女人；也画乡村生活的日常：农夫，女商贩，大公鸡，屠宰场……色块强烈，用色清冷。难得也有春天般的明媚，三月夜晚的村庄、晚近的天空、脱去厚衣裳的孩子……金黄的暖色调，在一片黑蓝中惊鸿一瞥。

还有一部分木刻版画。明晰勾勒，黑白分明。让人想起鲁迅收藏并喜欢的木刻风。有一幅老妇人的肖像，标题可直接取名《呐喊》。也让人想起蒙克。

翌日上班饭堂里遇见《新民周刊》主笔沈嘉禄，和他说起贝格。他送我一本厚厚贝格画册，真心喜爱！看画展就想觅这样一本画册，惜乎连一页纸也不见。果然，贝格的画受过蒙克影响。据其外孙维尔纳·贝格美术馆馆长薛荷先生接受中国媒体采访时说："我的外祖父贝格先生的确是把挪威艺术家蒙克当做自己的榜样，受蒙克影响很深。他的画介于具象与抽象之间，但却可以在生活中找到原型。他的画虽然描绘了农村的题材很多，但是却是完全的现代画，都体现了对美的追求。"

贝格1904年生于德国，后入奥地利国籍，1981年去世。大学学的是经济，却放弃在都市里工作，选择乡村，选择画画。

2013年2月3日　立春前日

真　相

又快到新年，年年岁岁年相似。晚起，出去早餐。回来时菜场对面买了一束腊梅。年还未到，腊梅开得早。今年的冬天冷冷停停，乍寒又暖，多日雾霾，空气混浊。

将五枝腊梅插在陶柱花瓶里，书房有了清气，幽香入肺。又将路上摘得的三枝小天竺插于大理石花瓶，红透的天竺子，映衬狭长绿叶，疏朗静美。

看叶弥发在新一期《作家》上的金短篇《亲人》。读到一句话："世界就是一张纸，轻轻一捅就破了。在破裂的地方她看到了真相，这真相就是爱。"

2013年2月9日　除夕

年又来

和姐约好，上午回松江。高速公路免收费，一路畅行无阻。

姐已先到，买了蟹蒸上。冬天的螃蟹，只只肥。父亲忙着下厨，转眼一桌子的菜，果然是圣恩熟稔并喜欢的：糖醋排骨、红烧麻雀、清水河虾、丸子鱼豆腐菠菜汤、炒青菜、姜渍海蜇、清炒草头加上大闸蟹。

父亲老了，烟戒了又抽上。不好多说什么，劝了无数次，只望他尽量少抽，他默许地点头。总是这样，说他，他也不生气，温和应承，可总是故技重演。父亲少言，性格沉静，爱抽烟喝茶。退休后突然少了寄托，开始搓麻将。但不因此沉陷，知道守时而归。

……是不是我们（我和姐）从父亲的老里都照见了各自的老？俱往矣，峥嵘岁月稠。那永不再来的父亲的好时光！我们都要这样老去，都会这样老去。

2013年2月10日　大年初一

一日因果

天气好起来，初见新年第一缕阳光。

决定出行，驱车往苏州，中途停古镇角直。

漆黑门面一路关张。拐进一条寂寥太尉弄，蜿蜒穿行，猛抬头，豁然开朗：喏，这才是古镇原貌！沿河两岸，铺面林立，店招飞扬，游人摩肩。阳光一览无余，铺排在那些闪着亮片的饰物上，晃得人眼花缭乱。保圣寺一墙明亮的黄。余烟缭绕。一早敬香的老妪，三三两两走在老街上。一律大红或大绿的方巾包住头。臂腕一个空篮子，笃定地说笑着。

古镇河道交织。穿巷走桥，很快迷了方向。三人夹杂在本地村镇的人群里，闲走乱看。一些年轻女孩，寒天里不怕冻，一袭白纱，裸着胳膊，穿成古装里的仕女，手拿团扇宝剑，摆成各般姿态照相。看她们妆后的脸，浮白着，平地一树假花。真真不美。

暖阳下，三人在香花桥畔吃奥灶面，简易长条桌凳，桌子铺了蓝印花布。边沿就是河道，摇橹小船悠悠自桥下过。等着面上来，也不急，晒着太阳看对岸的保圣寺。香花桥上流动的人，古旧的屋瓦，屋瓦上的三路神仙，一排柳树已爆出芽，面店的鼓风机呼呼响，大锅里热气蒸腾。狭长河道贯通西汇下塘街。

吃完面，驱车继续往苏州老城。车停东北街。这一带集中了苏州博物馆、拙政园、狮子林。博物馆门前排起了长队，为一个明代皇家古文物展。拙政园售票处也人满为患。小旗子到处晃，小喇叭到处响。本应清静的私家园林，哪容得下如此喧嚷拥挤。遂罢了参观、进园的念头。在街两侧铺面小店驻足。苏州人过年有卖鲜丽水果的。绿叶铺就的篮子，盛满蓝莓、草莓、杏子、青枣，红的红，紫的紫，翠的翠，黄的黄。一派姹紫嫣红、烂漫金黄。养了眼目，吃却不敢苟同。鲜果子似在糖水里浸过，堆叠得好看，面上却蒙着一层灰。若这“糖水”，还是色素勾兑，那可真煞风景了。

夕照时分，驱车往观前街。转转绕绕，竟开到一条因果巷，可是个好名字。就定在因果巷入住汉庭酒店。放下行李闲逛观前街。已然不见老街的影，哪里都簇新。簇新的街，簇新的店招，簇新的百年老店。得月楼预订已满，遂去隔壁王四酒家吃晚饭。明知菜贵得离谱，也不想找了，坐下点餐。鱼面筋咸、梅酱排骨甜腻而不新鲜。炒面很快冷下来，亦是咸。生意却空前地好。门童一直在拉门关门。总有游人投奔而来，等座也不抱怨。

饭罢兴起，去采芝斋茶楼听苏州评弹。终究是入乡随俗了，感受一回吴侬雅韵。时候尚早，我们是第一拨新客，被接迎到最好的位置，正对戏台。戏台形制小巧，仿成亭台楼阁。青琐绮疏，雕梁粉壁。一棵大树也是仿的，繁密枝叶浓绿，灯晕里投下漫漶的影。又来了三两人。我们的茶也上来。一迭声“新年好”的吴侬软语，娇俏着身子，高跟鞋“咚咚咚”的踩出活泼。是今晚单档的女演员。很快地换了衣，一身红底印花旗袍。卷发绾在后，脸容精致，开成一朵花——菊花，招呼来客点戏，生动利落。

唱戏的女演员脸都生动。昆曲的像兰花，京戏的似牡丹、芙蓉，越剧有梅花的影，沪剧似白玉兰，评弹就是菊花了。一瓣瓣围聚在双眼间，每一丝都笑得好看。好比曲子里的那些唱词，郎呀妹，秋呀思……“云烟烟烟云笼帘房；月朦朦朦月色黄昏……”声声婉转，娓娓道来。轻清柔缓，弦琶琮铮。从盘古唱到而今。朝欢暮乐，紫薇相对。

女演员唱唱歇歇。没人点曲，就与侍茶的闲话。这一晚，老客新客都不会多。茶淡夜凉，是该回旅店了。三人裹紧了大衣往夜色里去。

夜色里的观前街，一扫白日嘈杂，变得静谧婉约。玄妙观前走过，深红漆黄的门墙一闪，虚静的不可言说的幽秘。脑海里浮出一句话：“子不语怪、力、乱、神。”

今晚，我们住因果巷。

2013年2月11日　大年初二

时间的流淌

昨日兜兜转转，走进贝聿铭童年生活的老房子参观（现为苏州民俗博物馆），买书和明信片。书薄薄一册，名《老家苏州》，作者艾雯（熊昆珍），1923年生于苏州。早年迁居台湾。扉页有一帧黄永玉制的作者剪影，落款1945年10月。正是作者青春华年时。

买此小书，是被作者手绘的细笔素描吸引。老家的桥，一些江南习见的草本植物，桥安静地一跨。落着雪或波影摇动，一笔一画，都是乡愁。植物纤细静美，蝴蝶花豆、野塘蒿、满天星、望江南、大莎草、夜繁花、姑婆芋、葛藤草，草木春秋，岁月静好。

明信片是一帧树和树的投影。映照在粉墙一角。叶子落尽，枝杈疏朗。夕暮时分，天还蓝着，光影里泛着灰和白。静谧和辽远。每一个投影，都是时间的流淌。

2013年4月3日　清明前日

伤　逝

以为今天是清明。其实也一样，清明前日。在所有的节气日中，只有清明是最叫人唏嘘的日子。因为它在春天，万物生发的好时节。阳光正好，暖暖地打在身上。草木也清新可喜，萌出嫩绿，浓绿托着浅绿，层层叠叠，暖阳下闪着光。叫人特别想着出去走走，亲近自然天地的清和明。可愈是暖阳清明的好日子，愈生伤感。生和死是如此鲜明地提醒着你，天地永隔。生的人，站在时间的两岸，忆念彼岸。看到美的东西，身处美的天地，我们总是忍不住心疼。尖锐的疼，纠结着，探寻纾解的出口。

今天是上海文学界送别《萌芽》主编、作家赵长天的日子。这些日子，微博上、报纸上，不断地念记着赵长天，说着他的好。相熟不相熟，文学中人还是平头百姓。我们大家都唏嘘。因为赵老师的好。早上出门，心头一动，书橱里抽出两本《略知一二》。2010年的两期，上面有我的文字。都曾是赵长天的约稿。他办《萌芽》成功后又为小学生创办《略知一二》。他亲力亲为，每期一个主题，请不同身份的作者写，作家、编辑、老师、中文系学生……他自己动手，每期都写点评赏析文章，谆谆教导孩子们如何写好作文，感知文学的魅力。

现在我的脑海里还荡漾着他的笑和无语时的沉思。我们两个坐在昆明机场的候机厅里等起飞。我们同参加一个采风，我要半途回沪，赵老师也是工作缠身，于是就一起走。坐着聊天时，他说起三个开了头的长篇，惜乎没有整块时间。三个长篇构架都有了，还都写下不少文字了，只是结局还想不好，所以也不急，慢慢放着，总有时间。然后就跟我讲《略知一二》，怎么筹划每期的主题作文，怎么亲力亲为自己也每期写一篇，怎么去一个个学校跑，推广宣传……他真的是投入了巨大心力。他比较放手《萌芽》，匀出大部分精力放在《略知一二》上。接着又向我约稿，就是现在我桌案上的两期，一期主题“游记”，一期“一件难忘的事”。他都写了赏析点评。我曾在浦东图书馆的一次给小朋友们的讲座中用到。实在觉得赵老师的这杂志编得好，现成的教小朋友写作文的理想素材。于是就念了赵老师的一篇点评文字。

打开电脑没想着要写下这些字。就是这么巧，坐地铁路上，正翻看《略知一二》，电话响了，接力出版社的晓武，低低的声音问你来了吗，赵老师的会？刹那一怔。他是代白冰和黄集伟专程北京赶来的。两位领导都出差在国外。告诉他我没去悼念现场送，我们总编和记者都在，我守版面，等着记者写稿。我和编辑部同人都愿意为长天老师延宕交版。

好吧，今天天气清明，和风暖阳，我们在美好的春天送别美好的人。虽然、总是，美的东西不愿作久长的停留。

2014年1月7日　雨天

白桦先生

上午9点到报社，取了昨日鲜花网订购的香槟玫瑰——橙黄纱衣包装，粉色淡黄的玫瑰，明亮温暖。抱在怀里，很适宜这个冬季的雨天。坐车和同事去华山医院探望病中的白桦先生。

白桦摔了一跤，背部、腰部骨折性损伤。加之年逾八旬，经不起病痛的折腾。他真的是老了。余生也晚，不曾亲见前辈风华，脑海里翻出多年前和他一起去昆明，参加一个文学笔会。那时候，懵懂如我，还不觉得与他同行、听他娓娓而谈他在云南边地行路时的传奇是一种人生经见。他是一个有故事的人。在那样一种时代，文学不是历史的脚注。文学是血泪和悲怆。是一个个体的人在家国命运面前的心灵和道路……

看他只能静躺，白天也无法下床。整个人生成了“30度角”。吃饭侧身30度，由人喂。躺得过久，再作30度侧面透气。可是思路清晰，这就痛苦。他在承受。我在卡片上留下一句话：“祝福亲爱的白桦老师吉祥如意，快快健康。您永远是我们文学人的骄傲。”念给他听，他宽然一笑。

回报社编他去年冬天新创作的诗和创作谈，名之曰：“诗的动机”。颗颗文字饱含生命的温度。

好在还有文学。幸而还有文学。

补录一段白桦先生写给文学报的寄语——这是我多年来，听到的最珍贵、最高尚的声音。真正文学的声音，真正有尊严的写作的声音。因为这声音，文学才显出她尊贵的原色：

“朋友们或许不知道，站在当今世界的高度来看，中国上海有一份文学报，这是非常宝贵的。……显然，我们今天的文学报是站在寂寞的一边——站在众多文学追求者和守望者的一边。她用自身的形象，向公众越来越显示出她在社会文化生活中的重要性。无疑，历史将证明，她是寂寞荒凉中的一座花园，而且由于她的不断的努力，不断地创新和突破，她会越来越芬芳，越来越鲜艳。我们应该珍爱她，支持她。虽然我们的光亮很微弱、很微弱，但是，微弱的星星不是也能互相温暖、互相照耀么！”

2014年2月3日　初四

《驼背小人》

整理书橱时抽出了本雅明的《驼背小人》，一本温暖小书，回忆本雅明1900年前后柏林的童年。重读之时，晚饭后，擦干净的餐台上。

《内阳台》第一篇，再读，仍有新鲜的陌生感。边吃慈城买来的年糕片，“咔嚓”酥脆。老圣恩正用磨刀石磨一把新疆的英吉沙小刀，沙啦，沙啦，兴致甚浓。鞭炮声“噼啪”响起，提醒此时正是迎财神的时刻。总是那一套，实在厌烦。

这个时候，读到本雅明写：“……在这些通向屋后庭院的幽室中，时间变得苍老。”那些杂音渐次隐去，时间纷至沓来。

“柏林——那城隍爷本人——的领地从这里开始。在这里它如此完完全全地属于自己，以至于任何稍纵即逝的事物都无法和它相提并论。在它的保护下，空间与时间各得其所并融洽和谐，它们都俯首听命于它。……”

脑海里翻出前日在慈城老街的县衙，门内左右两厢两座神，土地神左侧，财神居右。人皆涌向右侧，不问缘由，上去就拜，虔诚之至。左侧供奉保佑五谷丰登的土地神门庭寂寂，原是今人的势利和短见。

2014年4月18日

马尔克斯辞世

马尔克斯今日凌晨去世，享年87岁。

在一篇他和门多萨的访谈中，他谈到写作的艰难，认为好的作家永远是孤军奋战的，谁也无法帮助一个人写他正在写的东西。

谈到写作技巧，他说："有些人只是罗列现象，而罗列的现象越多，眼光就越短浅；据我们所知，有的人则一味地雕词酌句，咬文嚼字。格雷厄姆·格林非常正确地解决了这个文学问题：他精选了一些互不相干、但是在客观上却有着千丝万缕真正联系的材料。用这种办法，热带的奥秘可以提炼成腐烂的番石榴的芳香。"

"我认为，小说是用密码写就的现实，是对世界的揣度。小说中的现实不同于生活中的现实，尽管前者以后者为依据。这跟梦境一个样。"

在我们办公室的留言墙上，有一帧题词是马尔克斯的，潇洒的手写体，翻成中文是："向文学报致以美好的祝愿。”1988年，他曾携夫人悄然来上海，下榻新锦江大酒店，为他头疼的小说盗版事。这句珍贵题词则是另一个话题。

2015年1月3日　冬至节气

外滩殇

元旦假日最后一天。时间倏忽，回忆不起来一日日都做了些什么，时间就没了。

回了趟松江。父亲愈见老，瘦黑。母亲尚健。数月没回家，总有忙碌事牵扯。和姐约好，在泰晤士小镇“吃茶去”相聚。姐泡茶，一家人围桌而坐。愈是这样的场合，愈感念聚少离多的日子。总是这样，难得的一聚，拢起来的温暖记忆，足够相抵日日的忙碌，月而复始，岁岁年年。

旧年最后一天买了束玫瑰，枝枝俏拔，花朵嫣然。这一日的外滩，照常有年轻人相携而去，跨年迎新。未曾料，却是悲伤跨年，36个生命在踩踏事件中意外身亡。公布的名单看，多为20岁左右的大学生。青春才开始绽放，花儿却夭折了。连着两日，纸媒、新媒都在聚焦这个意外事件。

2015年1月4日　晴

晴日杲杲，难得好天气

上班日，版面已节前安排妥当，和同仁们多放一天假。冬日暖阳下看书，顾随的《诗书生活》。此前对他了解不多，但一直记着他那句广为流传的箴言：“以无生之觉悟为有生之事业，以悲观之心情过乐观之生活。”

顾随身体状况不佳，而立有三，却自感“老境已迫”，上完课常常疲乏，甚而咳血。他有诗：“且将养病消闲日，拼着相思了此生。斗室向阳冬亦暖，坐看日影下窗棂。”

这最后两句倒是应我此刻的景。暖日冬阳照在沙发上，这会儿又移了位置。

圣恩咳嗽，未能去上学。难得她的读书日、我的工作日，大家竟都在家。祈祷她好起来。

午后，阳光甚好。只觉不出门走走，简直辜负了这好天。于是放下书，两人下楼慢走。圣恩时不时咳，又不肯做艾灸，没有气力，走不快。

闲走乱看，买了一杯抹茶拿铁。圣恩点了一块芝士蛋糕。

星巴克出来，继续漫走。这时段，正是她寻常放学时。行至小区路上，看到她的学校边门拥簇着一堆接孩子的大人，有意叫她看，她竟兜头就走，不愿停留，嘴边滑出一句话："我看到程晨了，快走！""啊！原来你是怕他看到你逃学！"她哼哼着，诡谲一笑。恐怕，所有的孩子，都是向往逃学的，真就经历了，也是不愿被同学看到的。好比拥有了一个秘密，私心里不想被人知道，捂住就好。

买两斤小橘子给圣恩吃。金灿灿的蜜橘，碧绿叶片还在上面，煞是好看。

复回楼上，真就"日影下窗棂"了。一天的好阳光就此收束。看墙上挂钟，时间是下午三时半。没有阳光的白日，已近黄昏的苍茫了。日短夜长，薄暮气象。

2015年1月5日　雾霾日

买　书

突然升温的天，郁闷潮湿，叫人不爽。上班收到网购书：《傅山的世界：十七世纪中国书法的嬗变》（白谦慎著，生活·读书·新知三联书店）、《古诗源》（清·沈德潜编选）、《耳语者：斯大林时代苏联的私人生活》（［英］奥兰多·费吉斯著，广西师大出版社），还有自己的书《沿途》，等广教社寄书不来，网上先买来三本。

送书的快递小伙子说："你这么多书还买书啊！"无语晏笑。确也是如奈保尔家书中所言：书读愈多，愈是有太多的书要读。

2015年1月16日　阴天

我们的沿途

周五，终于有一点自己的时间。想看书，又添了一堆新到的杂志，总也读不完，时间倒是“哗哗”流散，一个懒觉起床梳洗吃早餐整理房间……一应事务告一段落已抵近中午！

罢罢，不看书，不翻杂志，还有一堆文债等着，怎么使力也无用。遂开电脑，做第四届周庄杯全国儿童短篇小说大赛的复评。58篇电子版小说，要选出30篇，仅仅只是，换了一个工具阅读和工作。

收到W师微信，说寄赠新书《时间的两岸》收到，并问我姐出的什么书？猜想他是读了书里的散文《姊妹坡》。简单应付了一顿午饭，意外看到W师的微信，竟是为《时间的两岸》做了一个小小广告，有文字和书影为证（此书收入“陆梅心灵书系”，是旧书新出）。真真汗颜！得亦师亦友的前领导点赞，却也高兴。

电脑看小说，越看越冷。拿起手机，读到作家龚静发在朋友圈的文字和我递去的《沿途》书影——同一日，两位朋友不约而同晒我小书，真是意外又心生暖意！龚静的字照录于此，给自己一个纪念：

“嘿嘿，美书要配条美的围巾来拍。朋友陆梅的散文集《沿途》。写草木，写书，写走过的地方看到的人。美感在文字中绽放，思绪在段落中展开。书中文章有些在报刊上读过，有些是新读，刚拿到还未及细读，但陆梅的文章一向文字认真讲究，对人生细致体贴追索，常有共鸣，尤其我们都欢喜草木呢。她出生上海松江，我上海嘉定，感觉人文情怀上多有感同处的。记得2014早春有次大家都去开会，她说起这本在编选的集子，正为书名推敲，我了解了书的内容后，觉得书名就叫‘沿途’吧，一是书中有篇文章题为‘沿途的花事’，二是觉得草木人事正是我们的沿途啊。呵呵，看到《沿途》，真是开心的。”

提到《沿途》了，想起作家李东华友，于去年底收到书后的短信，亦是温暖知心之语，补录于此：

“我被你的《沿途》打动了，那带着禅意的有着幽微香气的文字，让我对自己充满燥气的内心感到自卑。你的散文自成一格，如果没有这样的像一枚围棋子一样安静的文字，我们的儿童文学该是一种什么样的得意洋洋的浮躁。

“大学的时候躺在宿舍里看到触动内心的好书，会啪啪拍床板，在办公室无床可拍，就会站起来外出，漫无目的地走上好一阵，直至郁郁苍苍的情绪平复下来。今天中午外出，北京天冷、大风、天蓝、阳光灿烂。尤喜《一日因果》这个名字，不知从何想起。好的文学都有神秘的成分，妙句偶得。”

得友如此会心之语，夫复何求！着实明白，能够记住、被敝帚自珍的，在在关乎美好回忆，也是你我在时间里的跋涉，一个人和他自己命运的友情。余下风一样流散的，是苍苍茫茫庸碌无常的人生！

2015年2月8日　太阳晴好

老bear和摩西会堂

记下昨日散步小区里看到的一幕场景：

垃圾桶上放着一张破烂的藤椅，一只硕大的老熊被按在椅子里，脑袋耷拉着，全身脏兮兮，两粒眼珠子委屈着，一脸无辜的样子。圣恩看到，多注意了两眼。妈妈起了个头："你看这只老bear，他肯定在说：嗯，嗯，我的主人不要我了……"圣恩接过话头，安慰老bear，"告诉你，今天晚上你来敲我家的门，记得，一定要在午夜十二点哦！"

一个童话故事的开头，妈妈脑补故事进展：

这天晚上，圣恩拖到最后一个洗澡。洗完了慢腾腾地穿衣、上床，再慢腾腾地整理一遍她的玩具们。这是她入睡前的例行功课。她的玩具实在是太多了：两只老鼠，两只兔子，一只紫色小熊，一个健达娃娃，所有的布偶玩具都要好好睡，不能挤在一起。

"哎呀，这样下去你被挤没啦！"圣恩对妈妈的嚷嚷不以为然，宁愿牺牲自己的空间，也要布偶们睡得舒坦。可让妈妈大跌眼镜的是，第二天早上，她的那些布偶们无一例外都掉在了地板上！

“我看你对他们也不怎么样嘛！”妈妈指指地板上摔得狗啃泥的鼠小弟揶揄道。

……

下午去摩西会堂，看到一些细节，可以为在写的小说补充元素。

三层楼的红砖洋房，木地板的楼梯和扶手。转角悬垂而下的犹太人影像，映在幕布上，有一种触目惊心。仿佛一个个的灵魂，眼睛洞黑着，穿越生死。他们住在这里，以这样的方式召唤你，提醒你他们曾经怎样活过。

一楼展示区有一间密闭的祈祷室。幽暗空间，一星烛火永远亮着，插在烛台上。借着这烛光，雪白房顶上映照出一个硕大的“大卫星”——犹太人的护佑。烛台几案上有本棕色封皮的《圣经》，是希伯来文。

2015年2月18日　大年三十　晴

出　行

除夕夜，驱车百余公里，从松江父母家出发，下去四点半抵富阳，住富阳国豪大酒店。

窗外爆竹阵阵，第一次大年三十没在家吃团圆饭。一家三人出行，想着翌日闲走乱看。晚餐没有第二选择，富阳城空静寥落，唯KFC灯火依旧，就在肯德基随意打发了一顿晚饭。人在旅途，简单亦好。

2月19日　大年初一　晴

如同山的隐衷

今日行游路线：富春江北岸→郁达夫故居（院子里拾得金黄柚子一只，香泡树下大水缸处）→鹳山公园（不高的山上，三两棵250年的古香樟，树身连理成三，甚是壮观。亦有严子陵钓台处）→驱车往黄公望隐居地（傍山路途，树木繁盛，记得的计有青桐、秃瓣含笑、紫花含笑、朴素、楮树、苦楝、槭树、枫杨……），沿途花木深幽、茂竹成林。拍下一组早春的花：腊梅未尽，梅花、茶花、海棠次第开放。小径无人鸟争喧，春阳日和花满天。→下午驱车往富春江南岸的龙门古镇，明清徽派建筑，陈逸飞的《理发师》在这里取景。古镇是孙权后裔最大聚居地。还是个相对质朴的生活区。祠堂里两桌牌局正酣的居民完全无睹一拨拨观望的游客。一只母鸡跳在孙权祠堂的石磨盘里啄食。墙上印着1960年八生产队公布包定粮食情况表。春播作物、水稻、小麦、洋芋奶、番茄……时间的苍茫感和历史的诡谲，如同山的隐衷，沉默坚韧。

2月20日 大年初二 阴有雨

桐君山

昨晚宿桐庐。早餐后驱车游桐君山。雨后空气清新。桐君山上遇叶浅予故居，双层的楼屋建于20世纪80年代，面朝富春江，坐依桐君山，简单朴静。

看到一些黑白照。叶浅予作为以笔投枪的文人画家，和张光宇、丁聪、王人美……合影。昨日世界的风华。

桐君山不高，山上有七层白塔，吐纳洗心。下山，驱车往严子陵钓台。富春江上坐船游“三峡”，两岸青山苍苍，江水泱泱。晚宿建德。

2月21日　大年初三　阴有雨

父母之年，不可不知

“父母之年，不可不知也。一则以喜，一则以惧。”（《论语·里仁》）孔子的这句话呼应了告别父母后的心情。

吃罢早餐退房，天阴沉着，昨下了一夜的雨，寒湿的薄凉袭在身上，瑟缩着，心情也跟着冷下来，决计打道回府，不去古镇梅城。倒也未有惋惜，虽未得亲历，脑海里却像是早存了一个。也好，记忆的延伸尽可舒展。

高速公路开了四个小时，下午一点抵父母家。菜早就摆好了桌，凉了又热。雨天湿滑，瓷砖地板擦了又脏，到处是泥印子。狗的脚印，大人小孩的脚印。晚了一小时的午饭吃得仓促，久坐又冷，就想着回自己家。父母也不久留，提了大包小包的园子里母亲种的蔬菜上车。车子开出水杉参天的华长路，转入高速路道闸后，脑海里蹦出孔子这句话，正是此刻我的心情。

2015年2月23日　大年初四　阴

电影《狼图腾》

一部近年值得称道的影片。丰沛磅礴，全无说教。可是意涵丰富的生命观、价值观不落痕迹地传达给了观众。呈现的和隐含的一样让人深思。比如草原“大命小命”观念：在蒙古人心中，人、马、牛羊、老鼠和狼等，所有这些活物都是小命，但草和草原是大命。草原没了，包括人在内的小命统统没命。草原生态链：也是草原生存哲学，做任何事都不能赶尽杀绝，给“敌人”“伤害你的人”留条后路，你也就获得了生存空间。电影里，蒙古老人毕利格对知青陈阵说：黄羊吃草，把绵羊吃的草都吃光了，狼吃黄羊，但牧民还是把狼捕杀的黄羊放了，为的是留下活的，狼明年后年还可捕杀，若是黄羊都被杀绝了，狼就要攻击绵羊……草、羊、人、狼是生物链，也是一种平等的关系。人和自然的相处与融合，关乎信仰，关乎生存智慧。

草原文化里，游牧民族对自然的敬畏，对苍生万物的尊崇，以及这个民族强悍的生命力，对生死信仰的皈依，都值得思省。

想起日本作家佐藤春夫一句话："一个民族如何选择文学，就会如何选择前途。"文学、艺术，无不如此。

2015年4月5日　清明

沿着那条我们从未走过的甬道

过去可能存在和已经存在的
都指向一个始终存在的终点。
足音在记忆中回响
沿着那条我们从未走过的甬道
飘向那重我们从未打开的门
进入玫瑰园。

——引自T.S艾略特《四个四重奏》（汤永宽　译）

姐姐在微信里发图，说爷爷的墓3月31日迁葬。小狗妞妞伫立田间地头做“最后守望”。清和明丽的阳光打在妞妞金闪闪的脊背上，晃得我眼睛生疼！家乡很快要被夷为平地，新一轮的旧城改造已全面启动——我在前一日的报纸上找到了佐证：“松江区旧改加速：让百姓早日解困，让老城焕发活力”，跨版标题粗大的黑字宣告了一个铁的事实：父亲母亲和村子里住了一辈子的乡亲都得迁往别处去居住。家里至亲的墓地也不得不迁出。古话说："穷不改门，富不迁坟。"万般空茫愁绪无语凝噎！

从此后，我再也不能早春时节念念着老家门前那棵紫玉兰，相逢一场"纷纷开且落"的辛夷花事；再也不能坐在庭院天伞般华盖的老桂树下，和家人一起说话喝茶、痴生梦也是香的欢喜了！从此后，"虽说故乡，然而已没有家。"（鲁迅）

心念一闪，想到这日凌晨的梦境，悚然一惊。清楚记得睡梦中突然感觉到我的床前站了一个人，明明含着笑，还是吓了我一跳。他似乎有话说，却被我的蒙头一惊搅了气氛。这个人，个子不高，穿对襟靛蓝粗布衣、束一袭大腰布襕，长及脚背的宽大布襕，装得下一个小人儿。他是我爷爷吗？把自己整饬得干净、古风，不论劳作还是去小镇街上喝早茶，都这样一副装扮。那是印在我脑海里的经典画面。果真是他，那么他想要跟我说什么？是来告别吗？还是为家乡容不得他的安宁想来托梦于我，要我记得那些将要和已经逝去的人和事？

在完成长篇儿童小说《格子的时光书》后，我曾起意写写爷爷——"一个人和他命运的友情"，余华对《活着》的评价令我心有所动，我也想写下一个故事，时间的故事——多大的主题也莫过于时间的主题，一切悲怆的故事莫不是时间的故事，所有浩大的成本莫过于时间的成本。书名我都想好了：《再见，婆婆纳》——还是以漫生野长的乡间草木为引子——

《格子的时光书》里是鸭跖草，这本爷爷的故事里是阿拉伯婆婆纳，它们都开蓝莹莹的小花，都是女孩格子熟稔并喜欢的。但鸭跖草花顶着晨露而开，只开一上午，太阳一出就凋零了。一如小说里格子和男孩小胖的叹息：原来美的东西都不长久啊……而阿拉伯婆婆纳却有着强劲的生命力，田间、坡地、山冈、坟头，到处是云母般闪烁着蓝光的小碎花。它们就像爷爷的生命。

我脑海里的爷爷可不单单干净古风，还执拗凶悍，小时候的我总和他对着干，想尽一切办法侵入他的领地。那些交织着争吵、赌气、和解、伤害……的日子，水一样漫漫开来，人生何其短暂，容不得我们徘徊、虚假。和格子一样，我在时间里看见了命运。有一天我在心里发愿：我要写写爷爷。还是以女孩格子为视角，还是以故乡小镇为故事发生地，我甚而还新备了一个本子，随手记下想到的素材。

如今为写这小文，我从叠叠复叠叠的书里抽出这个本子，扉页笔迹标着“2012年8月8日台风中”——我的怠惰啊，无颜以对！倘若没有家乡的拆迁，没有因为拆迁而不得不迁坟惊动了爷爷，是否我真就把这件事给忘了？爷爷偏偏早不来晚不来，就在迁他坟的当日进入了我的梦境，而事先我对此一无所知，父亲顾念我的忙碌不曾告知……

爷爷，是否连你也不满意我的一宕再宕？你一直对我有期待，期待我能为这个家做点什么……眼下、现在，我所能做的，恐怕只有写几个字了。可是我连这件事也做不好，难怪你等不及，亲自跑来给我神启……

“过去是不会真正离去的：我们正在经历着的一切仅仅存在于逝去的瞬间之中。”那个凌晨的“晤面”后，我脑海里总盘旋着加拿大作家阿尔维托·曼古埃尔的这句话。过去、现在，说的不就是时间吗？时间里的命运，和命运里的时间。

有那么一刻，当我意识到原来我可以用笔在纸上再建一个故乡时，所有堵在胸口的凝噎终于有了释放的出口！是呀，这也正是爷爷的期待！

我其实已经这么做了——《格子的时光书》里，我想象了一个芦荻镇：古旧的、安静的、水汽弥漫的，同时也是炙热的、沉睡的、午后的热焰“噼噼啪啪”爆裂的。还在童年里走着的女孩格子，就在这样一个古镇小街上游荡，百无聊赖，无所事事。

“格子的12岁夏天，是在暖水瓶的忧伤碎裂声中惊醒的。”这是小说的开头，我在敲下这第一句话时，似乎给小说定下了基调：忧伤的，懵懂的，惊醒的——是一个12岁少女眼中的世界。而我着力要刻画的就是这个叫格子的少女，面对一个复杂世界的所有感触、哀愁和心灵的激荡。我特意为小说画了一张人物关系图和小街平面图，我甚至还给小说勾勒了一个梗概。

有一天我写到多年后老梅、格子和瘦猴，昔日童年玩伴在芦荻镇破败的小街上不期而遇，老梅和格子不约而同问起了留在小镇的瘦猴——

“恩养堂的觉持师父还在吗？”

“早圆寂了。”

“那个叫静莲的小尼姑呢？”

“走了，不知去了哪里……”

“还有个和尚呢，叫静守师父的？”

“也不在了……”

“那恩养堂……”

“恩养堂还在，镇政府接管，还在边上建了一所养老院，平日里他们看护庵堂。”

“那就没住持了？”

“有，但是不常来，听说是一个叫觉守的大和尚兼着，他住别的寺庙……”

……

我流畅而不经大脑地敲下一长段文字，似乎本该如此，就是如此，这在我的写作经验里甚少有过。我似乎总在思考，字斟句酌，改改停停。我的耳边呼啸着老梅心底的呐喊：“小镇啊，你的街道永远寂静！没有一个人能够再回来说：你为何人去巷空一片荒寂？”

写这小说时，不曾想到有一天家乡要被夷为平地。然而家乡仍挡不住席卷而来的变化。曾经熟稔的山丘、竹林、田园、打谷场……仿佛一夜间消失。沿高速公路向故乡进发，眼前不断变换延伸的，不再是清风与花香的稻田，不再是喧腾璀璨一望无边的油菜花，而是高密度的楼盘、热气腾腾的建筑工地。

乡村的概念在改变。视野所及，不再有人种地，人人都向往城市。

记忆里的村庄不再。河流干涸，紫云英寂寞开放。大量外来务工人员纷纷涌进，向工业化飞速发展的城郊进驻。他们正以一种极其谙熟的姿势生活在我童年的村庄。

《格子的时光书》里，我有意安排了一个“插叙”，让读者从格子的小世界里抽一下身，回望或者远看，让长大了的格子踏上返乡之路，给家乡的孩子上一堂阅读课。等待她的，恰是多年前的自己。时间和空间，故乡和他乡，童年“梦中的真”和“真中的梦”，乐土不再的喟叹……以及一个游子所有的乡愁。但愿读者能够理解我的一厢情愿。

一直来，我很喜欢“童年”这个词。我在很多书里寻找童年温暖会心的细节。童年于我是这样一种存在：它静静躺在黝黑山谷间，始终在着，需要你去找回，去唤醒，去完成。而我的一遍遍重返我的童年，仅仅、只是，希图在纸上再建一个故乡——童年所在，才是故乡。

那天，从姐姐微信里获知家事后，晚间吃饭，我说与家人听，10岁小女哀怜地问："妈妈，为什么外公外婆家要拆呢？能不能不拆？或者是拆了还可以在原地改造？……"小女差不多快到格子的年龄，可她比懵懂的格子经世面得多了。

吃完饭，我净了手，悉心置放友人从金阁寺请回的香炉。我给爷爷点了一炷好香。我抄录了一节T.S艾略特的诗，念给爷爷听：

过去可能存在和已经存在的
都指向一个始终存在的终点。
足音在记忆中回响
沿着那条我们从未走过的甬道
飘向那重我们从未打开的门
进入玫瑰园。
……

4月5日记，时万物皆洁齐而清明

2015年7月19日

浪淘沙

久不记日记，日子过成了按部就班的忙碌与乏味。连写几个字的心思都生生荒疏，真真无法交代。

又一年喧天蝉声窗外响起，多么熟悉的声息啊，遥远的童年的回声，在《格子的时光书》里。

过完这个暑假，老圣恩就是一个行将毕业的小学生了，和格子一样的年龄。可眼前的她懒散，懈怠，很晚起床，不想做功课，躺地板上发呆。

脑海里记挂着要交的10月号“老圣恩故事”。不做功课，就干脆合力一起想写什么。老圣恩一拍脑袋，说写写奶奶的家。

啊，奶奶的家！这段日子来，我日益纠结的不就是童年的乡村吗？变化来得太快，以至于我怕面对童年乡村的消逝——可消逝已经在眼前。昨又回了一次家，这个村子大部分人家已经搬空，一幢幢高楼因人去屋空而顷刻间荒败，窗户和大门洞开着，像是硕大的乌压压的怪兽的大嘴和空洞眼睛。没有一扇窗完好，水泥地上落满了碎玻璃。风空荡荡无所隐遁。

这是2015年6月底回家第一次见到的场景。那时候暑热还未开始，喧天蝉声还没到来，徒留一个荒寂空村。一夕间，人的气息被卷走。敞开的院落里野蓟蒿草疯长。谁家的月季兀自盛放。值钱的树被挖走，留下一个个醒目大坑。驻足片刻，以为人迹荒芜的院子突地有动静。本能一惊，大白天遇见鬼了？没容思量，“鬼”从你眼前蹿出，原来是一只花狸猫。这才缓过神来，院子里集结了好几只猫，眼里满含觅食未果的哀怨和恐惧。心里一凉，这些猫和远处田埂上狼一样走来走去的狗，竟成了无家可归的孤儿！村子里最后的流浪者。它们的主人搬完最后一件有用东西后把它们抛弃了。谁会在意一只狗、一只猫的命运？旧家园不在了，长长的生计需要奔波，一只猫一只狗算得了什么！

我在破败的村子里走着，从东头到西头，沿着穿村而过的小河，又从南岸过桥到北岸，黑洞洞的窗门一律触目惊心，再视而不见也不得不见。维系我整个童年和青少年的村庄啊，如此脆弱不堪，不经推敲！那些岁月呢，过往的记忆呢，恩怨悲欢呢，统统随风而去。这里很快将被夷为平地，新起一个大的生态园。旧貌换新颜，良辰美景奈何天！

惊异于时间的无情。时间就是那只老狗，失魂落魄，被滚滚向前停不下来的时代抛弃。而所有裹挟在旧时间里的人无一幸免，成了那只老狗。

2015年7月23—26日

甘南采风

下午抵达兰州机场，同机有苏州的戴来。机场又遇河北的胡学文，昆明的叶多多，北京与徐忠志同行的王必胜、任林举、朱零，加上稍后到的天津的龙一，此行九人将同行几日赴甘南采风。

到宾馆入住后，去黄河边散步。下午四时半的太阳依旧很烈。黄河沿兰州城由西向东，将兰州一分为二，北面山石草稀，南面据说山高草绿，但是眼望南北，尽是高耸楼盘，参差挤挨着。黄河的水可真是实打实地黄啊，居然还有快艇和羊皮筏子在混沌的河水里穿梭——我这个孤陋寡闻的南方人真可怜见！沿岸游人如织，天蓝得不可思议，和黄沙滔滔的长河相映成西北明信片一景。

路上和昆明作家叶多多说话，素未谋面，竟一见如故。听她讲写西藏的唐卡、藏香和酥油花，很特别的题材。她还做制片人，拍小众艺术电影和纪录片，拿过国际纪录片一等奖，可是受众却有限，投入和回报亦不能相抵，常常要自掏腰包支付演员片酬，她也不以为意。叶多多身上有种奇异的多民族气息，父亲是彝族，母亲是回族，爱人是哈尼族，儿子的家安在拉萨布达拉宫脚下，典型藏族风格。和她聊天，感觉身上有种边地山林的神秘气质，呼应着土地、星空、深山、溪流……的万物有灵和宽阔纵深。没读过她作品，感觉有这样经历的作家，文字一定是她的信仰与救赎。

路上见到硕大的向日葵卖，还有新鲜核桃。核桃20元一斤。

翌日从兰州城出发，上高速路往甘南州方向。路上左冲右突各种车，噪声一片，空气糟糕。比之即将到来的甘南州，兰州城真的不干净。

路上开了大概四小时，经过和政县、临夏回族自治州、夏河县、临潭县。沿途见圆球尖顶的清真寺、回族人家的洁净小屋，很快又闪过藏民四四方方的亮黄屋子，闪过拉卜楞寺、桑科草原的路标。从伊斯兰风光到藏族特色，如此明媚和谐。

满眼绿的毯子，草原绿茸茸，无边无沿。黄的格桑花，白的豌豆花，紫色、蓝色的各种草原花点缀其中，间或跳出大片青稞地和油菜花田，柳树、槐树、杨树，低矮的玉米地……眼前一切，美不胜收。

下午到拉卜楞寺。长长的转经走廊，转经筒“嘎吱嘎吱”不停歇，边上五体投地长叩的信众，懒洋洋趴着睡的狗和猫，绛紫衣袍的喇嘛，乞讨的老人和双膝跪地的年轻女孩，茫然转悠的旅人，在庞大的静穆庄严的经院门前，统统成了一道明黄或朱红的背影。华丽神秘，却又不得其门。所谓众生微尘，我们都在通往自己的路上。“每天都要前进，因为你唯一的目的就是认识你的心灵及隐藏在其深处的神圣内涵。”（马洛伊·山多尔语）

晚抵临潭县城。第三天的行程，深入临潭乡村。上午驱车往昨日路经的观景台。登台俯瞰，四面环山，丘陵状梯田绵延县城四围，古城安伏其中。油菜花正开，明黄翠绿色色好看。

接着赴古战乡古战村。村子安静，三两个小孩长得眉清目秀，打路边走过，水泥路上牛粪踩了一遍遍。村里有座庵堂，供奉当地保护神。奇的是庵堂的建筑，玻璃门窗合围，外墙的门楣上姹紫嫣红，是村里画匠工匠描画和雕刻的吉祥图腾，很有民间的喜感。

有一幢叫尕路田的大房子，曾是回民群居楼。整个临潭县城，有清真上寺、清真西道堂、清真华大寺等几大古老的清真寺。在华大寺礼拜大殿的门口见到一块木牌子，上面粉笔写着一日礼拜的五个时辰——晨礼5：10，晌礼1：40，晡礼6：30，昏礼8：25，宵礼9：25。大殿圆柱子上贴着阿拉伯文和中文经句：“主啊！我向您祈求您的恩惠。”大殿内横铺着长条跪礼用的拜毡，正中间靠墙是经台。见到几样宝贝：羊皮手抄《古兰经》，扉页镶着金花纹饰；两尊明宣德年间的混金铜香炉，金石味甚浓。应我们约，请来一位阿訇手持羊皮卷经书，给我们现场念诵。声音似遥远的中古的唱念声，灵魂忽上忽下。

又去古洮州一处明洪武十三年（1380）的红堡子古建筑探看，隐在乡野巷陌间，一堆陌生人的闯入，惊动了邻家院墙上的猫狗鸡，顿时犬吠声声，此起彼伏。木结构的老房子，依稀可辨砌在门墙里几近漫漶的石头浮雕和“守辙”“通途”的字刻。刘氏家族世代居于此。主人小心翼翼取出明皇帝的三道圣旨，写在黄色玉帛织物上，尚可清晰展看。脑海里莫名跳出一句诗：“雅俗居然别，仙凡迥不侔。”

下午途经新城乡。俯瞰新城，一道明代古长城在黄土高坡上蜿蜒起伏。在古城的门楼处驻足，燕子高飞，天蓝得像个谜。历史在远处。

2016年5月3日

烧制汉语

收到黑陶散文新著《烧制汉语》，东方出版社2016年3月版。开本和装帧简净大气，系“生命呼吸·当代散文名家丛书”一种。同辑里还有王开岭、宁肯、周晓枫、蒋蓝、祝勇、庞培、格致、赵柏田、叶多多诸文友。

“烧制汉语”是黑陶的语词发明。此前的《中国册页》《漆蓝书简》随笔集，用作书名的语词搭配也充分个人化，都字字叩心、扪心。是一个写作者披沙拣金铸就的“金蔷薇”。录下的文字，皆一颗一颗“烧制”而成，烙上了鲜明个人印记。

比如这本书里，他说：“一个作家的信念、操守、沉默的力量以及内心对理想的执着与捍卫，在真正的读者那里，很容易判断得到。”“评论任何一个对象，毁和誉总是互相伴随。所以，一个作家的写作，听从自己的内心就已足够。”

他所追求的个人印记里，有曹操式的英雄心（“夫英雄者，胸怀大志，腹有良谋，有包藏宇宙之机，吞吐天下之志者也。”）；辛弃疾式的“烈烈男儿之气”；苏东坡“吾文如万斛泉源，不择地皆可出”的强烈气感；……乃至罗伯—格里耶强烈个人化的表达和坚定果敢的自由。

黑陶多次强调“江南的父性”。何谓父性？人习见的江南，是那个杏花烟雨、春水绿如蓝的江南，但在黑陶眼里，江南还有东部边缘的磅礴伟岸的大海力量，还有诞生出南国汹涌陶器的灼烫火焰。他意在写出这父性的一面，也即他的质朴、坚毅与深邃，“虽饱受磨难、历经沧桑却始终呈现的生命的勃勃尊严。”

“写作，就是将汉字，镌刻在纸上。”他强调这个“镌刻感”，是刀斧的痕迹，这跟“码字”完全是两码事。镌刻需要刀刀用心，使的是内力。凝神屏气的专注。

黑陶对独特语感的理解：“阅读的最终目的，从写作角度而言，就是寻找属于自己的语感。”火焰和太极，是江南精神，也是黑陶的生命密码。

他写“挣拔”：无论再多的书籍，人和文字，仍应时时不忘挣拔出来，呼吸野气。无畏无媚、勇往独行的野。

他强调这个“野”字。野生，个性，风骨，超拔，强烈的野心。也是他的内宇宙：“内心深处，需要存在大的东西。”

言及写作的个人性，黑陶提醒自己时刻要有如下视野：少年视野，江南视野，历史视野，中国视野，人类视野，宇宙视野。如果说“少年”和“江南”源自他的生命密码，那么“历史”“中国”“人类”“宇宙”是他期待焰火中重生的无尽之书。

2016年5月8日

时间纷至沓来

读到魏微在获第四届冯牧文学奖（5月7日，北京颁奖）时说的一段话，她回忆从1997年在《小说界》发表作品起，距今已20年，“搞不清这20年是怎么走过来的，好像每走一步都很清楚，但是笼统地回头看，就会有一种云山雾罩的感觉，……看不清自己的来路。”“总体上说，我认为我们每个人的一生都是一场‘魔幻现实’，细部是真实的，整体上显得很魔幻。”

深有同感！这20年也刚好是我进报社的时间，倏忽之间，人到中年！脑海里翻出四个字：苍茫四顾。

时间纷至沓来！

2016年11月9日

作家最重要的生活

大巴去无锡，天苍莽阴冷，参加一年一度上海儿童文学金秋笔会。今年笔会的主题：珍贵的记忆和文脉的传承——纪念陈伯吹先生110周年诞辰和追思任大星先生。任老9月22日凌晨在上海华山医院悄然离世，享年91岁。

会上来了不少老作家和老编辑。当年受过两位先生提携和激励，而今也走到了人生半途，有足够的交集和故事的老作家们回溯往昔，无不动情到哽咽。在他们那里，“生活不是我们活过的日子，而是我们记住的日子，我们为了讲述而在记忆中重现的日子。”（马尔克斯语）

大家感叹如今儿童文学作家都太忙，忙写作，忙校园讲座，忙各种阅读推广……似乎我们的儿童文学看到的是走秀，看不到像陈伯吹、任大星那样的前辈作家对文学的敬重。即便是开一个会也不得安宁，静不下心来思考一些问题，聆听一些声音。而作家最重要的生活，就是他的内心。

身处其中，念念所感。提醒自己，要持守本色和真心，活在简单纯粹里，有信有爱，看得到远方，拥有一颗悲悯心和宽容心。大抵，这也是文脉的意义。

2017年1月2日　多云

破执　和谐

又一年。发愿每日一记。（常常发愿，常常愿在更远处！）以此，不辜负时间的纷至沓来。

微信上都在告别2016，致2017。录下我的2016告别语：

援引孙犁一句话与友共勉：“文章做到极处，无有他奇，只是恰好；人品做到极处，无有他异，只是本然。”友人潘向黎留言：“至味只是淡，至人只是常。祝新年淡处悠然，常中吉祥！”吾心戚戚。

过去的2016，休再提他。匆促和忙碌，碎务与杂事，疲于应付，少有自我。

致我的2017：保持和谐，与心灵共生。慢下来，和自己相处。坦然，安然，本然。看见生命中光亮的部分。不要因为纠结于心的那些执念而错过在人生中的重要约会：认识自己。

2017年1月27日　除夕　多云

技术和时间

年假启动，晚睡晚起。起床梳洗时看了下墙上的钟，十点。对时间的流逝已经无望，再没有只争朝夕的急迫。该来的就来吧，接受一切。微信上一直是这一句签名：时间的可爱之处，在于它的不被利用。可悖谬的是，这个匆忙的时代，时间早就被打上价签。

中午三个人去看了一场电影《降临》。说的也是时间。时间的非线性，时间的洞察力。当你能够预知未来，预先知道自己的一生，你会改变决定吗？你对你的未来了然于胸，还会热切地生活吗？还是平静地佯装不知？

去超市采购回父母家的礼物。越来越对过年失去热情。年复一年，程式化、老一套的吃喝。不再有小时候对年的渴望——其实是对吃的渴望，还有礼俗和乡村野趣，全都消失殆尽。世界大同小异，一个大的地球村，过的是一样的生活，接收的是一样的资讯，刷大屏小屏。人类成了技术的奴隶。不再有古人与时间对坐的思省。技术可以改变时间吗？就像电影

《降临》里那样，将你的未来提早预知。可还是需要语言。需要理解和沟通。这么想，还不至于空悲切——起码语言、书写，你的文字还有用。当人类被技术绑架，语言和文字还可努力挣脱，尝试和自己相处，和自然天地、宇宙空间相处。外星人机器人都无妨。

以上，只就是一个涂鸦。表示对旧年一个交代。时间循环往复，纷至沓来。“一切的起点都将是终点。”（艾略特）

2017年1月29日　初二　晴好

山河万朵

阳光满室。昨回父母家，郁郁多云天，所见亦一派萧索荒疏杂乱景。车经老家华长路开过，已大变天，不见了路两旁壮阔的参天水杉，仅存的一幢两幢水泥高楼也已摧枯拉朽被推倒。眼前空荡荒芜。荒芜英雄路，想起张承志一个书名。

微信里读到一篇好文章。青年评论家黄德海发在当日笔会的《读字记》。有读者留言说，“许多闪光发亮的句子，照见了满是瑕疵的自己。”“早年读孙晓云女史的《书法有法》，获触类旁通之感，故认真读黄老师此文，却原来是宕开一笔唯论字里之法的，真好！”

恰正合我此刻的心情。想起胡兰成给他的女弟子朱天心17岁时的少作《击壤歌》写的序言，真想字字把来加圈。这里选录几则，书法确也其次，我更留意所写文字：

一则来于《五灯会元》，茶陵郁山主的悟道偈：“我有神珠一颗，久被尘劳关锁。今朝尘尽光生，照破山河万朵。”

一则德川家康的遗训：“人之一生，如负重远行，勿急。

常思坎坷，则无不足。心有奢望，宜思穷困。忍耐乃长久无事之基。愤怒是敌，骄傲害身。责己而勿责于人。自强不息。”

《圆觉经》中一段话：“善男子，一切障碍即究竟觉。得念失念，无非解脱。成法破法，皆名涅槃。智慧愚痴，通为般若。”（作者语，“读之能给人深广的信心”，然也。）

明治初期名震日本汉诗坛的小野湖山（1814—1910），96岁之年一首《雪中松》：“何羡百花艳，贞名终古謦，乾坤浑白尽，一树不消青。”

还有一节话，录自马可·奥勒留《沉思录》：“若你为周遭环境所迫而心烦意乱，要让自己尽快恢复到正常的状态，不要继续停滞在烦躁之中。只要你不断地恢复到本真的自己，你就能获得内心的和平与安宁。”

所谓“读字记”，参的还是人生。或如罗曼·罗兰言，“没有人读书，只有人在书中读自己。”读书人的修行，明心见性此其一，倘能寂然光动大千，真就是一个民族的生生之力。

因了好天气，中午饭后三人去鲁迅纪念馆。几树腊梅清芬扑面。馆内有鲁迅作品人物展。信步闲览，一路说与圣恩听。又一次惊异，鲁迅笔下的人物真就是活灵活现栩栩如生。孔乙己，祥林嫂，阿Q，闰土，九斤老太，高老夫子，魏连殳，涓生……个个在眼前走一遍。

甜爱路边门出。三人分骑摩拜、小鸣、OFO单车，沿四川北路去多伦路。看到左联标志，遂下车踏访。老式三层小洋楼，左联诞生地。脑海里翻出鲁迅和左联既亲密又疏离的关系，印在墙上的白纸黑字毕竟单一。历史没有唯一的真相。倒是丁玲用过的咖啡壶还簇亮着，静坐在展柜里，真想把它从玻璃柜里请出来烧一壶咖啡。

这个心愿在老电影咖啡屋达成。里头小坐，顾客不多不少，各自安静刷着屏。微信里都在晒好天气，瓦蓝云天，白梅、红梅、腊梅，甚而左联老洋房见到一棵桂树也在开花。季节轮转模糊，秋天的花树、初春的花树次第生发。

录下一句话：“纵然世界嘈杂，美好依然是生活的信仰。”以此祝福自己，祝福友朋。

2017年1月30日　初三　多云

祖国和世界

读完刘大任小说《当下四重奏》。妻子、女儿、儿子和留美的退休中国史教授，一家四个人的和声。四个人，都以第一人称自说自话，各奏各的，互不理会。当然也有你来我往，彼此补充或抵触，交织出这位简教授一生的壮志不已。

文化差异，代沟隔阂，时不我与的感伤，子女成家立业第三代出生俨然美国孩子的生活与教育方式和自己中国认同的纠结，都让简教授怅然若失，苍茫不甘。于是不告而别，丢下他的园林梦，去往台湾，他的成长地，再赴大陆，他的出生地。一生的困惑来自于他自己的心结：对家国再也挥不去的忧郁与苍凉。

看过刘大任写园艺的散文《园林内外》，小说里也有不少笔墨倾情他的庭院草木。奇石花草是他移情和寄托的理想国。但终究，寄寓海外日久，故国苍茫心愈甚。如何破，怎样解？以小说的方式，四重奏，四面佛，一个人不同的四个面向看自己。

历史没有唯一的真相，但每个人都会成为真相。

晚上翻杂志，读到诗人于坚一段话，作为对上述文字的旁注：“文学是对世界的回忆，文学是对世界的记录，一个作家的异同，就看你对世界的想象力有多强大，差的作家和诗人，写作没有细节，只有概念，只有大词。有了祖国才有世界，否则，就只有概念化的高速公路。”

2017年2月1日　初五　多云

马尔克斯回忆录

抵近中午才起床，这个年快要尾声了。翻过的书和正在看的书：

《闯入者》（短经典系列，安部公房）

《如此苍白的心》（［西班牙］哈维尔·马里亚斯，只翻了几页，罢了，看下去）

《重负与神恩》（［法］薇依，正读）

《活着为了讲述》（加西亚·马尔克斯，看了一半）

《月光下的冒险》（［英］马丽昂·圣约翰·韦伯，儿童幻想小说，童书作家孙昱翻译）

加西亚·马尔克斯的回忆录《活着为了讲述》才气横溢。生活在他笔下不只是经历，生活就是他活过的所有奇迹，妙笔点染，化腐朽为神奇，神奇就成了生活本身。毋庸置疑的语气，无可比拟的才华，对生活的反讽游戏，放荡不羁，自信和自负……像冒泡的沸腾片，“扑噜扑噜”往外扑腾。

刚进波哥大国立大学法律系报到，20岁的马尔克斯已在

《观察家报》文学增刊《周末》上发表了第一个短篇，42天后又发表了第二个短篇。文学增刊主编爱德华多·萨拉梅亚·博尔达专门撰文对他表示认可。

不错的文学开场。生活窘迫买不起书，想尽办法弄到书，在同学间借来借去，限时归还。出入学校附近的咖啡馆，为了蹭听当时哥伦比亚文坛巨匠们的聊天。他和嗜书如命的同学一致认为，偷听文学对话显然要比从课本上学得多，学得好。

有一晚，室友维加带来三本书，随手借给马尔克斯一本。没想到这本书唤醒了他的写作人生。“那本书是弗朗茨·卡夫卡的《变形记》，假传为博尔赫斯所译，布宜诺斯艾利斯洛萨达出版社出版，它的开篇就为我指出了全新的人生道路，如今为世界文学的瑰宝：‘一天早晨，格里高尔·萨姆沙从不安的睡梦中醒来，发现自己躺在床上变成了一只巨大的甲虫。’这些书很神秘，不但另辟蹊径，而且往往与传统背道而驰。事实无须证明，只要落笔，即为真实发生，靠的是无可比拟的才华和毋庸置疑的语气。山鲁佐德又回来了，不是生活在几千年前一切皆有可能的世界，而是生活在丧失所有、无法挽回的世界。”

2017年2月3日　初七　立春　雨水

一缕魂

节后上班日，看节前编辑拼好的大样，2月9日出报的阅读专刊。台湾作家韩良露的《不敢不乐》，有意思。摘选的一节谈李渔，他的《闲情偶寄》说开去，讲到种植，木本、藤本、草本、众卉、竹本，不经亲身体验，亲手种植，实难体会李渔生活美学之心。由此借用一个比喻，说“好比人和人的关系，赏花就如识人只得很表面的认识，没有真正生活在一起，是无法看出人的真性情的”“只有亲手种植的关系才能识得花草树木之魂”。

于是想起童年父母、外婆对屋前屋后草木的用心，乃至自己的种植体验。说到李渔对梅的推崇很有意思，不单生命力的强盛，竟还可看到“老年心肠”，坚强经得起考验。

遂念起昨日信步闲看，在阳光天里拍到的腊梅。因了蓝得清吉的好天气，一树树金黄的梅花枝头绽放，构成了再好不过的美照。发在微信里，写下一句：“清疏无所有，梅开天地间。”

评论家吴亮留言：“梅是民国的魂，吊诡的是，毛也喜梅花。”

我的回复：“清芬扑面，良可玩味。”

关于梅，确乎可作很多文章，倒也呼应了韩良露对草木的感慨，她写道：“我的阳台上各有一株樱树与梅树，如今人在中年，回顾青春、展望老年，开始明白人生不只要识得花草树木之名，也要识得花草树木之魂，才能明白做人处世之理，但要明白花草树木之魂，就不能不如李渔所说要亲自种植之方可明了，世间许多事不也这样，不亲身体验之，哪里能深入其心？”

补记：此后几天才获知这位台湾女作家已于2015年3月3日去世。那么这些生前文字，怕也化作一缕魂，去另一世界相伴相念了。

2017年2月5日　星期日　多云

生活不是我们活过的日子

终于把马尔克斯回忆录《活着为了讲述》陆续看完。录下扉页上一句话：

生活不是我们活过的日子，
而是我们记住的日子，
我们为了讲述而在记忆中重现的日子。

看台湾儿童文学作家、绘本创作和编辑研究者郝广才主讲绘本阅读视频，颇多感慨。不单创作和阅读，寻常为人无不如是：每一天，每一年，每一个当下时刻，我们经历、体验、探索、思考……那些我们活过的日子，是生活本身，又不仅仅只是为了生活。

2017年2月7日　星期二　晴好

仪式感

今日晴好，天蓝气清。送自己几句话："事到盛时须警省，境当逆处要从容。品若梅花香在骨，人如秋水玉为神。"

微信读到一篇文章，说我们人生中的很多无趣无聊是因了对生活中的小确幸熟视无睹，对每天一成不变的生活麻木无感甚至失望抱怨。那如何呢？这个作者强调了仪式感。他认为："仪式感对于生活的意义在于，用庄重认真的态度去对待生活里看似无趣的事情，不管别人如何，一本正经认认真真地把事情做好，才能真真正正发现生活的乐趣。""仪式感能唤醒我们对于内心的尊重，因而也能去尊重生活。"

虽像是一则励志帖，但很能够呼应我们麻木的心灵，所以管用。

所谓仪式感，实则是对生命的敬畏，是对生活的不苟且。

圣埃克苏佩里的《小王子》，小王子驯养了一只可爱的狐狸，这天小王子去看它。

"你每天最好在相同的时间来，"狐狸说，"比如说，你下午四点钟来，那么从三点钟起，我就开始感到幸福。时间越临近，我就越感到幸福。到了四点钟的时候，我就会坐立不安；我就会发现幸福的代价。但是，如果你随便什么时候来，我就不知道在什么时候该准备好我的心情……应当有一定的仪式。”

“仪式是什么？”小王子问道。

“这也是经常被遗忘的事情。”狐狸说，“它就是使某一天与其他日子不同，使某一时刻与其他时刻不同。”

2017年2月11日　正月十五　晴冷

李修文《山河袈裟》

才翻读三五篇，虽标目散文集，气象却盖过时下散文家散文无数。

看过的几篇，都是他行走山河的种种，自己的命运，他人的命运。文字里生长着关切，深挚的同情心和发自内心的悲悯。所谓袈裟，是自救，或也希图以文字度人？库切说：“设身处地为别人的生命着想，这是文学的高贵。”信然。

人总有困顿。何况深陷泥淖的他们。他们是谁？李修文在自序里说：“他们是门卫和小贩，是修伞的和补锅的，是快递员和清洁工，是房产经纪和销售代表。在许多时候，他们也是失败，是穷愁病苦，我曾经以为我不是他们，但实际上，我从来就是他们。”

他们都有故事，恰巧这位文字的游方僧路见了，旷野里一起走过，同行过一段困顿的日子。在《鞑靼荒漠》里是一个叫莲生的15岁安徽男孩。“人间亦有痴于我，岂独伤心是小青？”这个男孩从作者借给他的一本书里看到了自己。他明白了自己的处境：从芜湖的小村里跑出来，投奔做厨师的舅舅，舅舅也只够糊口，将他送到一座荒岛上。这座被群山和大水阻隔的荒岛有个好听的名字：孔雀岛。

男孩决定改变。他求告过路船家，要来蔬菜的种子。他开辟出一块空地，那是他的菜园，也是他的小小乌托邦。一个雨夜，为了菜地里的新芽不被摧毁，他竟然把自己的被褥高悬于树木之上，“而他自己，和新芽们坐在一起，放声歌唱。”

……

这是困顿里的现实，却让人发狂。

在《每次醒来，你都不在》里，是军人家庭出身的老路。初中毕业后参军，不到一年参加对越自卫反击战，战场归来，当过工人，结婚，生子，下岗，离婚，身无分文又回到父母屋檐下，靠打零工过活。有一阵当油漆工，爱在工地围墙上涂涂画画。有一天作者看到这八个字：“每次醒来，你都不在。”以为是对某个女人的表白。一次小酒馆里提及，这个一直沉默的男人突然嚎啕大哭，说那八个字是写给儿子的。儿子被前妻带到成都，出了车祸死了。

……

人在自己不能控制的命运面前该如何自处，又该如何与命运相处？

以前我会在文字里援引泰戈尔的诗：“世界以痛吻我，

要我回报以歌。”读李修文写下的这些人和命运，一时茫然无语。

在命运里的人啊，要抬起多少次头，才能望见蓝天？要睁开多少双眼，才能洞悉这全部的白昼和黑夜？

好吧，如果痛哭是天理，哀戚是命运，为什么不可以歌唱和微笑？

李修文的山河故事，似乎都要发生在一场雨夜里，有时是雷暴雨，有时滂沱大雨并闪电，有时冻雨，有时暴风急雨……

奔涌，激烈，闪电和雨水，狂野和奇异，在夜幕里铺天盖地。命运般的他或他们，就在这雨水里怨艾和狂奔。童年的一幕幕被蒙骗被斥责，继而被当作笑柄重现。雨水如果能够清洗一个人的创伤，那么就不断地奔跑吧！马尔克斯说：“如果每个人从出生到去世都可以只做自己喜欢的事——这就是幸福的秘诀。”世界何其大，就算命如蝼蚁，终归有你的一方花草河山。

2017年2月17日　周五　阴郁天

文章之道

看到孙郁在《人民日报》谈“我的文学观”的文章，有启发。这个栏目亦开设得好，有想法。文心，亦是今日文学教育、文学创作、文学理论、文学批评需要珍重的初心。“只有不忘初心，方能继续前行。”文心，亦是人心。

孙郁在谈及文学教育时言及“文章之道”——“我们现在的教育不太讲文章学，其实好的学者与好的作家都应该通文章之道的”。他提及了孙犁、汪曾祺、阿城等，这些作家既懂词章的深灵远意，又不乏文体意识和诗文表述的潜质。他又言及司马迁、杜甫、苏轼、曹雪芹、林则徐……乃至鲁迅、钱锺书、穆旦等，忧世传统、探索和新见、大爱精神和批判意识，“文学教育说到底是对于想象力与智性的培养，它不是框子里的说教，而是对于陌生的存在的发现和探究，是对于自我感知阈限的跨越。庄子的逍遥之游与杜甫的沉郁悲慨之气，以及‘五四’新文人的启蒙、救亡之音都可谓我们灵魂的前导”。

——说的仍然是“内面的世界与外面的世界的互感，诗外功夫与诗内功夫的融合”。

2017年2月21日　阴冷天

反辽阔

收到作家何大草赐稿《反辽阔》。大致浏览，即觉一篇“大咖写作课”，甚为欣悦。微信里先行谢过，大草回谢之余笑言：“给文学报写文章，必须用出洪荒之力！”当下一乐，果然如此，真就是文学报读者的造化了！

大草观点对我有启发。对小说家来说，“读得太多了，可能于理性有益，而于原创力有害。”他举木心和王小波为例，认为两人皆知识渊博，随笔写得智慧、犀利、雄辩，很让人深省，但是于小说未必。小说要的不是聪明。

他说萧红，萧红的《呼兰河传》薄薄七章，却是“单纯、丰富而抵达了无限的繁复”，那是因为有细节，茂密的细节，“植物枯荣、人的生死、童年的忧伤，都是活生生的”。

呼兰河只是一条河，不是大海，“如果萧红居住在海边，中国文学可能就少了一部经典……望洋不必兴叹，因为所有河流汇入辽阔时，都以泯灭自身为代价”。

又如张爱玲、汪曾祺，长项皆不在读书多，张爱玲“《红楼梦》是熟读的，而欧美文学经典几乎不碰，读到毛姆为止，再往上就免了”。汪曾祺60岁后重新开始小说创作生涯，儿女却反映“在家里不怎么看文学作品，无论是中国的还是外国的”。藏书也“实在是可怜”，《鲁迅全集》只有第一卷，恩师沈从文的书也只有一本1957年出版的小说选集……可他们却是难得的小说天才。有“自己的细腻、敏感的味蕾”，有“平静美，包含着情趣和意味。这意味，就是文人味”。

我读出了何大草的意思：小说家是文人，夸夸其谈者、知识渊博者可以做文化人（学者）。文人和文化人究竟不同。文人和时代的关系游离些，他活在当下，可是“不试图去超越自己的局限，不追求辽阔，不尝试史诗，一心写好短篇，把局限发挥到极致……”

大草在这里提了短篇，短篇确是更典型。恰好看到毕飞宇谈短篇写作，称“最好的长篇小说是作家写的，最好的短篇小说是作家让读者在自己内心去写的。”他甚至建议喜欢文学的人想要提高自己的文学素质，除了诗歌之外，最好的一个选择就是读好的短篇小说。

篇幅不是问题，所谓反辽阔，就是不求辽阔，安然做自己，局限有时就是完美。人重要的是与自己相处、与天地宇宙相处。这何尝不是一种相互的成全。

卷二・行走记

植物之约

我对新疆的认识来自多年前一个作家朋友——他同时也是一个狂热的摄影爱好者——从新疆带回来的大堆照片：沉睡的喀纳斯湖，夕照、炊烟下的白哈巴，远山、牧马被层次繁复的蓝笼罩着的那拉提，银白树干和金黄透亮的哈巴河白桦林，魔鬼城乌尔禾，吐鲁番汲水的维吾尔少女，春天黄色小花铺排盛开的赛里木湖，布尔津的落日、树和天空，广袤草原和湖海的巴音布鲁克……

我被那些色彩所惊醒。那一树树繁茂金子般的胡杨，那蓝得旷世寂寞的天空，超现实得近乎不可思议。人间真有如此绝美的静谧和澄澈？诡谲和斑斓？我有些恍惚，找不到一个恰切的词形容我那时的感受。

多年后，我从王彬彬《2012年〈回族文学〉读札》一文里获知一个叫冶福生的西北作家，他在一篇小说里写到村庄天空的蓝，“是那种让人心慌的蓝，那种一揭去蓝帷幕就能看到什么的蓝。”——眼前一亮，觉得王彬彬用“让人心慌”来形容天空的蓝，真是准确又尖新之极！也终于记起，曾经我被一大叠新疆照片所震慑，就是“心慌”这样一种心理状态——那澄澈无边的蓝，那璀璨透亮的黄，以强烈的视觉冲击，而令你瞬间眩晕。

然而我的新疆之行，一再地因各般琐事而延宕。或许是为回报我的一次次擦肩，2012年的8月和9月，我竟连着两次踏上新疆的阿勒泰和伊犁。如今我的脑海里回旋着那一路去过的地方，布尔津、五彩滩、喀纳斯、天池、吐鲁番、赛里木湖、伊犁将军府、巴彦岱镇、喀赞其、塔兰奇……我的饕餮大餐般的眼睛，来不及消化那一路的盛宴。而我的匆促的闯入和探看，也注定了仅仅是、只能是一个外来者的走马观花。

那么就说说植物吧。我的每一次出行，总忘不了对一朵花、一株草、一棵树的投注。我对某个地方的回忆，也常常是融入了某种植物的回忆。我的相机里永远装着花儿、草叶和树。尤其是树和树的天空。我的一次次行走，惯常姿势总是仰望，仰望远树和近树，一棵树、两棵树，乃至一整片树，它们在光与影之间细微的不同。

此刻，我的脑海里漫过在新疆路途上看到的树：白杨树、葡萄树、桑树、榆树、桦树、柳树、胡杨树、石榴树、沙枣树、无花果树、红柳、梭梭……不单是树，还有很多的草本植物。写《植物的故事》的英国《独立报》园艺版记者、专栏作家安娜·帕福德曾骑马与哈萨克牧马人亚历山大一起穿越中亚天山山脉。一路上随处可见贝母属植物、蓝鸢尾、荨麻、藏红花、郁金香、粉色樱桃、葱属植物、成片的紫罗兰、大茴香、紫堇属植物、叶子呈箭头状的黑海芋……“简直比哈萨克人地毯上的针脚还要细密。”

所有这些在东方遍地丛生的植物，它们曾千里迢迢，从中亚的故乡辗转迁居到了欧洲的大小城市：帕多瓦、普罗旺斯、巴黎、莱顿，乃至伦敦。它们在异乡被赋予了新“身份”，甚而脱胎为“新贵”。安娜在书里写到一个数据：“在15世纪中期到16世纪中期的一百年间，由东方引入欧洲的植物数量几乎相当于过去两千年中引入数量总和的20倍。”

这很令我感慨。一直以来，我从各种书里获知和认得那些“西方植物”，比如玫瑰，却恰恰是由亚洲引入欧洲才光芒四射。其实玫瑰叫不叫玫瑰有什么关系呢？牧马人亚历山大叫得出天山山脉脚下80%的植物通用名——梨是“格鲁沙”，荨麻是“克拉皮瓦”，鸢尾是“乌克拉”，郁金香是“凯斯卡尔达克”，还有那些美味的蘑菇——“西纳诺兹卡”！

还有菘蓝，也就是板蓝根、大青叶，可是维吾尔人给了它一个好听的名字：奥斯曼。叫菘蓝时，它是染坊里的染料；叫板蓝根时，我理所当然地视它为清凉解毒的草药。而在维吾尔人家的庭院、在新疆大大小小的巴扎上，它却奇迹般地重生，它有一个美丽的名字奥斯曼草，维吾尔女子用它来描眉生眉。

在新疆生活了20多年的诗人沈苇写过一本书《植物传

奇》，我在书里识得它，知道每一个维吾尔女子还是小姑娘时，她的妈妈都会用奥斯曼草汁给她描眉画眉。想象那些捣碎了的深绿汁液，丝丝缕缕被眉毛吸附、蔓延、生长，那是怎样一种草木葱茏的舒展！

那个下午，在伊宁市达达木图乡布拉克村的塔兰奇文化村，我邂逅了这种草。意外相逢，竟似旧友般亲切。阳光铺洒的庭院，我梦幻般重返童年——一位维吾尔族大妈在给小女孩涂抹奥斯曼草汁，我弯腰上前，也请大妈帮我画眉。有心的《伊犁晚报》首席记者卢钟拍下了这一瞬间。看到照片，真是喜悦！那个坐在我和大妈间的小女孩，抬起画好了奥斯曼眉的额，眼里盛满清澈和纯真，还有一脸友善的好奇——哈！是呀，这真像一个寓言，它以无可预知的方式把我带回小时候。那眉毛上的奥斯曼，是通向童年的桥梁。

很多国家和民族都有自己的象征植物，如白桦之于俄罗斯、樱花之于日本、郁金香之于荷兰、猴面包树之于南非……那么广袤深阔的新疆呢，似乎很难用一两种植物来概括。新疆的植物太丰茂了！只要有绿洲，就有树。哪怕是沙漠和戈壁，也都奋力长出梭梭、红柳、沙棘和骆驼刺。

在喀赞其坐“马的”，迎接我们的一条条巷道，齐刷刷都是树，大树，小树。刷着和天空一样颜色的维吾尔族民居，从洞开的庭院里看到更多的绿：葡萄架上挂着串串饱满透亮的葡萄，石榴树无花果树枝繁叶茂，各种鲜花长势兴旺。你走进任何一家庭院，扑面而来的肯定是遮阴的绿、绿、绿。炎热阳光泼洒在葡萄藤蔓上、无花果树的枝叶上，你站在绿荫下，看天看地，眼里都是斑驳的光影，恍惚有迷离之感——那是一个陌生的闯入者在维吾尔人家感受到的第一丝气息：绿气息。维吾尔族聚居的城市还有很多别的气息：香料的气息，经书的气息，尘土的气息，巴扎的气息，麦西来甫的气息……所有这些气息构成了一座城市的灵和魂。而所有这些气息中，绿是第一位的。

维吾尔族是一个爱树如命的民族，他们每到一个地方，决定居住下来时，首先要种几棵树，然后才是盖房子。维吾尔谚语："绿洲上没有树荫，还不如在戈壁滩上活。""在地下种树的人，能够吃到天堂里的果子。"所以你无论在城市的大街小巷行走，还是隔着车窗玻璃远望绿洲、农田、村庄和荒野，你总能够看到树。

我在伊犁将军府看到两棵120年的古榆树，沧桑浓郁。榆树的枝桠胡乱地向上伸展着。不讲章法的个性有点像胡杨，也是一径向上，自由随性，每个枝杈都乱长胡伸——不像南方的树，很多南方的树都被人为地修剪成球状、伞状、树篱状。尤其是主干道上的树，刚有一点儿繁茂气象，就被园林工人以养护为名不动声色地肢解了！

所以，我武断地以为，城市里的树不是树。城市里的树，可以是景观灯的依附，是聊胜于无的安慰或点缀，就不是一棵自然生长的树。自然生长的树在原野，在绿洲，在山谷，在森林，在很多爱树如命的民族间。沈苇在《植物传奇》里说到一些北方民族（尤其是阿尔泰语系民族）的记忆中，有崇拜苍天、高山和树木的传统，“认为树是天空的支柱、神灵的居所。”其实树神崇拜，几乎是遍布世界各个民族的一种习俗。有的民族甚至规定禁止去采摘树神上哪怕是一片树叶。那才是一棵树的福祉！这样的树，是生命树、灵魂树。

那两棵伊犁将军府大堂前的古榆树，肯定也是神树。大片大片长在绿洲上的野性的胡杨林、白桦林肯定也是神树。所以在新疆行走，你总会相逢一个个灵魂。它们或呢喃低语，或呼啸着舞蹈，或配以苍凉的呼告，或欢腾歌唱，或忧伤，或快乐，或激越……而你无论遭遇什么样的灵魂，最好的表情是学会一声不吭，懂得静立驻足。

安德烈·纪德在《人间食粮》里说：“自然万物都在追求快乐。正是快乐促使草茎长高，芽苞抽叶，花蕾绽开。正是快乐安排花冠和阳光接吻，邀请一切存活的事物举行婚礼，让休眠的幼虫变成蛹；再让蛾子逃出蛹壳的囚笼。正是快乐的指引下，万物都向往最大的安逸，更自觉地趋向进步……”

其实植物和人类一样，一切的灵魂挣扎与坚守，都是为找寻和静候一个让自己安居的家。

美的款待

对一个不吃羊肉、不擅歌酒的人来说，新疆的美真真无福消受，也无有资格谈论。可我又一次去了新疆，又一次来到神驰心往的喀纳斯。张承志说，在新疆他完成了“向美与清洁的皈依”（《相约来世》书序）——当你被成全了能够入门理解它时——这美会唤醒一种深刻的感情。浩瀚盛美的新疆，在我恐怕几辈子的人生去努力去抵达，也不得入其门！可是在喀纳斯的那两个日和夜，我确确实实领受了无限多的美意——有时美本身就是一种距离感，它需要成全，而不是占有。

这是第二次到喀纳斯。第一回是无尽的夏，脑海里独独留下群山郁绿——到处是绿，阳面草坡是绿，环湖四周的云杉冷杉落叶松红松和满目的白桦林是绿，那一刻，连我看到的喀纳斯湖也是绿的。如此泼墨一般的苍茫的绿啊，简直要把我整个的身心都染绿！这一回，可巧赶了个春夏交替。野芍药虽已呼啦啦开过，但是更多花儿正次第芬芳。黄的是野罂粟、蒲公英、金莲花、毛茛，蓝色紫色的小花最是惹人怜，阿拉伯婆婆纳、新疆风铃草、贝母、勿忘我……身陷喀纳斯漫漫花海，称自己懂植物是可笑的。镜头收纳了一帧又一帧道不出名的山花，各般形态，种种斑斓，我徒叹无知，此生我是连植物也入不了门了！脑海里跳出英国诗人丁尼生那句箴言般的诗：“当你从头到根弄懂了一朵小花，你就懂得了上帝和人。”原来你慨叹的，前人早就替你慨叹过了。大自然何其神妙，即便一朵小小野花，你以为懂得，却也未必能够。

那就单单赏个美景吧。俯瞰一弯又一弯蓝醉了的喀纳斯湖，云天相伴，山谷激荡，那样一种蓝啊，我寒碜的文字怎生描摹！罢了，罢了，那些绝美的天地宝物倘真能够明明白白道明了，我们又该往何处去魂牵梦萦？我们蒙尘的心又往哪里去清理？

新疆太大，喀纳斯地处牧区的阿勒泰，从布尔津县城往喀纳斯的盘山公路上，连绵起伏着广袤草原。远处的山麓、更远处的雪山，眼前一晃，平坦草原上撒落的牛羊群和哈萨克牧民的白毡房在你眼皮子底下消失，很快，同样的景象又在另一个牧区遥遥袒露。对一个怀揣美的向往的浪漫旅人来说，阿勒泰的夏牧场是美丽而迷人的——确实迷人，巨大的湛蓝天幕，云彩飘浮，无边的山峦草滩，牛羊成群，大地静默，万物呈祥，阳光金子般灼热……这是夏季草原的恩赐。一个旅人，只管接收大自然盛情的款待，而不必去操心牧人们的日常，转场、迁徙、鼠害、狼患、沙暴、严寒、恶劣天气……乃至和时光一样漫长的寂寞与孤独。

在美面前，我常常拙于言辞。比如喀纳斯当晚不期而遇的那个星夜——真真是星河无边的浩渺宇宙啊，那么美好，那么壮丽！那满天的星斗，不是一颗一颗，而是一团一团的银河系，水钻般镶嵌在低低的黑蓝天幕上。你走在清香阵阵的松林里，大路笔直，左右不顾，只一径往星空看，瞬间就飘离了地面，鸟一样轻盈低飞……原来，宫崎骏动画片里的那个童话世界是在着的，并非虚幻！凡高画笔下的星空同样也不仅仅是艺术的夸张！那一刻，我真真切切感受到：一个人若是持有对童话的信仰，那么他会拥有更多的心灵生活。

很久没有走夜路的经历了。城市里的晚上不叫晚上，声光电覆盖了一切。城市里的晚上甚至比白天还热闹，市声嚷嚷，星星们待不下，一下跑得无影踪。如此灿烂的天幕为谁开？为所有静默的大地和大地上珍惜自然、拥有更多心灵生活的人们。在喀纳斯，我感受到的不只是群山静默的神奇，还有草原上的牧人们永恒的信仰。信仰的呈现不单是宗教，还有比宗教多得多的美的追寻，比如对生活的歌唱，对自由的热望，纵马驰骋的民族，对自然天地和一切生灵存有一分敬畏，信仰于他们就是生活本身。

生活在喀纳斯湖畔的图瓦人祭山、祭天、祭湖、祭树、祭火、祭敖包，尽管图瓦人原木垒成的小木屋里，墙壁上高悬成吉思汗画像，佛龛里供奉着班禅，但这不影响他们对英雄的崇拜和古老仪式的虔诚。大地永恒而神秘，草原、星空、大树、绵延的山脉，都是他们的家。

第四届西部文学奖朴素而庄重的颁奖会现场，第一次聆听到图瓦人用一杆草笛吹出的天籁之音，真正的“动唇有曲，发口成音。触类感物，因歌随吟。……玄妙足以通神悟灵，精微足以穷幽测深。”（晋成公绥《啸赋》）原谅我对音乐的无知，此前我并不知晓那一管很普通的笛子原是蒙古族的传统乐器“楚尔”，由一种名为“芒达勒西”的苇科植物茎秆掏空钻孔后调制成，三个孔可以吹出五个声、六个音。神奇的是，那旋律完全靠舌尖来控制气量，喉咙的震颤发出和声。

楚尔乐曲《喀纳斯湖的波浪》从图瓦艺人的笛孔里飘出的刹那，我惊异得凝神而坐，肉身呆在那里，心魂情不自禁被牵扯，化身为喀纳斯湖岸边的一缕清风、一抹烟云……那样一种低诉，哪里是吹给人间的音乐，那么美，又那么神秘，夺人心魂，却又难以言说。

如果美也是一种神启，那么我在喀纳斯听到的“楚尔”和“呼麦”，遭遇到的黑蓝晶莹的夜幕，乃至深夜十二点喀纳斯湖畔云母般的天光，都是一次次心的唤醒。美，不仅需要成全，有时还是神启。浪漫和忧伤的背后，往往是一个民族寻美路上的爱和宽恕、尊重与悲悯、发自内心的人道主义。

我们的家园

这一年半载，但有时间，总想着回故乡。“虽说故乡，然而已没有家。”我耳旁呼应着鲁迅的叹息。这个我频频回望的故乡早被夷为平地。碎砖块水泥柱无序地裸呈，断裂处醒目的砖红惊心动魄，脚踩上去竟生出无由的慌乱感。

怎么回事？明明是自己的家啊，纵使家已成瓦砾，那也是熟稔的故土。细细想来，是因为静。止息的没有人烟的静。到处是瓦砾堆和疯长的野蒿草，间或蹿出一只白猫。无声一晃，转眼不见。我的不安和心惊又添了几分。我是谁？我来这里干什么？父母已搬去小镇安顿，最牵念的那棵老桂树也已易主……

无非“家”门前还有一株辛夷花树，三两棵枇杷桃李，一些被砍剩的竹林，和荒芜的菜园子。如果非要有个理由，再加上寄养在表哥家的大狗阿黄。这个行将消逝的村落，还零星残存着一幢两幢未倒的高楼，茕茕孑立。表哥家即是其中一户。

我确是为着大狗阿黄去的，捎带看一眼辛夷花树。每次看完阿黄，亲眼看着它急急吞下一根又一根香肠，想象它饱一餐饥一顿的日和夜，我都不忍直视。更不敢遥望它的未来。与其说我是对这只狗心存愧疚——父母家已不容许再养一只狗——不如讲我是无法直面我的失魂落魄。是啊，虽说故乡，然而已没有家！

恰是在这般心绪下，我随友人去了一趟金华的古村落。村落名都很好听：寺平村、岭下坡阳古街、岭下釜章村、塘雅、琐园……很契合浙西徽派建筑的古雅美意，白墙黛瓦马头墙，门楣窗扇梁柱遍饰雕刻，砖雕木雕石雕各般讲究。尤其敞阔聚气的厅堂——立本堂、崇德堂、崇厚堂、敦睦堂……端的是儒家“诗文为乐，忠孝传家”的敦本敬祖之风。

春阳早上，信步在窄长街巷里穿行，确有一种回乡的亲切。这个乡，是我们熟悉的远去年代的投影。曾经，我们的祖辈、祖祖辈在这样的老房子里繁衍生息。一个大家族衍生出多个小家庭，外姓融入，儿女成家，子孙满堂，村落自然而成。久之，家训、族谱、人伦秩序、乡规民约与古老的建筑一起构成了一个信仰的空间。

繁体的“鄉”字，右半边是“郎”。郎在外行游求学、为官经商……都把“乡”带在身边，所谓乡愁就是这样一份故乡的牵挂。李渔讲“不受行路之苦，不知居家之乐”，一个有故乡的人，失意时念念故乡的好，得意后盼着衣锦还乡，即便是久居他乡，也终要落叶归根。故乡的一草一木、一砖一瓦、湖畔海河……乃至最初的生命记忆、性格情感早就融在你我的血液里，成为我们一辈子的基础和精神依托。

可是，从哪一天起，村落空寂郎不回——城市化进程在改变着社会结构，城市人口涌动，乡村荒芜少人烟，这是近些年我们切身感受到的一个现实。一个村落如果没有了原住民，保护得再好也只是一具空洞的躯壳。村落的灵魂是祖祖辈辈生活在那里的人——这是郎还可归的“鄉”，若是连村落也没有了呢？真就应了《周易》的象数之学，简化的“乡”字，从此乡无郎！

金华的古村落虽也显寂寥，却还有人——自然以老人和孩子居多，这是眼下中国乡村的一个普遍现象：青壮年背井离乡去遥远的城市求学打工，独独留下年幼尚小的孩童和蹒跚老人相伴厮守。村落空壳化、乡村人口老龄化成了一段时间来频频被聚焦的话题。当这话题持续发酵，我们确切也感受到了问题的严重性。我看到一组数据：2000年至2010年，全国自然村由363万个锐减至271万个，十年间减少了90多万个，平均每天消失200多个，其中包含大量传统村落。伴随村落消逝的，是村庄的凋敝以及由人而衍生出来的民俗文化、土地情怀、人伦秩序……的难以为继。

当年李清照登上金华八咏楼，留下诗文：“千古风流八咏楼，江山留于后人愁。水通南国三千里，气压江城十四州。”李清照前后，沈约、崔颢、刘禹锡、赵孟頫、张志和……多少文人留下登八咏楼的诗文，八咏楼之于金华，好比枫桥、寒山寺之于苏州，黄鹤楼之于武汉，曲水流觞之于绍兴兰亭……“人已非，风依然”——那些使古迹、建筑熠熠生辉的，原是“风”里绵延生长的文脉。

“风”是什么呢？是礼节习俗，是文采风格，是一地一时的风尚，是千古风流的气象、风骨……我确是在金华古村落里感受到了“风”，比如塘雅镇的木版年画、江东镇的古婺窑火、岭下坡阳古街上的老人之家。相较多年前的“留不住人”，一些传统村落正在悄悄改变，懂得保留村庄的原始风貌，懂得开发创意吸引游子归家……“有时候远方唤起的渴望并非引向陌生之地，而是一种回家的召唤。”本雅明的话多么像是对今日游子的砥砺！

祈愿民间的“风”更多流传。唯其如此，方能“礼失求诸野”。

微尘众

惊蛰日，即兴起意出游。去哪儿呢？城市的周边大抵仿佛，处处是新起的水泥楼盘，挤挤挨挨铺排成一片片，高速公路上放眼望去，这里那里，遮天蔽日，简直密集到恐惧。久居城市的人终被城市所困。然而终是要努力，不放弃微小的找寻。

手机信手一点，导航到了金山亭林镇。好吧，记得友人说“亭林有个松隐禅寺，寺前有条小河，很是安静。”那就去松隐禅寺吧。松下风，林中隐。“松隐”两字，真真不负一座寺庙的名。向来有一个偏执，以为寺庵庙宇的理想之地该在僻静处、山野里，惜乎红尘更爱抱佛脚，城市内外哪还有清修小庙？

上午10点出发，驱车70公里，一个半小时的路，刚好适合临时起意。高速路到金山界，眼前突然敞亮起来，大片农田袒露，收割过的稻茬还留在田地里，也有才刚翻耕过，黑土醒目；闪过杉树林、香樟林、棕榈树和各种苗木的树林子，疏疏朗朗，深浓新绿；远近粉墙黛瓦的农舍陡然间一亮，那黑线条勾勒的悦目的白，放在这旷野里，竟似一个梦——好像哪里见过？噢，吴冠中的画！这倒给了我一个意外，“原来上海还有这么美的村庄啊！”话一出口，不禁哑然。有道是久在樊笼里，无意返自然，竟有些不知今夕何夕了。

车过亭林镇，以为松隐寺就在左近不远，却是越开离镇子越远，复又敞亮——又见大片农田、林子和村庄。只这村庄小楼不复是簇新的粉墙黛瓦，而是新旧不一的农家院落，驳杂，却也更见朴素。

松隐禅寺隐在这乡间。一条华严塔路指向明黄的院墙。这里定是了。真有一条洁净小河自寺门前流过，河上居然跨了两顶桥，一新一旧，皆名华严塔桥。旧桥建于清朝，和660多年前（元至正年间）松隐庵内的华严古塔相辉映。脑海里翻出一句话：“我们过桥，是为了从此岸到彼岸。”

彼岸正佛号一声，钟磬一声，法音潺潺。正待敛声谛听，突然又消隐了。边门进去，但见几个工人正忙着切割钢筋，地基已挖得丈把深，原来松隐禅寺正兴土木。迎面走来一位僧人，一袭袈裟，眉清目秀，微微颔首。以为是礼节性招呼，没承想师傅却道：“吃过饭了吗？”本能摇头。“现在还是饭点，快去吧！”说着指点：“这条路走到底右转即是，现在应该还有。”遂恭敬从命，感恩称谢。今天的第二个意外。

斋堂里一桌僧人，一桌工地工人，各自吃得安静，小声言语几句，陆续吃完离座。就近择了一张空桌子坐下，桌上有四个菜：芹菜百叶丝、清炒菠菜、香菇菜苋、红烧萝卜。清疏简淡。菜已微凉，米饭打来尚有余温，斋堂阿姨端来一碗豆腐蛋花热汤。竟然就安之若素地吃起来了，仿佛回到小时候的自家客堂。菠菜清甜，菜苋青嫩，米饭也是软糯可口。阿姨过来说："好吃多吃点。"三个人真就把桌上菜吃个干净了。放下碗筷，见阿姨正双手合十，恭立在弥勒前。心下忖度，这阿姨是居士吧？吃斋念佛，斋堂忙碌，不披袈裟，也一样修行。想起我在小说里写到的一句话："庙外俗事，庙内佛事，心静时，庙里庙外都是佛事。"也是，一切众生本来都是佛。

饭后在寺里踱步。不闻人声，不照人影。僧人大概都打坐去了，连工地上的工人也都止了息，不知在哪个角落打盹儿。如此静寂，步进殿堂内更不敢轻慢。藏经楼一楼的法堂内，两边桌案上置有一叠金黄色封皮《地藏菩萨本愿经》。信手翻开，小声诵念："慈因积善。誓救众生。手中金锡。振开地狱之门。掌上明珠。光摄大千世界。智慧音里。吉祥云中。为阎浮提苦众生。作大证明功德主。大悲大愿。大圣大慈。……"殿内阒静无声，桌案上的引磬、木鱼、云板、铙钹，以及佛前的净瓶、香花、紫金钵盂、花幔、香炉统统静谧得不由你心一颤。它们都在谛听，牵引着你摄受身心。你立定在那里，无有杂念，心怀踊跃。此种奇异清明的感觉是今天的第三个意外。

手机录下了寺内石柱上的两首七律，皆为吟咏松隐禅寺的古诗。其中一首，元朝王逢的《题松隐庵》：“一片流泉泻玉虹，九峰分绕梵王宫。雨余清气来天上，风定鸟声落坐中。松叶昼昏云欲合，藤花雪白径微通。老僧异我君亲念，一卷琅函答太空。”大抵可以遥想昔日松隐庵的蓊郁扶疏，老僧黄卷经书：“扑面临头，受用一绿，幽窗开卷，字俱碧鲜。”（张岱《天境园》）

《金刚经》里说“微尘众”，多到像沙尘微粒一样的众生，在六道中流转。果真如此，一切的起点都将是终点。时间无限循环。世间万物重重无尽，小到极微之微，念念成形，形皆有识。这是佛法世界里的修行。读书人的修行呢？明心见性此其一，倘能寂然光动大千，以美的心唤醒人的心，进而真正地完成人们的生活，真就是一个民族的生生之力。

出得庙门，想起今日惊蛰，下过雨，空气里荡漾着湿濡濡的清和新。跨过旧桥，复归此岸。桥岸边一畦青菜是明翠的绿，萌着一层白，像是少女的脸，一脸明媚的天真气。叶片上聚落着一颗颗的雨点子，水钻般发亮。忍不住去逗弄水珠子，亮闪闪的珠子一下滚落，一下碎裂，忽地不见。

春天正在缓慢生发。二十四节气里，立春和雨水之后，就是春意萌发的惊蛰。小时候的课本里说：“万物复苏，春回大地。”昏睡了一个冬天的虫子们醒了，从黑夜里爬出来，脱胎换骨，向死而生，唤醒村庄、田野、花树和整个的春天。想起彼岸的诵念，仿佛一个清明的梦。

看　山

从来山是要登的。登山看山，身处山中，才觉“横看成岭侧成峰，远近高低各不同”。而眼下这狼山，雨天里兜头扑面站定，不禁哑然：这是山么？百多米的高度，抬眼即望穿了山顶，称海拔近乎可笑。还有这山名，真就粗粝得愣头愣脑，余秋雨形容狼山这个名字“野拙而狞厉，像故意要与江淮文明开一个玩笑。”（《狼山脚下》）

于是随性乱看，不意闯进一座千年古刹- —广教寺。行行复行行，始觉这山寺的神妙，而狼山，恰也应了“山不在高，有仙则名”的古话——在中国佛教名山的历史中，除有四川峨眉山、山西五台山、安徽九华山和浙江普陀山“四大佛山”外，还有历代相传的“八小佛山”。我们熟识的如：南岳衡山、中岳嵩山、江西庐山、陕西终南山、北京香山等等，着实没想到，“江苏狼山”竟位列这八小名山之首。

狼山的声名，确乎有它的不一般。不一般在哪里？想是与佛教的渊源有关。

这就要说到广教寺。广教寺建于唐总章二年（669）。这一年，武则天46岁。虽垂帘于幕后，实已替高宗当政。这一年，“初唐四杰”的卢照邻秩满去官，离开蜀地，寓居洛阳。在蜀地时，与同是“四杰”的骆宾王往还唱酬。15年后（684年），骆宾王以一纸讨武檄文帮助徐敬业起兵讨伐武则天。这年11月，徐敬业兵败被杀，骆宾王下落不明。对骆宾王的下落，历史上有被杀说、逃亡说、投水而死说、灵隐为僧说等等，纷纭不一。令我意外的是这骆宾王墓，就在狼山东南麓。

我是在回来查阅资料后，始知唐骆宾王墓就在狼山脚下的。虽因寡闻而臊肩，却也在错失中生出浮想与浩叹。骆宾王不是南通（古称通州）人，客死他乡之时，狼山上的广教寺还不叫广教寺，据《通州志》记载：“唐总章二年，由上建大雄宝殿、殿阁、方丈室，山在巨浸中，设舟以济，号慈航院，后改广教寺。”

哪一年改的呢？后周显德五年（958）。这一年，南通建城，慈航院改名广教寺。如此看，南通城的历史，起码要晚于狼山近300年。骆宾王时期的狼山，还孤悬在一片江海中。从地图上看，长江到这里快走完，即将入海，江面变得平阔浩渺。不知骆宾王当年有没有登临狼山，有没有如北宋王安石那样登山观海赋诗？

历史也有重叠，并没有唯一的真相。我们不妨想象，有一天，他山顶远望，南边是浩荡江天，北边是无垠平川，东边远处是迷茫大海。举首四顾，海阔天空；长啸一声，山鸣谷应。俯仰之间，诗人是否有过归隐之念？对骆宾王的下落，一些野史都持“灵隐为僧”说，甚而还敷衍出小诗人宋之问夜宿灵隐寺，月下得青衫老僧两句好诗：“楼观沧海日，门对浙江潮”。此老者，正是落发为僧的骆宾王。

我们自是不必对野史里的故事和传说较真。有没有灵隐为僧或月下接诗，骆宾王还是那个诗才令武则天也为之折服的悲凉之士。狼山脚下的骆宾王墓竟似一个注脚——呼应了他在《于易水送人》里的两句诗：“昔时人已没，今日水犹寒。”

不必回避这“寒”字，今日狼山摩肩的游人，无有例外都是冲着古刹缭绕的香火的。如此甚好，长眠于此的骆宾王，虽孤坟一座，却受着佛祖的庇荫。听不见没用的大声，却听得到小的声音。

狼山与佛教的渊源，自初唐始，距今1300多年。广教寺一寺两供奉，既是“西方三圣”之一大势至菩萨的道场，也是“大圣菩萨”的道场。广教寺的神妙，在于那些大殿、楼塔、碑亭不是密集分布，而是山上山下纷披错落。如山下法乳堂（大雄宝殿）隐在树林间，依山势而建，堂庑精透，设色雅净，檐山上的金箔了无俗气。虽是毁后数度重建，却葆有了一份宋代禅风的幽邃。想着雨天或向晚，喧嚷的游客退净，站在堂外远望，两边山坡上，每一棵树都沉默着，如同山的隐衷，而鸟鸣声则铺天盖地。这亦是一种神力，令人想起经书上的话："无所念者，是名念佛，念佛即念心。"

这么想着，狼山竟也变得生动和饱满起来。鼻翼间，一股幽明沉香。

理想的下午

在这之前，我对和顺一无所知。更不知这个地处滇西的极边古镇其实早已声誉日隆。它有600年的历史，有全国最大的乡村图书馆，有火山温泉、古刹祠堂、月台深巷老宅洗衣亭……是“中国第一魅力名镇”。

很多时候，我们对太过佳美的东西都会心生向往，却又敬而远之。怕一俟走近，那些佳和美都经不起推敲，纷纷落败，反添失望。所以，从和顺古镇归来后，我一时无语。同行的友人却感叹，和顺虽好，则不是她第一次来时的样子了……

你看，那些视为美的东西，何其短暂脆弱啊，根本经不起一次次地被探看、被惊扰——比如幽僻不受人访的小村小镇，一旦观光客追逐滥游，难保幽境不被践踏。所以日本作家水上勉在《京都四季》一文中说及一株300多年的樱花树，只说在“京都北面山村的古刹里”“乘车五十分钟”“关于此刹我得保密”。

每个远游者，都有过极其个人、极其荒幽、极其不愿与他人共享的秘密角落。遗憾的是，都只是有过。而所谓秘密，也大有可能在你是惊喜，在他人却是平常不过。如此放低了姿态，那么我的所谓秘密角落，比如在冬日暖阳午后，一个人在老街的图书馆里驻足。

这图书馆，我只简单交代几句，若正面写它，哪由我来代笔！网上早已美誉充斥。所以这几句，大抵就是它的历史：和顺图书馆，前身为清末和顺同盟会员寸馥清组织的“咸新社”和1924年成立的“阅书报社”，后经海外华侨和乡人捐资赠书，于1928年扩建为图书馆，1938年新馆落成；馆内藏书7万多册，古籍、珍本1万多册，内有胡适、熊庆来、廖承志等题书的匾额。

其中胡适所题“和顺图书馆”，最是印象深刻。我不懂书法，只觉这五字楷书，清正而雅奇，合该出现在如斯佳美之地。

进这图书馆，需得拾级而上。十数级台阶后，过大门，至中门，门内庭院花木扶疏。穿过庭院才是馆舍主楼和藏书楼。主楼是二层五开间的木结构房，两侧突出两个半六角亭，门窗造型为西式设计。整个建筑群是中西合璧式，布局典雅，结构新颖。

如此奢侈的“乡村图书馆”，出现在侨乡，不足为奇。然而还是惊异，在我的有限的行走里，视域所及，这般豪气的建筑不是辟为收取门票的展览馆、纪念馆，就是早已几度装修扩建成了酒家饭店。而和顺的先贤、乡人们，却将它用作了图书馆。从此，那天堂般的图书馆的模样啊，又多了一种！

古旧的老房子，没一个人。阳光打在读报阅览室的一张张木桌子上、长条椅凳上，真是静呵。以前看小说，总不明白"被梦魇住"是怎么回事。这一刻，看木桌子上阳光斑驳的影子，突有醒悟。

借阅室的门虚掩着，亦没人。轻轻推开去，屋内昏昏，眼前一黑，那一架子一架子的书啊，全动了起来！感觉真有被梦魇住的诡异。待适应了屋内的昏黑，才看清那些书其实很普通，中外名著、期刊杂志，符合一个乡、县级图书馆基本的配备。然而仍有不同，我所知道的很多的乡、县，乃至区图书馆，它们的藏书都很新，新得像一躯空壳。有些书，也泛黄有折痕，可那是被寂寥时光催老的。而这里的书，若不立在书架上互为倚靠的话，恐怕它们都老旧得分不清面目了。你只有亲眼见过那些书，你才能体会它们是如何被一双双田地里劳作的手，夜灯下熏染过、汗水里浸泡过。

那些书都有灵魂。不止作者的灵魂，更有被一双双劳作的手摸索过的灵魂。这些灵魂，一次次地和书一起生活、一起做梦、一起回到田地里劳作。于是这些被摸索过的书，被一次次换手接受新的目光凝视的书，和那些空被寂寞时光催老的书，便有了质的不同。

大窗台上堆着一厚沓借书证，表面蒙了层浮灰。我随手翻开一本，借阅记录栏已写满，有书（用的是代号），有杂志，杂志直接写上了刊名，记得的有《儿童文学》《中学生》《青年文摘》……借书证的主人是一个12岁的女孩，叫寸庆辉，一个很中性化的名字，和顺中心小学的学生。我注意了下发证日期：2003年5月19日。那么这张借书卡早已过期不用了。如此算来，这个女孩今年19岁。

庭院里阳光充沛，草木繁盛。白的，粉的，紫的，一派烂漫。此时，你刚好站在一棵花树下，抬头看粉白如云，“身静于杳冥之中，心澄于无何有之乡。刹那间一点灵光，如黍米之大，在心田中宛转悠然，聚而不散，渐充渐盈……”（舒国治《理想的下午》），真正是梦魇好时分。

一日流水

天气晴好，三人去淮海路武康路附近的宋庆龄故居，淮海中路1843号。而后沿淮海路闲走慢看，时有意外之喜。

怎么想着去宋庆龄故居呢？夏日里有一天去淮海路会外地来的友人，下车后在武康大楼的门廊里穿行，猛抬头，不期然看到了马路对面的宋庆龄故居，烈日下深幽地掩在园里，心头一动，觉和它的相遇真是缘。

门口买了票，过安检，看了庭院东、西两翼的生平和照片，眼见一幢西式小楼，红顶白瓦，船形建筑。宋庆龄1948年冬迁于此。故居的周边被数十棵百年樟树环绕着，都编了号，雅静深茂。女作家茹志鹃曾拿这香樟写过一篇散文《宋庆龄故居的樟树》，被选进了小学语文课本。

小楼面南有宽适的阳台，打开落地窗，坐在阳台的藤椅里喝茶、看书、休憩，或者走几步就是一个大草坪，宋庆龄常在这里散步，举行茶话会，招待国际友人。假三层的小楼，房间和台阶都铺了梅花图案的厚实地毯，脚踩在上面踏实稳妥——

这地毯，连同客厅墙上徐悲鸿的“双马图”，都是复制品，依宋庆龄生前原样布置。那么“双马图”的原件在哪里呢？不知是宋庆龄生前捐赠了呢，还是收藏于哪个博物馆？宋庆龄故居在中国有好几个，北京、重庆、武汉……可见其一生的足迹。我的寡陋的记忆里，宋庆龄的形象是深具亲和力的和平使者，那么她的一言一行、一举一动，都被赋予了此种使命，她以此活跃在世界的政治舞台，亲和，也高贵。

故居出来，在前院的长椅上稍坐。院子里除香樟外还植有不少树，桂树、女贞、松柏、小叶黄杨、红花檵木……阵阵桂花的香甜沁人心脾。有一个小水龙头接在矮灌木丛边。水龙头从地面伸出，不及灌木高，人蹲下，洗手，水沿着铁栅栏流入下水道，干净得不动声色。

步出宋庆龄故居，沿淮海路往东，看到洞开的铁门里一幢荒芜的老洋房。不见人影，虫声四起。房柱、门廊、木头的门和窗都破败不堪。荒寂的园子杂草丛生，缺胳膊少腿的椅凳、陶瓷横陈在草丛里，蛛网密布。如此残败的老房子竟还有人住——不见人影，却见晾衣绳上挂满了湿答答的衣服，边上的水龙头兀自开着，水流满地。我悄悄从边缘的台阶往上走，一股刺鼻的气味从卫生间漫出，二楼后阳台也挂满了晾晒着的衣裤。房门虚掩着，到底不敢走近，脑海里跳出一个词：灵魂——老房子的灵魂。此刻、现在，我毫不怀疑地相信这幢房子是有灵魂的。即便是正午的白天，一墙之隔，它的灵魂也一定出没在这房子四处，更遑论晚上！

从老房子里逃出来，我的沉寂的小说神经猛地苏醒。有一天，我要把它写进小说才好！

又慢走了一段方石砖路，正是午餐时分，肚子饿了。马路上行人寥落，车子也很呼应地偶尔开过来一辆，嗖地不见。真是静呵。

不经意看到一家门面很小的粥店。玻璃窗外望去，一家三口正其乐融融地在品一锅粥，小男孩吃得笑容满面。店里只容下三张桌子。靠窗一家，中间一张有位金发女郎在看菜单，剩下最里一张空着——这就推门而入，坐下，不宽不挤正正好！

果然是滋味不凡啊！菜单如此老旧，店面如此局促，店里的陈设也瞧不出有啥特色——可当一锅刚煮好的鸽子砂锅粥端上来，盛了一小碗，往嘴里送一口——真真原汁原味！那种恰到好处的舒泰，叫你暖心暖胃。终于明白，所谓低调，就是不声张、不喧哗，底气深藏不露，匆促的行走乃至不以为然的一瞥必定与它无缘。所谓低调，实则也是大气。

私下揣度，这才是淮海路华丽背后的气息吧？那些沧桑，就在段段历史、处处细节里。细节的内里，就是这低调。淡看风云，静水深流。

声声不息

从甘南回来后，重归城市忙碌。我的脑海里近乎耳鸣般轰然炸响着一些声音。这些声音带着强烈的高原色彩，碎金般炫目，似乎在启示或召唤着什么。有时纯如天籁，有时又鼓荡得耳膜生疼。种种声音搅和在一起，幻化成一幅幅画：克里姆特的《有鸡的花园小径》，大片泼墨的绿和斑斓色彩，人去楼空的疏离感；凡高的《橄榄树》，枝叶用力上伸，扭曲，翻腾，呼喊，仿佛时刻要燃烧……或者霍珀笔下某个正午的小镇，孤寂、静谧。这些阳光世界里的波浪盘旋在脑海里，谁的声音响起："心灵的清风啊，改变山河的气息！"

我其实是想说说临潭的那些花儿、那些经声。恕我寡闻，我只知道西北"花儿"——也仅限于知道——对西北"花儿"一支的临潭"花儿"更是连知也谈不上了。于是存着一点好奇，一路穿山越水，到达甘肃临潭冶力关镇。冶力关既是一个镇，又是一片4A级国家风景区。这里森林密布，山野苍翠。"临潭花儿"大赛将在空阔的广场地举行。太阳太烈了！打上伞也晒得我脑袋发蒙。可那些远近赶来的乡民似乎没把烈日当回事，情绪高昂。这是他们的节日，我这个外乡人根本无福消受。一个高音响起，猝不及防，天地炸裂。接着一个更高音！更高更高的音，连成一片、一曲！简直是呐喊的海洋，喧腾到近乎耳鸣！

我坐不下了，觉得再坐下去，不是头顶的大太阳把我晒蒙，就是舞台上那些“花儿”把我的耳朵震聋。怀着不顾一切的愧疚心溜出现场。我对自己说，你的确无福消受——“民间这个汪洋大海，当你站在它对面时，无论你做出怎样谦恭的姿态，你仍然、永远，无法洞悉它的哪怕任何一个小秘密，它的美、它的魅力、它内心的力量、它的善与恶，将永生永世，对你守口如瓶，沉默如山。”——真想遥握我喜欢的女作家蒋韵老师，此刻我就是这样的绝望！

这临潭的“花儿”却是由来已久，明洪武年间即有记载，已被列入“人类非物质文化遗产杰出代表作品名录”。走出广场很远，脑袋里仍轰响着“花儿”的回声。其实真正的“花儿会”是要到山野间唱的。也只有在山川，在旷野，这嘹亮的声音才有了最完美的释放。不知每年的农历六月初，临潭莲花山的洮州花儿会，是否真在山间谷地呼荡？

再来说说那些经声，临潭是汉、回、藏等多民族聚合地。行走的几日，遇见了多处伊斯兰教清真寺和红黄明丽砖墙的藏传佛教寺院以及雕刻得大红大绿、有着民间喜乐色彩的汉传佛教寺庙。怎么来描绘我在寺院里听到的经音呢？羊皮卷的手抄经书，看不懂的金闪闪的经文，古老的语言，从阿訇的身体里曼声哼唱出来，低沉悠远，慢慢散开。这神启般的吟唱，于我永远是一个谜。

可是你不得不承认，有一些声音，不用翻译，也能够通达你的灵魂。你在那一刻，感受到难以言说的安和宁。这样一种感受，我们也在很多的宗教艺术里心领神会，比如壁画、比如经书，还有那些古老的建筑。也许在尘世里泡久了，我们更愿意向美与清洁皈依。声声不息的，是心灵的洗涤和对他者的尊重。

沉静如一地生存

莱州归来，脑海里回旋着一个字——静，古风的静，山野的静，缓慢生活和朴素哲学的静，公园夜灯璀璨安然的静，广场大妈舞之蹈之活力喧天的静，海风松林涛声私语的静……沉静如一地生存。

滤去两天走马观花般的缭乱，我脑海里只剩这一个字。自然，肯定，这不是莱州的全部。莱州的全部，多少也是傍海古城的全部。所以，与其说我看到了局部，不如讲我是对日益趋同的城市化进程怀有警惕。一座城市有别于另一座城市的气息，有时恰恰就是局部。

我一个作家朋友，摒弃便利交通工具，搭乘长途汽车，背着简单行囊，住农家旅店，探进中国深处。走的都是僻野之地。山野间的古镇县城，日常生活裸露坦陈，商业电声如煮如沸，“虽然喧杂沸腾，但仍然，有着原始的、农业的，一种清新。”再看城市，千篇一律的楼宇大厦，大同小异的城市布局，到处是热气腾腾的现实尘嚣。

以此打量古城莱州，我有点瞬间失语。古城不古，尽管史载夏代就建立了胶东半岛最早的封国——过国，西汉时置掖县，北魏为光州治所，隋朝改光州为莱州……但眼睛所及，已看不出任何古老的影子，街道宽阔笔直，沿街高楼齐整敞亮，散布各处的城中大小广场夜幕下人头攒动、歌舞喧天，怎么看，都不像是一座历经沧海的千年古邑。

好在还有历史遗存和山野自然。刘禹锡那句“山不在高有仙则名，水不在深有龙则灵”简直就是莱州的写照。莱州的山都不高，云峰山、大基山、寒同山、崮山……三五百米的海拔，却群山绵延，苍翠郁绿。可喜的是，山上有仙！宛若笔架的云峰山，因北魏光州刺史郑道昭的数十处刻石，成天然碑林、书法名山。魏碑刻石《荥阳郑文公之碑》，因碑石巨大，刻工精巧，字迹清晰，更是声名在外，已然国宝。我在这块巨碑前驻足。千余字的碑文，整饬森然，或漫漶茫然，有多少今人会真正在意这石头上的历史？耳边呼应着虫鸣蝉喧，想起一句话：现代人缺的是静下来内观，与古人对坐。

再上寒同山。寒同山有神仙洞。据当地方志《掖县志》《莱州府志》等记载，寒同山神仙洞为古莱州胜景之一，名传东瀛日本，为道家修真圣地。其实莱州的山多有仙道神殿。寻仙问道、悠游山林，不唯道家弟子神往。莱州又濒临渤海，东海神庙还是历代帝王祭海圣地。历史上，秦皇汉武曾多次东巡，给莱州留下不少的传说和遗迹。

怎么理解这仙、道？还是我那位潜游中国深处的朋友，他说："中国文化研究、探索的领域，私人以为，主要包括三大宇宙：自然宇宙，如风水、星占；身体宇宙，如中医、太极；人事宇宙，如伦理、政治。"仙和道，竟都在这三大宇宙里了。可见我们寻常，只是浅薄地去理解神话传说和山林大地了。自然有它自己的渗透力和参与性，比如眼前的山和海，天长日久，它们也会构成强大的力量，你站在那里，心有敬畏，静默如仪，倾听、思悟、凝神、远望……你和自然瞬间有了呼应。自然也成了你身体的一部分。

这么去看住在寒同山石窟里的那些金元时期的石像，感觉那些石像都有呼吸。再抬头，那洞顶上的浮雕石龙正腾空盘绕，呼之欲出！心里一紧，肃然而惊。一个念头在脑海里闪出：如果仅仅以为自然是可以随性任意而为的，岂不太愚蠢狂妄了？

"大地对我们的教诲胜过所有的书本。"写《小王子》的法国作家圣埃克苏佩里所言极是。这也是莱州归来，大自然的神力给予我的又一次提醒。

花、树和青苔

在瑞丽中缅边界的桥岸边看到一棵凤凰花树，高大繁盛，花朵烁烁。你一抬头，就撞见了一树红花。大朵大朵的醒目着，如火如荼。风吹过，啪啦，一朵花从高空里坠落。水泥地上尽是硕大花朵和鸟羽一样的花瓣。也无人捡拾无人在意。喜欢花的女子，弯腰捡起一朵，再一朵，满心喜悦。人在树下，也有了花一样的神情。低首微笑，朴素温柔。

大巴在老滇缅公路上行驶时，还看到路两旁一树一树开得热烈的扶桑花。红的惊艳，粉的嫣然，白的晃眼。也是大朵大朵，一点也不低调矜持。此地的花和树，和生长在这里的傣族、景颇族女子一样，皆热情灿烂，盛装裸足。在莫里热带雨林看到的三角梅，也不似别处的规整有序和探头探脑，一簇簇一丛丛，尽一切可能地高攀到直插云霄的竹梢上，不管不顾，大胆热烈。

比之花，更耐看的是树。我喜欢仰望树的天空。站在一棵棵高大繁盛的树下，我总是情不自禁仰头、仰头、再仰头。天空在繁密枝叶间漏将下来，树影婆娑。一盏一盏的金色小灯砸进眼里，瞬间眩晕。这是在夏天。秋天又不同。北方的秋天，天空高远，旷世寂寞，这时候你抬头，透过杨树、枫树、槐树、核桃树……疏朗峻拔、秋意浸染的枝丫，任何角度，你看到的都是一幅绝美的画。再也没有比这更辽阔、纯净、葳蕤和静谧的天空了！第一次，我伫立在树下发呆、出神，一声不吭仰望天空和流云。那些流云就是天上的帆船，载着你在天空中翱翔。

我还喜欢密林间长满青苔的石头。在雨林里看到一块不规整顽石，佛一样静卧着，一动不动。若仅仅只是一块什么都不长的干枯石头——城市里多的是这样的石头，高价买来，雕成山水或是动物的模样，被买主供起来，视作镇店（楼）之宝，在我看来了无生趣。可是在雨林里却不同。温润潮湿的热带雨林，连石头也是有生命的。呼应着高大的绿树、缠结的藤蔓、羊齿植物和灌木丛，林间大大小小的石头上，覆满了翠绿青苔，浓密厚实。你用手去碰它，轻轻触摸，一阵酥痒的喜悦。

脑海里翻出我和青苔相逢的美好时刻。一次在川藏高原的山林间，我邂逅了大片大片长在泥地上、倒木上和玛尼堆上的青苔。我俯下身，将脸轻轻地靠向它们，蔓生在青白石块垒成的玛尼堆上的翠绿青苔，仿佛是我的旧友，甚或说丢失了的童年的自己——那一刻，我在雾霭密布的森林里把它们找回来了！它们是那样清洁、孤傲，恣意生长着，远离喧嚷……

又一次，在庐山植物园看到陈寅恪墓。一般游客不知陈寅恪，也甚少来拜谒，幸而获得一份清和静。陈寅恪是江西修水人，墓地选在这里，和一山的草木结邻，甚是合宜。墓地简素得只三块形状各异的石头。一块大石上刻着他写给王国维的名言："独立之精神，自由之思想。"这令我想起湘西凤凰的沈从文墓。也是安于喧嚷市声外的山脚僻静处。墓地一块大石头，正面刻着沈从文手迹："照我思索，能理解我；照我思索，可认识人。"背面是其姨妹张充和手书撰联："不折不从，星斗其文；亦慈亦让，赤子其人。"

比之沈从文墓的清幽静谧，虫声寂寂，总觉得陈寅恪墓少了点什么。少了什么呢，一时懵懂。及至步出墓地，看到小径空阔处的两棵老水杉，顶天立地，遮天蔽日——这才豁然！陈寅恪墓地的三块石头太干净了，亦不见葱茏的大树。眼前这两棵水杉相依而立，里侧的一棵树干上绿绿的覆满青苔，像是一件滴翠的绿绒衣，真真清宁安好。

陈寅恪墓若是隐在这两棵覆着苔藓的水杉旁，那就理想了。

植物亦如人，也是有灵魂的。若持一颗朴素静美的心，你能感受到它身上的诸多美德，比如沉默，比如荫庇，比如岁月荣枯，比如呼愁般的"莲花池外少行人，野店苔痕一寸深"的怅然！

沿途的花事

写过一篇《看树》，想着可续一篇《看花》。也搜罗了不少草木花事书，却是一宕再宕，未有行动。倒是在草木文字里浸染久了，越发地珍重起来，不敢敷衍，怕生生辜负了那些花儿草儿。遂悄悄发愿：但有时间，我要一篇一篇地将与自己有缘的花儿草儿逐一写来。

脑海里泛起老家门前一株紫玉兰，早春里烁烁怒放，一夜风催，“纷纷开且落”。兀自开落了好些年，却才知，紫玉兰在古代叫辛夷！而我曾以此为名写过一本书《辛夷花在摇晃》，更早些，我信手给自己取了个网名辛夷花——莫不是天意使然，怎解此番缘分？真真是：“不能名言，惟有赞叹；赞叹不出，惟有欢喜！”（俞平伯语）

正当紫、白玉兰狂花满天，一树一树地醒目迎春时，可巧有机缘，与三五女伴去嘉善看杜鹃花。约定的日子，因这个早春的寒凉而延宕。于我却是欣慰，春意迟迟，何妨慢些，花事已了，春也去了，慢慢地等待一场花事之约，好比细用慢享一个完整的春天，多少快乐难得！

于是每日上下班路上，特别留意经过的一个公园。玉兰花开尽，梅花桃花樱花梨花次第缤纷。眼见一树树花儿繁盛地开，纷扬地落，而树下四围多年生草花圃却只有新绿，尚无花蕾，点缀其中的绿叶小灌木，即是别名映山红的杜鹃。若不是有一个杜鹃花约，多年来路经于此，何曾投以别样关注，只因它太过寻常了。乃至对它何时孕蕾，何时花开叶长，何时繁花灼灼，都浑然不觉。

这个早春，我沿途的投注却都在杜鹃上了。又从旧书网上觅来科学小品名家贾祖璋的《花与文学》，刘难方、王兴麟选注的《历代杜鹃花诗选》，从科普记述，到文人雅士的诗词吟咏，算是对杜鹃花的前世今生有了番印象，亦长了见识。

杜鹃花有许多别名，见于唐代的有山石榴、山榴、山踯躅、踯躅和红踯躅，宋代起又有映山红和石岩的名称。我看贾祖璋摘引的文献，明王世懋《学圃杂疏》称：花之红者曰杜鹃，叶细花小、色鲜瓣密者曰石岩。这“叶细花小、色鲜瓣密者”不就是我在嘉善碧云花园看到的杜鹃盆景么？云片的造型，小叶小花密集地铺陈，乍看去，嫣然秀致，一片霞锦。花园主人道，别小看这造型别致的小叶小花种，年久的树龄已达百年，植株看不出嫁接痕迹，一树开出粉、白、紫、红等多种颜色，比之大叶大花的寻常映山红，确乎珍稀与难得了。

贾祖璋只道是“石岩”，他收录书中的《杜鹃啼处花成血》写于1987年，巧的是，这一年，杜鹃花被确定为嘉善县县花。翌年，贾老逝世。惜乎有生之年，钟爱花木一生的老人，未能得见嘉善人培植出来的新品种。

我在城市的花园、路旁、庭院看到的杜鹃，又叫西洋杜鹃（西鹃），有别于小叶小花的东洋杜鹃（东鹃）。《历代杜鹃花诗选》载：“来自日本的东鹃，有能在春、秋开两次花的‘四季之誉’；最早在荷兰、比利时育成的西鹃，于七至八月间孕育花蕾，也能在秋冬开花……”“东洋鹃，因来自日本之故，又称石岩、夹套、春鹃小花种等。”

若不是拜读贾老著述在前，如上文字怎会引我概叹——却原来，这所谓西鹃，原是从我国输入西欧，经栽培杂交而得，如英国18世纪栽培的欧洲杜鹃花，只10种左右，20世纪初发展到千余个种和品种。及至20世纪三四十年代，又回输到我国，称西洋杜鹃。而这东鹃，同样是早在唐代传入日本，后又分别输入我国和欧美。贾老谨严的文风亦忍不住感叹：“这个名称，不免有点数典忘祖，因为它们主要是从我国产的多种杜鹃花培养而成的……”

撇开这些不谈，我对杜鹃花的认识，源自大学时收到贵州友人寄来的一枚蓝杜鹃。薄如蝉翼的深蓝花瓣与枝叶压成了花标本，成为我草叶收藏的珍爱。我且给它配了诗。此后但有收藏，即配诗一首。如今这些稚拙的青春吟唱，连同三大本“草叶集”，草叶集里已然枯萎的杜鹃花骸一样，真真“花事已了，春也去了”，然而，谁说不是秦观云“芳菲歇去何须恨，夏木阴阴正可人”呢？

少年花间岁月回不去，但有诗为证，草叶为证，再从纸上回到花树天地间，不是怅然，而是喜悦。

山中何所有

爬过很多的山，还是喜欢山的深秀。若是这深秀的山里还有古寺名僧和神妙的历史，那几乎就是我理想中的美地了。从大径山归来，我一时无语，甚而怀有一个私心，对难得的理想美地总不愿以文字道出。每个远游者，都有过极其个人、极其荒幽、极其不愿与他人共享的秘密角落。我的所谓秘密角落，无非一些微物之美。

比如径山脚下的陆羽泉。手机里存着夕晖时刻随手摁下的照片，深茂竹树直冲天庭，阳光漏将下来，金子般的绿光芒撒泼在卵石、泥地、泉眼和一面苔青粉墙上，真真山静似太古！边上的木牌印有如许文字：“据明嘉靖《余杭县志》记载：‘陆羽泉，在县西北三十五里吴山界双溪路侧，广二尺许，深不盈尺，大旱不竭，味极清冽。’……”说的是这陆羽泉和泉边的黄泥小屋（苕溪草堂），是当年（1200年前）茶圣陆羽煮茶论经写下旷世名著《茶经》的地方。我对名人行迹的考据总是漫不经心，历史也有重叠，并没有唯一的真相，今人观古迹，无妨不求甚解。脑海里翻出一句话：“现代人缺的是静下来内观，与古人对坐。”抬头，忽见园子里有亭翼然，五根粗抱木撑起一角天，名羽泉亭，夕晖照在抱木上，读到一句联“一生为墨客，几世作茶仙”——心下确然，那一刻的想法，在亭下的空竹椅里晒晒天阳，呆坐片刻。

不容旁枝斜逸，一众人驱车往陆羽山庄。这一晚的观茶宴、住民宿，和翌日一早登径山古道，访径山禅寺，都美得像个梦。于是乎确信我们有时去往一个地方，因之而心生欢喜，所见所感所悟，仅仅只是来自于很微小的事物，但是因为照见了自己的内心，感觉那一刻的当下，自在而美好。

那一晚，住在径山隐隐环抱的山村民宿里，很有稳稳的踏实感。刚收割过的稻田扑面一股清新气，几只鸭子归了笼，半亩荷塘黑晕里兀自枯瘦着，狗吠声急促响起，惊动了茶花上的夜露。喝了些酒，微醺暖意。黑黢黢下了车，廊檐下有灯亮起……人生里有那样几回美妙的时刻，应当珍惜。

所谓微物之美，也即是对这样一些微小事物的敏感，虽然微小，却愿意停留。有时乡村、山水，老字号的小镇文化，旧有的传统……它们的存在，是对城市人的一种提醒，提醒自己不要走得太快——忙，就是心死亡。孙犁有句话：“文章做到极处，无有他奇，只是恰好；人品做到极处，无有他异，只是本然。”这恰好和本然，不也是对忙得失了本性耐心的城市人一个提醒吗？

循着古道上山，走走停停，眼见古木参天，修竹叠翠，任何鸟的鸣叫都自如得像一缕山风。“深山藏古寺”，脑海里翻出夏目漱石的小说《门》来。读过的书里，尤对古寺会心。小说里的中年男子宗助去镰仓的寺庙“养脑子”，朋友给他推荐了一个去处：一窗庵。宗助由山门而入，找到了寺庙边上的小庙。地处丘陵边缘，面临日照充足的寺庙门庭，背倚山腹，一窗庵一派暖意。庵里只有一个和尚看管这座大庙。宗助不是唯一一个来修道的俗人。他还见到一个脸似罗汉的居士，来山寺已有两年。还有一个售卖笔墨的小商贩，来时背了大批货物，在附近一带兜售，待货物售尽就回山寺坐禅。过不久，食物快要吃完，又背着一批笔墨去卖。如此往复。宗助心下诧异，又比照着自己的生活，浑不知怎样的人生才是合该完满的人生。他清夜扪心，终觉得不能心有所悟而陷入苦恼。他去问年轻僧人，年轻僧人对他说：“有道是：道在迩而求诸远。信然。近在咫尺之事，却往往视而不见，听而不闻。”修行不得的宗助愧然回家。走前他去向照应他的僧人致谢。僧人在给他一番宽慰话后，小说突然有这样一段话：

“……他自己去叫看门人开门，但是看门人在门的那一侧，任凭你怎么敲门，竟连脸也不露一下。只听得传来这样的声音：‘敲门是没有用的，得自己想办法把门打开后进来！’”

“宗助思考着如何才能把这门上的门闩拉开。他考虑好了弄开门闩的办法，但是他根本不具备实行这个办法的力量。……他平时是依靠自己的理智而生活的，现在，这理智带来了报应，使他感到懊恼。……”

这两段都是虚写，也即“门”在这部小说里的寓意。漱石先生到底还是阐释得很清楚了——这门，亦即心门。命运之门。对宗助这般知识分子而言，本可以无视门的存在；有门，也能够进出自由——只要你用力去推，可他恰恰缺失了那一点勇气，也就只得悚然立在门外的命运。

这有点接近禅了。眼前的径山禅寺同样有1200余年历史，传灯一百余代。到第十三代住持南宋宗杲禅师创立“看话禅”，临济宗开始在径山独树一帜，“衲子云集达一千七百余人”，“不仅在禅宗史上树立了一套具有创造性的禅修体系，亦宣导世间士大夫习禅，使禅法智慧融入日常生活，为人处事皆为自性之妙用”。（引自《千载传心——径山禅寺生生不息的命脉》）

对禅林僧人来说，和持戒、坐禅一样重要的日用功课是吃茶。《五灯会元》里，有僧问资福如宝禅师：“如何是和尚家风？”答曰：“饭后三碗茶。”

吃茶是禅林的传统。径山禅寺正在大修，我们被请进一间茶室。走来一年轻僧人，坐下，烧水，取茶——当然是径山茶。等待水开的间歇轻言问候几声，不再说话。你问他问题，他自自然然把问题抛给你，让你自己想。而后烫壶、泡茶，专心布茶，静默如前。禅宗里言：“丛林宗匠实难加，临事何曾有等差；任是新来将旧往，殷勤只是一瓯茶。”

大抵这就是禅宗所谓无差别境界吧，也即我们所理解的平常心。禅意如同茶味，禅无文字，需用心悟；茶呢，也须得有心人品。想起一位诗人的话：中国古人跋山涉水，费尽千辛万苦只为了寻找心灵，而目下的我们，不敢承认有心灵，不相信有心灵。“我们的简历里已没有了山水的位置。人生已经不是山水的人生，我们的品质也不再有山水的安然、坦然、泰然……”

于是乎嗟叹：道在迩而求诸远，信然！

后花园

整理旧书，翻到诗人车前子的一本《中国后花园》，说的是诗人故乡苏州。作为中国园林的集大成，苏州确也当得起此美誉。可一直来的说法，苏州不是“上海后花园”么？上海人总爱一厢情愿把苏州杭州说成是自家的后花园。车前子大概觉得这是你们上海人的自作多情，索性一步到位把故乡提到“中国后花园”的位置。书都这么流布了，你说怎么着？

那就低调点，在自家地盘上盘点盘点，看哪个城区当得起“上海后花园”？

我脑海里有个地方倒真契合！姑且不提，我们先来看看这个后花园。既是园，就该是个花影扶疏、雅静舒适的去处，它不像前厅，前厅是用来招待宾客、商谈正事的，端的是规矩有序；后花园就随意自由多了，那简直是两个世界，前厅是儒家，后花园是老庄。儒家要光明正大，讲求伦理；老庄是闲逸逍遥，崇尚自由。

古代士大夫都有造园情结，他们在历经宦海沉浮和风雨如晦的现实后，都希图给自己一个归隐的空间，这也成就了中国古典园林的兴盛。比起西方园林的宏伟、庄严和空阔的孤立感，中国园林要亲密、人性、精致得多。中国园林的代表绕不过江南园林，江南园林当属苏州园林为最。长长的廊子，窄窄的洞门，亭树池木，湖石假山，移步换景，这些都不是为人流设计的，它们是用来沉思和冥想的。苏州园林布局一概玲珑巧构，或雅素清新，或野趣生机。它们还都有一个似曾相识的园名：网师园、静思园、拙政园……这些园林当年的主人，以退守的姿态，与世界或和解，或疏离，或寡合，或坚守，为的是保全一个真性情的我。

《红楼梦》里的大观园就是这样一个园林世界，宝玉和一群如花般的女孩在元妃省亲后被允许住进大观园。因为有了这个后花园，宝玉黛玉宝钗们的青春才不算被辜负，大观园接纳和见证了他们的青春。宝玉在绿肥红瘦的怡红院里诗书烂漫无事忙；宝钗的蘅芜院香草满径，蝴蝶翩跹；弱不禁风的黛玉倚在潇湘馆的门廊上逗鸟说话，有一天，这只鹦哥突然一声叹息：“侬今葬花人笑痴，他年葬侬知是谁……”

大观园里的青春，就跟通灵的草木一样，花开有情，花落亦无悲，或许生命的完成本就不在圆满与短长，而是懂得和疼惜，是活出那个自我。这么来看后花园，“园”的意义就不单是游兴闲适，可能更重要的，是之于心灵的那部分，它充当了“无用”的角色。因为无用，所以“相看好处无一言”。凡·高在信中对他弟弟说：“没有什么是不朽的，包括艺术本身。唯一不朽的，是艺术所传递出来的对人和世界的理解。”

如此看，大观园称得上中国古典园林的典范。不论南方北方，中国的很多个城市都造有大观园，刚好上海也有这样一个真真切切的大观园，刚好这个大观园就在我要说的“上海后花园”——青浦城内。由不得我在脑海中盘旋，为什么大观园在青浦，而不在松江闵行宝山崇明……的任何一个城区？

天意般的，还真和青、浦两字呼应！青，为水色之清，草木之青；浦，是采采流水，蓬蓬远春；青和浦连在一起，就是“欸乃一声山水绿”——论说园林气质，小城青浦确和苏州有几分相像，也是江南水乡，也集萃了大观园、课植园、曲水园等经典园林，也历史久长，有古文化的源头……

园林讲究气质，亦有自己的山色。那么青浦的山色气质是什么？我还真想不好，不知生于斯长于斯的青浦人自己怎么看，倘若非要给一个比附的话，我觉得它是唐诗和昆曲，苏州是古琴和评弹——当然是老苏州，新城不在此列。唐诗呢，自然是绝句，有着清、微、淡、远的古风，可毕竟还是含蓄蕴藉，以少胜多，有不尽之意；至于昆曲，是课植园里的水磨声，“袅情丝，吹来闲庭院，摇漾青如线”，杜丽娘何其有幸，一次次在如此美幻的后花园完成自己的青春。

这么说，其实也没道理。毕竟过于简白和抽象。有时勾勒一座城市，落到这座城市里的某个有趣的人，反而会豁然开朗。惜乎我对青浦的了解还是不够，只能留待以后。倒是大观园多年前去过，印象颇佳。到处是深浓的绿，老桂树幽香扑面。偌大园子，竟无人声，一树树金黄丹红银白的桂子扑簌簌往下落，花阴满地。呆立树下，兜头兜脸积了一身香，想我们对人世的眷恋，是因为生命里有需要完成的部分，没有什么是不朽的，包括美本身；唯一不朽的，是我们以布道的心情传播对美的感动。

戴河之灯

我熟识的一个作家朋友说，四季中他最喜欢夏天。我当即会意，他的很多好小说都是在夏天开始和生长的，夏天的溽热、汗腻，连同他笔下人物的喧哗与骚动，都“啪嗒啪嗒”滴进键盘，濡染进了他的小说。

同样也喜欢夏天，谷崎润一郎更爱“静寂的盛夏午后，冲个凉，消了汗后，在清爽的肌肤上披上浴衣，往书房椅子上解乏地一靠，闻着清馨、柔和的香味，迷迷糊糊睡一场。……所谓酒醉人身，香醉人魂”。

我多年前读这段文字，只觉扑面一阵“独坐幽篁里”的沁凉，盛夏的黏腻、燥热全不见了。也觉“冲了凉”，“往书房椅子上”（非卧室或客厅）一靠，闻着香，确是“醉人魂”。至于那“香”为何香，倒未作细究。

7月从南戴河归来，脑海里翻飞拂动的尽是接天的莲叶和映日的荷花。满湖满池的荷盛放在你面前，粉色的、白色的、绛红的，真正香醉人魂。于是想起谷崎润一郎的这番话，觉着在盛夏里沐浴、闻香的“香”，当是荷香。

在众多的花香里，荷花的香最是隐约、清馨与柔和。随手在唐诗里摘取一二，“山光忽西落，池月渐东上。散发乘夕凉，开轩卧闲敞。荷风送香气，竹露滴清响”（孟浩然《夏日南亭怀辛大》）；“山空天籁寂，水榭延轻凉。浪定一浦月，藕花闲自香”（李群玉《静夜相思》）；“下有清泥污，馨香无复全”（白居易《京兆府新栽莲》）……

也还在唐朝，据说每年十月，唐玄宗定要携杨贵妃到华清宫过冬沐浴。两人沐浴铺陈富丽，“池中设有白玉雕镌而成的鱼龙凫雁和白莲花”。再上溯至战国，传世美女西施有沐浴秘术，即用猪苓香、毛藿香、香草、干荷叶、白芷等研碎煎汤，“以此沫浴，肌肤会变得芬香润泽”。（语出李津《新浴物语》）看来，取莲花荷叶沐浴、闻香，并非无由想象，中国古代早有之。

佛经里说，莲花有四德：一香、二净、三柔软、四可爱。其实许多花都柔软、干净，充满香气，但是莲花有一特殊生态是其他植物没有的，即《群芳谱》里强调的“华实齐生”——一般寻常之花，四季轮转，花开花落，先开花后结实，但是莲花在开花的同时，结实的莲蓬已具，故被佛家看重，认为能同时体现过去、现在和未来。

莲花之于佛教，关系密切，多有象征。佛教对莲花的敬重，很大程度上源于古来文人赋予莲花“长于污淖而独清于天下”的高洁品性的象征。它的幽雅风姿，它的超逸脱俗，它的身心俱洁，无不与佛教“不著世间如莲花”的思想契合。

佛教里提到的莲花，其实是睡莲、荷花不分。通常叶贴水面而生者为睡莲，叶出水面而生则为荷花。荷有被子植物的“活化石”之称，早在三千多年前即有栽培。古人称莲的绿茎为荷，后来莲与荷混为一谈，才干脆通用。

在《诗经》和历代咏荷诗词里，荷花的别名之多，怕也是别种植物所不及，如芙蓉、芙蕖、芰荷、水芝、泽芝、水华、菡萏、水旦、藕花、灵草、玉芝、六月春、中国莲等不下20种。南戴河中华荷园编了一套两卷本的《历代咏荷诗词文选》，收入先秦两汉至清末民初诗文1680余首（篇），作者近千人，可见荷在中国有着深邃的文化渊薮。

咏荷诗文何其多，但在我的审美想象里，我更喜孟浩然笔下，山光西落、池月东上的晚近黄昏，或是“夕阳连雨足，空翠落庭阴”的雨后空林，这样的时刻和场合，很适合看荷，而且这荷定是长在清池里，微雨过后，八九枝初开的白莲、粉荷静立池中，清气盈香。若是在晴好的白天，也应是杨万里笔下“泉眼无声惜细流，树阴照水爱晴柔”的盛夏午后，人声寂寂，小池边树阴匝地，花房初和，有蜻蜓沓来，而流自荷塘的涓涓细流，带出了波光和涟漪……

我喜欢的作家废名，文字清洁、干净。在他的作品里，看不到热闹的俗风和浓烈的情感，尤其小说《桥》，意境里全是禅，全无一丝烟火气。有一章，废名写到荷，女孩细竹给小林看画，两个人谈起画来——

“细竹心想：‘我几时再来画一张。’……于是而想到史家庄门口塘的荷花，于是而想到她自己打伞，这样对了小林说：‘下雨的天，邀几个人湖里泛舟，打起伞来一定好看，望之若水上莲花叶。’”

两人说着时，细竹拿了一张纸折纸玩，小林看“好像要叠一朵莲花”。他们由画说到梦、梦里梦外的人生……，细竹“果然是叠一朵莲花”，接下来一句，看得我怔住：“不管天下几大的雨，装不满一朵花。”

我盯着这话呆看半天，只觉时光拂动，流水如花。

倘若拿花喻人，废名的气质更似一朵沾了静谧佛气的莲，有着清明的喜悦和生趣。

当然这只是我个人的偏好。在南戴河占地600亩的中华荷园内，放眼望去尽是“万里芙蓉水满泾”的荷花世界。数百种的精品荷花与睡莲，以不同的景观呈现，或湖，或池，或盆……午后，一个人漫步于林茂阴翳的湖岸边，看万荷争妍，翠叶田田，知了高一声低一声地鸣唱，恍然生出走在童年乡间的错觉。按雨果的说法：“所有的植物都是一盏灯，而香味就是它的光。”那么，来自戴河之南的万顷荷园就是戴河之灯了！

看 树

夜晚，我站在大树下
静静地倾听
倾听大树为我讲述
关于大自然的故事

——［英］毛姆

一

一直以为，一个人如果在童年里拥有过一棵“自己的树”，那么他长大后，老到白发皤然也会记得这棵树。这棵树从没停止过生长，繁茂挺拔地活在他的记忆里。

我也有过“自己的树”。它们常常走进我的梦里。梦里，我站在自己的树下，和小时候的我相逢……有一天，我走在城市的街头，突然沮丧地发现：原来我的频频和小时候的树相逢，是因为城市里太少树，甚或说，城市里的树不是树——

那一排排被移植到城市里的树，秃着难看的顶，稀疏地冒出几根枝条，与其说是一棵树，不如讲是一截枯树桩。待这枯树桩好不容易撑出一片绿意，一夜间，又被园林工人以“养护”为名不动声色地修理肢解了！还有些树，因为病虫侵蚀，被一劳永逸地用水泥将树窟窿死死堵住。这个硕大难看的疤，从此突兀地暴露在城市的日光下。更多景观道上的树，干脆不见一片叶子，枝枝丫丫缠满了电线和小灯管，白天你不会注意到它，及至晚上才闪出它雪花般的银亮和霓虹来——可这已经不是一棵树自身的美了。

忍不住要为这些树鸣不平。同时心生疑惑：难道这些长在城市里的树，除了一刀剪给它们拦腰剃头，就没有更好的修理方式吗？难道治疗一株病了的树，除了用水泥封存就没有更科学的办法吗？……还是，城市里的树合该就是这样的命运？

我只能这样理解：城市里的树不是树。城市里的树，可以是景观灯的依附，是聊胜于无的安慰或点缀，就不是一棵自然生长的树。德国哲学家狄特富尔特在《哲人小语：人与自然》一书中说过这样一段沉痛的话：“我们对植物知道些什么呢？觉察它们的痛感吗？每秒超过二万往复振荡的呐喊，我们的耳朵听不见。也许全世界、整个宇宙都在呐喊，我们却耳聋。可能草也在喊叫，当它被割或温和动物的嘴在拔它时；当树木周围架上斧或锯时……”

——这就是了。这就是被移植到城市里来的树的普遍的命运。

一棵树，要长成绿意葱茏的繁茂景象，可不是一年两年能够速成的。所以我每到一个城市，最先注意的是这个城市的树。若这个城市，马路上满目葱郁的大树，那可真是这个城市里人的造化！这样的城市，在中国虽稀珍，却还可数，脑海里翻出绿波摇曳的杭州、梧桐深深的南京、草木葱茏的厦门……

二

5月初夏，我在小城诸暨邂逅了一片千年香榧林。

那一棵棵姿态万千、深邃幽绿、沧桑遒劲的树啊，就那么恒久地站着，站了千年、百年。在城市里，我们难得逢到一棵百年大树，然而在诸暨钟家岭，随处可见长了500年、1000年的香榧古树。树龄最长的一棵，已有1350年。1350年是什么概念？这棵古老的巨树，从唐朝开始就站在了那里。它默然无语，沉静谦和，它把千年的日月看尽，把千年的雨雪吸纳。它早站成了精。它盘根错节，根系庞大，别的树在它边上没法长成一棵树，所以，越是古老的树，它的周围越没有树。它是孤独的王……

面对这样一棵树，我找不出更恰切的词来表达我的震撼和感动。我只有站在它的面前，一次次地抬头，只有抬起头来才可与它相望。写《博物志》的朱尔·勒纳尔说植物是“我们真正的亲人”，树与树绝不发生口角，有的只是一片柔和的细语。他认为，人类至少可以从一株树身上学到三种美德：一、抬头仰看天空和流云；二、学会伫立不动；三、懂得怎样一声不吭。

我想树也是有性格的。有的安静，有的奔放，有的内敛，有的热烈……那么我在千年香榧林看到的榧树，肯定是沉静的君子。它们不喜欢扎堆，一棵一棵静立在坡间台地，有的长在山泉边，有的从坚硬的石头缝里破石而出，它们就那样自由自在地生长着。深褐色的枝干虬枝四舞，大多被累累果实压弯了腰。而苍翠浓郁的树冠就像一擎擎天伞，蔓延在天地之间。

我在雨雾濛濛的林间越走越慢，脱离了大部队。同伴们的笑语喧哗远去，消隐不见。我被一种奇怪的心绪牵引，像是灵魂出窍，不敢相信自己的眼睛。雨雾越发地浓了，一层层漫开来、漫开来，纱幔一样笼在树的枝丫上、华盖般密实的树冠上。被纱笼着的大树，越发地沉静缄默了。

我耳边响起一声叹息，深长幽远。我分明看到一个童话里的小女孩，穿行在树和树之间，轻盈曼妙。旋即，女孩不见了。她去了哪里？只有树知道。童话里总有一棵这样的大树，那是人类通往精灵世界的一扇门。这扇门，隐匿在树的深处，不会让你轻易找到。我想当然地以为，那些在森林里迷路的孩子，都去了那里。那里还有一个世界，它存在着，你想要抵达的方式只有一个：相信童话。一个人，只有持有对童话的信仰，他才有更多的心灵生活，才会在黑暗里也能照见温柔之光。

每一棵年纪古老的树，都有神灵。在古罗马的传说中，森林里的大树是女神狄安娜的化身。人们尊崇它，视它为圣树。英国画家透纳的那幅名画《金枝》，画的就是这样一棵圣树。我们在很多的油画、壁画、帛画，乃至青铜器上，都能看到一棵棵远古的圣树，它们散发着梦幻般的光辉，庄严华美，不可长久凝视。那华盖一般光辉遍照的繁密枝叶，像是有一股无形的神力，将你牢牢定住……

这些被赋予了宗教色彩的树，和人类一样是有灵性的，有着鲜活的生命。你感受过过树的呼吸和脉搏的跳动吗？我第一次读阿城小说《树王》时，惊异于他对一棵树的敬畏：

大家四下一看，不免一惊。早上远远望见的那棵独独的树，原来竟是百米高的一擎天伞。枝枝杈杈蔓延开去，遮住一亩大小的地方。大家呆呆地慢慢移上前去，用手摸一摸树干。树皮一点不老，指甲便划得出嫩绿，手摸上去又温温的似乎一跳一跳，令人疑心这树有脉……树叶密密层层，风吹来，先是一片晃动，慢慢才动到另一边。叶间闪出一些空隙，天在其中蓝得发黑。又有阳光渗下无数斑点，似万只眼睛在眨。

此刻，我正站在这样的一棵棵树下——只怕这些树更见古老和沧桑。而你，也只有更心生敬畏，才可领受那天籁般的寂静与神秘。

三

我在脑海里回想我看过的树。于是那些树，过电影般，一棵棵从我的记忆里跳出来。梨树、桑树、柳树、桃树、橡树、桉树、樟树、银杏树、松树、柏树、枫树、榆树、杨树、梧桐树、玉兰树、樱花树、棕榈树、菩提树……我在键盘上敲下这些树的时候，脑海里无比生动地漫出一幅幅我和树的景象。我大抵在哪里，和哪一种树相逢；我还大抵在哪里，捡拾到了哪一种树的叶子。这样的收藏，已累积了三大本，我把它们命名为《草叶集》。我在每一片叶子旁，写下对它的吟唱。

这一番不经意的回想，让我倏然发现原来我和树的感情，早已融进了心灵。我的成长，我看世界的眼光，我性格里那一部分神往自然的因子，肯定和树有关。

再进一步回想，我看过的树，肯定还不止于此。没错，我还在倪瓒和塞尚的画里，看到了不一样的树，前者高逸，后者绚烂——这就好比柳树之于陶渊明，枣树之于鲁迅，菩提树之于释迦牟尼……我们总能够在绘画、诗歌、音乐等诸般领域里，找到和自己气息相通的一棵树。

看一棵树，要怎么“看”，才称得上理想境界？美学家朱光潜举过一个例子：

同样一棵古松，假如是一位木商，他所知觉到的应该是一棵做某事用值几多钱的木料；若是一位植物学家，他知觉到的又是一棵叶为针状、果为球状、四季常青的显花植物；另一位画家，他什么事都不管，只管审美，他所知觉到的则是一棵苍翠劲拔的古树，他聚精会神地观赏它苍翠的颜色，它盘曲如龙蛇的线纹以及它昂然高举、不受屈挠的气概……

我想我神往的看树的理想境界，即如画家般“只管审美”——我用眼睛看，用双耳听，用鼻子嗅，用整个的心灵感知、遇合、交流……我和树，一动一静，互为试探、欣赏、照亮，乃至息息相通，物我两忘。多么希望，我的这个理想的看树境界，能在自己的城市付诸实践。

随笔的东京

赴日前，脑海里强烈的印象是三岛由纪夫和他的《金阁寺》。遗憾此行只在东京和箱根，去京都看一眼金阁寺是不可能了。拿作家和城市的关系来讲，若三岛由纪夫之于京都、川端康成之于伊豆、大江健三郎之于四国的森林……那么，东京该由谁来代言呢？村上春树？吉本芭娜娜？似乎都太近太新了，还不够传统。要走进东京的“前世今生”，首推断肠亭主人永井荷风。

“知日派”学者李长声有个有趣的建议：逛东京怎么逛？高楼宽街哪里都有，幸福的表面没什么看头，要转到背后，也就是胡同。东京的胡同还遗留着百余年前明治及更早些的江户时代的风情。“这样可观的东京是随笔式的，而不是散文的；散文多是要抒情，走马观花也不妨感慨一番，而随笔需要有趣味，寻寻觅觅，拿出些历史的文化的东西给人看。随笔式的东京其实是永井荷风写出来的。”随笔的东京！如此趣致的说法忍不住要击掌！

于是东京六日，紧凑的参观访问交流之余，我的眼睛和双脚没闲着，大街小巷一路寻寻觅觅，满怀探看的兴致。虽也走马观花，却无妨做一番随笔的散步。

不可思议，不可思议

以前读日本文学，惊奇于日本作家对“不可思议”一词的偏爱。不论什么场合，都爱用“不可思议”来表达自己对某事某人、某种事物发展变化程度……的无法想象，乃至不可企及。比如大江健三郎，渐入老境后写了一系列探讨如何与自己的智障儿子大江光共生共存的随笔，“不可思议”成了他表达人生的一种方式，频频见诸他笔端。

有一年，大江对接受采访的尾崎真理子说：这一切实在不可思议……尾崎真理子不禁感慨：您的小说真是不可思议，您的实际人生同样不可思议。大江先生到底是拥有特殊意志的人呀，而赋予这个特别意志之力量的人，则是光。大江接着道：真的是不可思议……

我在读着这般文字时，深切理解的同时，也着实“不可思议”！

及至2010年的冬天，参加由上海市新闻出版局组织的中国青年作家代表团访日，真正身临其境，下榻位于东京都千代田区的赤坂王子酒店，在几天的穿街走巷中，一次次地与美相逢，被美撞击……那种惊异和惊喜，忍不住、竟也忘形惊叹：真是美啊！美得舍生忘死、舍生忘死——美得不可思议！

以为东京的12月已足够冷，起码过了播报“红叶前线”的赏叶季，没料想却逢上绚烂多彩的晚秋！和上海一样，东京的冬天也姗姗来迟。每天的清早和晚上，东京街头清凉如水，空气清新。天气晴好的中午和下午，那些色彩斑斓的树都醒了，睡精神了，吸足了阳光和风露，抬眼望去，金黄透亮的银杏树惊鸿一瞥，绯红醒目的鸡爪枫旁枝斜逸，樱花树则是另一番景象，红黄叶片还未落尽，一簇簇飘飞在细密枝丫间，竟似振翅的蝴蝶！松柏丛中夹杂着菩提树和一些纤细的蕨类，洁白茶花仿如夏天般仍俏丽绽放。行走在如此多彩的街头，再匆促，也要停一停啊！

我想写一写银杏树。在中国也有很多的银杏树，可是作为东京市树的银杏树，却带给我一个诡异莫测的梦和一场意外之喜。

先来说这个梦。东京第二晚，结束下午的两场访问，我们在深川一带的町家料理店晚餐。此时已华灯初上，胡同里林立的店招灯火摇曳。在上海，这大抵是美食一条街吧！比如仙霞路、水城路一带，也是霓虹闪烁，日韩风的店招毗邻。如此相熟的夜晚，自是感觉亲切——可也有不同，照永井荷风的说法，东京的胡同“虽然窄而短，但富于趣味与变化，有如长篇小说。”我用相机拍下了一条条胡同和店招，回来后在电脑上看，觉着了诡异，怎么说呢？东京夜晚的胡同，少见人影，即便是灯火璀璨的大街，人声杂沓，却不见喧哗。那胡同里各般风情的纸灯笼，画着长尾黑猫背影的赭红店招，还有灯影迷蒙的店家，都在告诉你：这是东京，有着江户市街的寂静美。如此说来，东京夜晚的胡同，确如李长声言，更适合拿来写推理小说，如松本清张的《点与线》。

晚餐和日本朋友杯盏谈笑甚是愉悦。店门口分了手，我们一行人在外务省长谷川绫子小姐的带领下，坐地铁东西线回酒店。天气预报说当晚有雨，果然，出了地铁，雨就星星点点地下来了，不由加快了脚步。人行道上银杏叶铺地，脚踩在上面沙沙有声。夜色朦胧，白天金黄的银杏叶，在长长走道上泛出白来。

回酒店，很晚才睡下。脑海里回旋着白天车子经过上野公园，国立美术馆前那一棵棵金色池塘般璀璨璨的银杏树。阳光下，那亮得让人心惊的黄，绿黄、浅黄，到金黄，真是、美得不可思议！梦就来了——

我梦见自己走在一条长长的走道上，走道上整版整版的报纸挽幛般铺地，报纸上赫然印着黑色粗重的死亡标题。两边飘飞着灵魂与鬼怪。此时一列开往远方的火车驶来，门开着，我一步跨上去，却又被飘飞的灵魂们引下来，我试图再上去，却再也不能，火车呼啸着消失，我在死亡之道里混沌穿行……

这个看似不无诡谲的梦，竟然在我清晨醒来后清晰回放。那梦里的景象，报纸的标题以及鬼魂的幽寂笑脸，是如此可感可觉，仿佛伸手可触。这令我惊异——梦境里都不曾骇怕，却在醒来后抽身，回看和鬼魂交战的自己……真真匪夷所思。

现在，我把这个梦境写下，很想和熟稔日本文学的朋友做一番探讨。散文写得很好的日本风景画家东山魁夷在《美的情愫》一书里说："日本风景兼有多彩与淡泊、华丽与幽玄这种截然相反的性格，可以说在细腻而美妙深邃这一点上，世界上也是无与类比的。"

由此思量开去，我想到了日本美的两极：闲寂的风趣是一端，比如石灯笼上的青苔，庭院里的枯山水，4月里的樱花，几可与茶道、花道、剑道并称的日本豆腐；另一端则走向了美的极致，比如养在庭池里的锦鲤，华丽繁复的和服、浮世绘——还有我擅自加上去的金黄透亮的银杏——美到极致，是否就生出了不可思议的生的绝望？乃至于对时光的流转生出超越凡常的叹悟？死，在这个时候自然而然地摆在了你面前。它不再是生的对立面。它也未必可怖。好比鬼怪、灵魂，它是生的另一张面孔。难怪日本文学里，怪谈、灵异有着深幽的传统，那种浮生旧梦般的鬼故事，虽不可解，却是离我们如此的近。

梦境醒来的翌日，怀着愉悦的心情继续在东京的行程，上午去墨田区立隅田小学校参观，和一年级的小朋友一起午餐；午后到府中市立中央图书馆，参观他们现代化的电子查书、借阅系统；月色黄昏来到丸善书店，迷失在书的海洋里……如此这般，早把那个梦抛到了九霄云外。

及至晚餐后，我和友人薛涛、倩霓三人行，在酒店附近的商业街闲走闲看，驻足晃神，不意看到一家神社，抬头，只见鸟居匾额上“山王日枝神社”的字样。再抬头，一层层墨绿色、浅绿色、黄绿色的繁茂枝叶，竟似硕大华盖般悬在头顶的上空，夜色的笼罩下，是那样庄严、华美、静寂，仿佛有一股神力突然将你顿住。就在那一刻，你无法不相信神的力量。这股力量足以将你吞噬，化为虚无，直至重生。所谓涅槃，是不是这样一种静的力量呢？

我想起日本的一位小说家远藤周作，他在一部小说里探讨信仰与生死。他借主人公之口说：吉野山的樱花就是一种墓碑，死亡和植物的关系密切……树有再生的力量。

这一晚，我们是如此出其不意地邂逅了一场美——沿着红幡深深的狭长参道，我们一级级走上去，但见台阶上、地面上落满了厚厚的一层银杏叶，没有人，四围笼罩在神秘的宁静中，每一棵树都沉默着，如同山的隐衷。我们在铺天盖地的金黄里沉醉，那种炫然又寂然的美，找不出恰切的语词来表达——原来，真是有一种美，美到令你不可思议！

回来翻书，无意间竟找到这“不可思议”的江户源头——漫画家杉浦日向子是日本江户民俗研究的权威作家，被称为“从江户来的人”，代表着最正宗的日本文化。她在《一日江户人》（陕西师大出版社2007年版）一书中谈到江户时代幽灵故事的主流——“不可思议故事”。这不可思议故事大致有七种，称为“七大不可思议”，如钓鱼归来，会被叫住“放下——”，放下鱼就平安无事，否则会迷路；又如深夜天花板上忽然伸出一只毛毛的泥脚，洗干净就会缩回去，据说是狸猫的恶作剧，等等，无不诡谲神秘。杉浦日向子认为，“这和人的仇恨、欲念没什么关系，单单就是‘不可思议’”，遂又强调“可不能嘲笑这是无知的迷信”。

却原来，“不可思议”还是日本文化的一个符号！

猫，猫，猫！

“两只猫也酣然入睡了。看着猫熟睡的姿态，我总会有松一口气的心情，因为相信至少猫安心睡觉的时候并不会发生特别坏的事情吧。”（村上春树随笔）

“冬天结束，春天来了。春天一来，我和她和猫都松了一口气。4月里铁路罢了几天工。一有罢工我们可就真幸福。电车一整天连一辆都不在线路上跑。我跟她抱着猫下到线路上晒太阳，简直静得像坐在了湖底。我们年轻，刚结婚，阳光是免费的。”（村上小说《袋鼠好日》）

——说起来，日本文学的传统里，拿猫来说事、精通猫言猫语的作家，村上春树堪称典型。他喜欢猫，随笔、游记、小说里到处有猫客串，还爱给猫取名字，彼得，缪斯，沙丁鱼，青箭鱼，大家，大河，川村……不一而足。

东京数日，几乎日日天气晴好，去墨田区立隅田小学的这一日早上却下起了小雨。怕路上堵车，司机敬业地一路赶。结果早到了，车子停在学校附近一条叫“墨田四丁目”的胡同口。我们撑了伞下车，这就有了和东京胡同里的猫的邂逅。

这只花猫（黑白黄三色，日文写作三毛猫），围着胡同口的垃圾箱喵喵叫，长尾巴上翘。它在找什么？上午的早点？可巷子里空寂无人，门窗紧锁。看样子，它也不是流浪猫，长得肥硕可爱，毛色清亮，脖颈里还戴着铃铛项圈。我的小说的神经唤起了，脑袋里冒出一场人猫对话：

“你好。”打招呼的是一个老年男人。此人会猫语，经常为人找猫捞外快。

“你好。”猫略微仰起脸，用低低的声音费劲儿还礼。是一只肥硕的老猫。

——哈！别猜了，正是村上的小说《海边的卡夫卡》！一部“围绕猫的冒险”的猫小说。

原以为和猫的缘分纯属偶然，没想到接着去隅田小学，却遭遇了更多的猫！这些形形色色、大大小小、或站或立、神情各异的彩色猫，全是小朋友们的杰作！被张贴在了一面面的板壁上，抬眼望去，真有猫国大会的气势！那些猫儿，一律肥硕，表情丰富，形态可掬，大眼如鼓，小眼恍惚。当晚又在一家饰品店里见到更多更多的彩绘玩偶猫，瓷器的、木雕的，坐在高脚凳上、沙发椅里，斜躺的、垂立的、拱手的，皆胡须上翘、仰脸无辜状……

回来后收拾东西，行李箱里居然掏出一摞“猫物件”：画着猫的明信片、信纸和信封，印着猫图的棉手帕、巧克力包装盒，相机里还有在箱根便利店门前拍下的晒太阳的两只黑猫，墨团团般的黑，只剩两只眼睛闪露凶光，叫人无端想起《午夜凶铃》的诡谲神秘和不可靠近的悚然。

有一晚和薛涛、谢倩霓在酒店附近闲荡，进了一家叫山猫亭的日式小酒馆。地下一层的小酒馆，局促却安静，不似街面上的烟火缭绕。日本人将野生的猫唤作“山猫”，以区别于驯养的家猫。连酒馆的名字都以猫命名，可见猫在日本受宠爱的程度。

猫之于日本，究竟是怎样一种存在呢？据说江户时期，江户人养的宠物90%以上是猫。“和室里懒洋洋躺一只猫，着实可以入画。当时每家都有老鼠，猫是不可或缺的宝贝。”漫画家杉浦日向子如是介绍。她还考证说喂养了很久的猫尾巴分成两条，会变身，所以江户的猫从小就被剪了尾巴。我在东京街头和小朋友们的画里，确也见到了很多短尾猫——可不敢想那是剪短了的缘故！

另一位东京漫画家小泉佐代爱猫爱得可谓深，13岁时和猫咪太良、板仓结缘，现在和两只猫咪一起租住在利根川附近一家古宅院里，闲时画猫写猫，曾在《了解爱猫》《滚滚猫》等杂志上发表作品。我手中有本南海出版公司2008年引进的中文版猫绘本《有猫真好》，她在书里教你怎么领养一只猫、如何读懂猫言猫语、怎么与猫共处、挑选猫食……真真细致入微。

猫在日本的民间传说里都有报恩一说，且都和寺庙有缘，所以日本的一些寺院里，都建有猫冢。而很多商家店铺进门即见的招财猫，则已普及至中国的大街小巷了。

我在想日本人对猫的钟爱，是否含有这样一层文化心理——猫予人的印象独立、神秘、生存能力强，喜欢单枪匹马，不乐于团体活动——恰恰日本人的团队精神，可是世界闻名的，那么养一只猫，拥有一个上班而外的自由空间，是否也算一种平衡？

猫的可爱与温顺，确也像日本文化，有股悠闲的底子，深具阴柔之美。

在东京感受书香

写了“随笔的”东京后，很想再写一写“书香的”东京。尽管经济危机后，日本关了不少书店；也尽管时有消息播报，日本读者越来越倾向于轻阅读，文学作品缺乏感召力，代之以漫画、青春、励志、管理等轻松实用性书籍——但是，东京六日，无论是参观、踏访所见，还是地铁、街头所感，我看到的日本人，仍以喜欢阅读为自豪。

在东京街头，你可以看到一家又一家的特色连锁书店，这样的书店至今仍有1.5万家；在地铁车厢里，人再多你也听不见喧哗，他们或坐或立，皆静默不语，大多手捧口袋书、杂志、报纸沉浸在阅读的世界里。我尝试将我感受到的东京书香呈现出来，虽局部与细微，却也是现实一瞥。他山之石，或可启迪。

绘本在日本

2010年12月1日晨，因上海大雾，我们这个由上海市新闻出版局组织的中国儿童文学作家访日代表团一行八人，抵东京成田机场已华灯初上。未及下榻酒店，前来接应的翻译泉田女士带我们直往银座一家料理店而去。

欢迎晚宴上，认识了此行接待我们的日本外务省渡边信之先生、长谷川绫子小姐，以及我们亲切地唤作“王姐”的王连清女士，她是日本畅销书作家渡边淳一的版权总代理，在东京涩谷开有自己的饭店，家乡人见面，一口温婉儒雅的上海话。用餐期间，三个人细致地敲定了接下来的五天行程。

且不说构成我脑海里的日本文学地图，我对日本的初印象是从日元上的作家开始的——比如最新版的5000日元，正面为明治时代英年早逝的女作家樋口一叶（巧得很，近日收到万卷出版公司推出的樋口一叶中文版短篇小说集《青梅竹马》，腰封上第一行字便是：“第一位印在日元上的女性”……）；再有一万元的正面是日本作家、教育家福泽谕吉；2000元的背面是《源氏物语绘卷》和《紫式部日记绘卷》——将作家的肖像和文学名著印到钞票上，也算是日本文化趣味之又一种。

五天行程安排得丰富而紧凑，若是细细写来，倒有个现成标题：《日下散记》，“知日派”学者李长声的一本随笔书名。写日本有很多的写法，妹尾河童式的窥视是一种，吉本芭娜娜式的疗伤是一种，甚或永井荷风式的“用最优雅的文章写最低级的事情”（三岛由纪夫语）亦是一种，但细究起来，都脱不开日本文化的精巧雅致和闲寂的风趣。所以我打算在这篇纪行小文里也有主题地呼应一下。

若给日本读者做个随机调查：平日花在阅读上的时间最多是哪一类——不出意外，较为普遍的当是漫画，再做细分，便是面向成人和孩子的不同年龄段的绘本。绘本在日本，和动漫文化一样，已形成了独特的出版规模和运作特征。我们此行访问的POPLAR社，也即白杨社，是一家专业儿童出版社，已有60余年运作童书的历史，尤以绘本为特色，在日本也算是规模最大的一家。

白杨社的绘本在中国有很多知音。以白杨社英文字母“POPLAR”音译的“蒲蒲兰”绘本馆，近年相继落户北京、上海、天津、沈阳等城市。作为中国子公司的北京蒲蒲兰文化发展有限公司，也早在2004年成立，此时的绘本在中国正蓬勃起步。

走进位于东京都新宿区的白杨社公司大楼，进门即被一熟悉形象吸引了去——看过日本知名绘本作家宫西达也的“霸王龙系列”《我是霸王龙》《你看起来好像很好吃》《你真好》等绘本的读者，肯定对这只身形巨大、外表粗暴，却情感丰富的大恐龙印象深刻——它可是蒲蒲兰的形象大使，颇受小朋友们的青睐，眼前的霸王龙布偶靠在椅凳上，正煞有介事地欢迎我们呢！

待上楼、进会议室，分发名片时又一个惊喜：迎面一张熟悉的脸孔——漂亮精干的石川郁子，几年前我曾采访过她，跟她提起，她一脸灿烂地回应：对对对！我记得！谢谢你呢！一口中文很是流利。她名片上的身份是北京蒲蒲兰文化发展有限公司董事、总经理。白杨社和中国少儿出版社的合作很早，近期与江西二十一世纪出版社合作推出了被视为镇社之宝的系列儿童小说《活宝三人组》（第一辑4种）。这个系列在日本已行销32年，一年只推两本，已推出数十本，作者是日本知名儿童文学作家那须正干。时隔32年后，如今终于被引进译介到中国来。石川郁子介绍此书时，心下又是一阵感叹——不久前，二十一世纪出版社第一时间寄来了这套书，希望我读后写篇书评，遗憾总在忙碌中的我竟没写成！

喜欢绘本的读者都知道，绘本在日本的发展已相当成熟。当然最早也是引进欧美绘本文化，但是第二次世界大战后，也即20世纪50年代，日本开始大量译介海外的绘本，在引进出版的同时，摸索并发掘原创绘本，这其中涌现了如岩波书店、福音馆等优秀儿童出版社。如今在日本，几乎每家儿童出版社都出版绘本，有的就以绘本为重点。出版社、学校、家长、图书馆，各方都已形成一个共识：好的绘本，就是一粒幸福的种子。

访问位于东京都台东区上野公园的国际儿童图书馆，恰逢一个名为“绘本的黄金时代”的主题展，海报上赫然注着“1920—1930年代”，我们在一楼展厅里浏览了这个“黄金时代”的优秀绘本的世界面貌，时间太过匆促，真想驻足细细品味那些美得叫你屏住呼吸的画，画上的小人儿、飞鸟、狐狸、老树、池塘、廊柱、远天、阳光下的剪影……确切说，是想拥抱整个绘本的黄金时代！

在这里，每一本泛黄的老画书，都可称为一个世界，它们安静古老地躺在那里，拥有着不同的脸孔、时代气息、故事背景、艺术家气质、一路走来的命运，乃至更多。你只有理解了这些，你才有资格去亲近它。而我这个言语不通的匆促访问客，只能徒生感叹——耳边回旋起一句话：一个民族如何选择文学，就会如何选择前途。

说这话的是译过鲁迅作品的日本作家佐藤春夫——这个对中国读者而言还甚为陌生的名字，却是中国文学的爱好者和中国通。

关于绘本，还有很多话题，比如在经历了新一轮发展热潮后，它以后的走向？更多综合性出版社进军绘本行业，是否预示着绘本质量的下滑？中国原创绘本如何在借鉴中踏出一条新路？……凡此种种，都有待绘本的研究者、编辑者、出版者、创作者，去摸索、思考、完善。我这个热爱绘本的“非专业人士”充满期待！

夜访丸善书店

访问日本，我的爱书的同事提醒说：一定要看看他们的文库本。当即会心一乐，脑海里翻出小开本口袋书盈手一握的好感觉。比之价格便宜、便于携带的日本文库本，近年来在中国出版界很是流行的所谓国际大开本，真是折磨人，摊开来大大咧咧，捧着读太不方便，放书架上横竖占地方……“书的价值，绝不在尺寸”，可见爱书人都有相似的体会。

东京第三天，参观完位于府中市的现代化图书馆——中央图书馆，车子往东京大型办公区丸之内的最大书店——丸善书店赶。行程表上的安排，晚餐前有一个小时的“丸善书店视察”。

急急地扑进去，想着一睹角川文库、讲谈社文库、新潮文库、岩波文库、小学馆文库……铺排在书店里的可观阵容，却未意识到我已经来到了历史悠久的日本第一老书店，及至回沪后看所拍照片，恍然——此丸善，不正是鲁迅晚年常念及的书店么？鲁迅当年初到日本留学，即与这家书店结下不解之缘。丸善书店是鲁迅在日本购书的渠道之一。直到回国后，他还持续不断地通过这家书店订购了大量西文书籍。及至晚年，当日本友人增田涉问他：“如果你再到日本，最想去的地方是哪里？”鲁迅答：“第一个想去的就是丸善，再就是仙台”，可见其眷念之深！

丸善书店1869年首创于东京，是第一家日本株式会社组织，连锁店遍布日本全国。网上有资料说，如今在东京的日本桥和丸之内拥有自己的大牌企业的老板，当年作为员工都曾在丸善书店买过书——对喜欢阅读的日本人而言，此言不虚。

我甚至生出奇想：蛛网般密布、贯穿东京的地下铁，就是为呼应阅读准备的。这是又一个不同于书店、图书馆的阅读世界。在这个流动的地下世界里，填满了电车一族老读客。他们手捧文库本口袋书，静默自在地沉浸在自己的世界里，外界与他无关。这也是我这个局外人觉不可思议的地方——日本人的团队精神尤其强，上班时间一切以团队为重，个性隐匿；而一旦下了班，走上大街、钻进地铁、踏进家门，才有机会凸显自己，故而在电车上，你总能看到沉浸在自我里的日本人。

这也恰好回答了为什么在竞争激烈的日本书业，电子阅读方兴未艾，却仍有15000家实体书店得以生存的原因。

丸之内的这家丸善书店，地处繁华闹市，店内店外，人流不息。要说印象深刻，是他们排放图书的不拘一格。比如四楼的“松丸本铺”店中店，两百多平方米，由日本文化学者松冈正刚创意并开设。它的陈列和布局，可真是创意无限，惊喜连连！书架是隔板凹凸状的转折，这样大小不一的书籍可以或直立或横陈地交错摆放，新书、旧书、图集、词典，甚至可爱的布偶躺卧书柜中。据说这是松冈正刚“书的连续性”的理念，即陈列的图书有别于按门类、内容、作者等传统的模式，而是突破常规，让读者身处其中，任由一本本不预期出现的书籍闯进视野，流连忘返。我看到的主题展名为“男本 女本 间本”，猜想是一个关于男女主题的专题图书展示。在绘本专区，我看到了大大小小铺排得琳琅满目的圣诞主题图画书。我们熟稔的经典绘本《雪人》，可以有十几种给不同年龄段的孩子和大人翻阅的版本，真真令人神往！

网上看到一条消息，称日本印刷业和出版业、图书销售业正在开展一种紧密的资本合作，以便寻求日本图书与印刷业的发展。日本最大的印刷公司——大日本印刷社2009年出资收购了日本最大的书店之一的丸善，拥有该书店51.28%的股份。紧接着，又将日本另一家大型书店文教堂收购旗下，成为文教堂的最大股东。

我们此行访问大日本印刷社时，难怪该社市谷事业部的福田健一先生特别提到了他们旗下的这两大书店。这是否预示着网络印刷、书业时代的一个新风向呢？

鲁迅时代的丸善书店已不复存在。然而我在想，无论书店如何变，书终究是其不变的灵和魂。

赭城，赭城！

树，树，
干又绿。

脸庞美丽的姑娘
去采摘橄榄。
风，塔楼上的荡子，
把她拦腰抱住。

四个骑手经过，
骑着安达露西亚的小马，
穿着天青和碧绿的外套，
披着长长的黑大衣。
“到柯尔多巴来吧，姑娘。”
姑娘置之不理。

三个年轻的斗牛士经过，
他们腰肢纤细，
穿着橘红色外套，
佩带着古银剑器。
“到塞维利亚来吧，姑娘。”
姑娘置之不理。

夜色渐渐发紫，
光线渐渐分散，
一个年轻人经过，
手拿玫瑰常春藤。
“到格拉纳达来吧，姑娘。”
姑娘置之不理。

美丽脸庞的姑娘
继续采摘橄榄，
风的灰色手臂
围抱住她的腰肢。

树，树，

干又绿。

——加西亚·洛尔伽（1898—1936），引自田晓菲《赭城》

加西亚·洛尔伽，“20世纪最伟大的西班牙诗人”。在我阅读有限的中外诗人里，这个名字完全是因为西班牙之行才遭遇、相逢。不过这首短诗，确是唤醒了西班牙之行从这个城市到那个城市，大巴沿途奔跑的所有记忆：灰色的风、大片广袤干绿的橄榄树，苍茫茫的蓝天，是安达露西亚平原的典型景致。

去西班牙前，忙里偷闲做了些案头阅读，毛姆的《西班牙主题变奏》、林达的《西班牙旅行笔记》、田晓菲的《赭城》……网上又搜罗了几本攻略、指南类实用书。实在未能身临的阅读，仅止于阅读——文字里的想象。

及至真正到了西班牙，一路折腾从巴塞罗那乘夜火车，还没出发即被告知南部城市格拉纳达突降暴雨，夜火车凌晨两点换乘城际大巴，一路跋涉赶在早晨九点前“冲进”赭城——传说中的红色城堡，回来再翻书，只能徒生叹息！这座用红泥和石头垒成、外表过于简朴的古堡废墟，早成了一个象征！在300年来的欧美文学中，已有无数的作家、艺术家、诗人为之倾倒、叹息，他们赞美它，描述它，歌咏它……晚生者如田晓菲亦不得不感叹，赭城既是一处真实的古迹，也是一座文字之城，想象之城，甚而不惜以一本书的厚度来向它致敬。以前我曾慨叹，有些书是不能错时而读的，那么现在是否该补上一句：有些风景是不能错时而看的？比如赭城。面对浩瀚的历史古迹和文化奇迹，一个行色匆匆的旅者，永远、也不可能走在时间的前面。

在西班牙的地图中，赭城位于南部安达露西亚平原之上、内华达雪山脚下。整个安达露西亚地区，声名在外的三座城市，柯尔多巴、塞维利亚和格拉纳达，都深受阿拉伯文化的影响，所以这三座城市有着迥异于西班牙其他地区的阿拉伯—安达露西亚文明的灿烂、丰富与独特，既不同于远东文明，也和基督教文明有着深刻差别。

我们此行线路，从东部城市巴塞罗那，坐夜火车到南部城市格拉纳达、米哈斯，再往西南经塞维利亚，过境到葡萄牙的首都里斯本，再由里斯本抵达西班牙心脏马德里，作为长途跋涉的休整，中间逗留西班牙古城托莱多半日。这样的行程，已是安排紧凑，能够预留给个人活动的时间甚少，所以很是遗憾，很想一看的普拉多博物馆（马德里）没能去成，更不要说南部另一城市柯尔多巴了（有著名的大清真寺）。因而我脑海里的西班牙，除了高耸的哥特式教堂、激烈的斗牛、空阔的城市广场、广场上湛蓝的天空和站得笔直的雕像外，只有阿尔罕布拉宫山势迤逦的宫殿与花园、宫殿内流星四射的穹窿、白垩墙壁、塔楼倒影的水池、泥金拱门与壁龛、灰墁雕花的窗子、曲径通幽的回廊、厅堂、庭院、喷泉、繁盛葱郁的植物、沧桑城墙……乃至对这座城堡迷宫般的不知所终。

据说赭城共有23座城堡，我们半天的参观只能走马观花。它每天接纳的人数有限，上午3000、下午3000，且都事先预订好了票，散客去只能碰运气。这座穆斯林王朝留给西班牙人的辉煌宫殿，充满了阿拉伯文化的建筑奇迹。局部细节的繁复和整体结构的简净，是这座古堡的强烈特色。似乎任何一个角度看去，都是一幅美不胜收的图画。你置身其中，甚而产生一种迷惑，从这里到那里，视线总是被阻隔，被牵引，数不尽的回廊、通道、拐角、曲径。“一切都在回避，隐藏，包容，延宕；一切都在揭示，呈现，给人惊喜，无限延伸。”（引自田晓菲《赭城》）

然而，如果我们了解了这座城堡的历史，就不奇怪其建筑的审美取向：防备刺客与谋杀。这座城堡的存在，始于公元8世纪，基督徒和摩尔人的边塞冲突。一代代摩尔君王，以宗教的名义，卷入了一场场宫廷密谋与政变。在城堡的塔楼上，我看到昔日摩尔军队驻扎的营房地基，在一片镂空铁板下，有一条通往地下的深长管道。我俯下身，灵魂出窍般听到了冤魂的叹息。这些冤魂夜夜徘徊于庞大城堡的每一个角落，化作风的回声、雨的叹息和锁链的叮当鸣响。当年17岁的莫扎特曾作过一部歌剧，即取材于格拉纳达宫廷的密谋、叛乱与流血。

安达露西亚的灵魂，在西班牙诗人加西亚·洛尔伽的诗里，也在赭城阿尔罕布拉的塔楼上。

静守师傅

静守师傅是镇福庵里的和尚。庵本来是住尼姑的——“和尚庙，尼姑庵”，通常大家都这么认为。可总也有例外。小说家汪曾祺在其名篇《受戒》里就写到一个明海小和尚，住在苦提庵。庵里还不止一个和尚。

现在这座镇福庵，在浙江宁海象山港的横山岛上。虽说已开发，我去时游人并不多，岛上树木葱郁，浓荫蔽日，满目参天古樟和挺拔秀竹——如此欢喜的清和静，真叫无话可说了！

镇福庵就在山腹上。顺着卵石小路往深处走，刚还灌木丛生、遍地苍苔，突然间就亮堂起来，看到一片开阔地——是几亩菜园。阳光金灿灿，有些晃眼，分明还没从浓荫里醒转过来。就那么一瞬，感觉灵魂出窍。脑海里漫出胡兰成在《山河岁月》里的句子：“在阳光世界里，田稻穰穰，长亭短亭，柴门流水，皆成金色……”

这会儿，没有金色的稻田，也未见长亭短亭，却有大片的菜地，开成一畦畦，正是蔬菜长势最好的时节——青菜肥头大耳，草头一簇簇正窃窃私语，菠菜油亮翠嫩，芹菜亭亭玉立……胡萝卜还在泥地里酣睡，纤细的叶子叫人莫名心生愧疚之情；卷心菜刚开长，一层层小圆叶片在阳光下尽开颜。

风吹过，我闻到了这个世界上最优雅、最富贵、最奇异的香水也抵不上的香——是阳光、泥土、正在拔节的茎叶混合着粪水的清香味儿，可这香，你永远也不可能在城市里拥有！这是被干净的风、新鲜的空气、清澈的水、纯粹的蓝天和真正的星空，还有生长古木苍苔也生长神话传说的土地所造就出的香。我在这香里，瞬间迷醉过去。依稀仿佛，走进我遥远的童年村庄。

静守师傅就在这个时候出现：

洗旧了的海青色短衫，里头露出同样洗旧了的白色短褂领子。套袜和绑腿沾满了泥尘。脸黝黑，眼睛却清亮。乍一看，就跟总在田间地头劳作的农人没啥两样。他的身后，就是镇福庵，距菜园百步远。

先说庵。庵很古旧——宁海县志里有据可查，建于明洪武十三年（1380），距今600余年。和很多的深山远庙一样，这镇福庵也是小格局，却也有奇处——一般观音菩萨都立于莲花座，而这里的观音却立于鳌鱼之上。莫非……和这横山渔岛有关？

我四下里探寻，却不见静守师傅的影子。大殿内黑漆漆，午后亮白的阳光打在廊柱上拖成长长的暗影。空气里混合着浓重而发霉的、不容忽略的寂静和香烟的气息。阒寂无声。我一阵恍惚，大步奔向殿外。

殿外，是另一个世界。同行友人正三三两两围拢在一丛老树前。这就说到了与庵同龄的三株古树：芙蓉、香樟和桑树。古庵、老树，没错，它们理该在一起。互为依存，互相倾听。

桑树更像一个巨人，当路而立，顶天立地。站在它面前，只有抬起头来，才能与它相望。树上挂着它的“身份证”：植于元代，距今已700余年，为浙江省现存最大的桑树，誉称“浙江第一桑”。

芙蓉树就长在庵门前，不高，枝叶繁茂。树上也有一块牌子，上写：植于元代，距今已有700多年。此树曾于20世纪60年代衰落枯萎，仅剩古树桩，1998年枯木逢春，复抽新枝，繁茂至今。

大家簇拥着看树时，静守师傅一直静立在边上，更像个置身事外的看客，脸上是农民式的淳朴，甚而还有些木讷。但是当大家正要回转身走时，他像是突然醒转过来，说还有棵树呢！在那——说着他兴冲冲跑前头，指给大家看。就在庵旁的树林子里。是一棵600多年的古香樟，盘根错节。奇的是，树中长树，老树桩里又长出一棵挺拔的毛竹。抬眼望去，老树像一擎天伞，高耸入云。有些树，你站在它面前，除了感动，更会生出一份敬畏之心。这棵古香樟就是。

当大家抬头仰望一时无语时，静守师傅用充满怜爱的手势拍了拍老树斑驳的身躯，身子也向大树倾去，像是在耳语，又像是在倾听——用整个的身心。我杵在树下，怀疑自己也成了树的一部分……

再往林子里走，静守师傅顺手一指，道："那边还有一口古井，水很甜咧，我烧水做饭全靠它！"我们就齐齐地跟了去。井台斑驳，井水清冽。静守师傅麻利地给大家打水。一桶水打上来，大家纷纷用手掬了喝，颔首称许。静守师傅就那样憨笑而立，眼里满是孩童般的喜悦——那后面的潜台词是："甜吧？我说得没错吧！"

到这会儿，静守师傅已进入自己的角色——他，才是这寂静之岛的主人。这古庵、这老树、这水井、这大片的林子、神话和传说……以及庵前空地上一畦一畦的菜园子，因了他的存在，才显出生命和灵性来。兴许他自己并未深切意识，而我、我们，这些偶然的闯入者和旁观者，清晰地看到了。

镇福庵没有电，到了晚上就得点蜡烛。镇福庵也没有第二个和尚、杂役或是游方僧。远来的和尚不会选择到镇福庵来落脚。静守师傅是庵里唯一的和尚。所以他既是住持，又是方丈，还是杂役——说杂役兴许更贴切。我不知他平日里念不念经，做不做和尚们通常的早晚功课。但他每天必做的功课是烧水、做饭、洗衣、种菜、锄地。

"不种菜，就没菜吃；不烧饭，就没饭吃。"静守师傅两手一摊，讲了句大实话。问他什么时候到了这里？答十多年了，师傅圆寂的时候叮嘱过，要他守在庵里，从此就没离去。

十多年里，一个人守着一座庙、一座山，甚至一个岛。难得也会有游人或香客远道而来，但香火终是不旺。十多年里，独自一个人把每日的挑水种菜锄地洗衣做饭……当成修行的功课，顶着日晒、雨雪日日往前走。白天还好，有事可做。晚上就有些难熬，没有灯，即便是点上蜡烛，也是浓重暗夜里的一星豆火。一个人，每夜每夜被层层的黑和暗包裹着，会是怎样的清寂感觉？真是不好说。

但静守师傅"熬"过来了，说"熬"，未必尽然，我无法揣度静守师傅本真的内心。他站在你面前，朴拙地笑着，不善言辞。我只是从他简单的描述里猜想着他的日常：劳作，汗水，一日三餐，手捻佛珠敲木鱼。……

还有什么？寂寞？孤单？长夜难熬？或许吧！

还有什么？还有很多。但未必人人都能得见。

不要忘了，这里有古庵、老树、林子、菜园，有鸟鸣、蝉唱、树影、风声……及至大自然的怀抱。一个热爱自然的人和一个无视自然的人；一个亲近自然的人和一个远离自然的人——他们的生活会多么不同。

所谓的大自然是什么呢？是湛蓝如洗的天空，逶迤盘桓的群山，清澈蜿蜒的流水，花团锦簇的草地，绿荫铺地的森林……没错，它们共同组成了人类永恒的家园。可是，光有这些还不够。这是我在邂逅了横山岛的静守师傅后突有所悟的。一个自觉地亲近和守护大自然的人，他眼里的大自然是与人类一样有灵性和生命的。那一畦畦混合着粪水味儿的碧绿菜园、那一棵棵历尽沧桑的参天大树，你听得到它们的声音吗？

德国哲学家狄特富尔特在《哲人小语：人与自然》一书中说过这样一段话：

我们对植物知道些什么呢？觉察它们的痛感吗？每秒超过二万往复振荡的呐喊，我们的耳朵听不见。也许全世界、整个宇宙都在呐喊，我们却耳聋。可能草也在喊叫，当它被割或温和动物的嘴在拔它时；当树木周围架上斧或锯时……

静守师傅沾满泥尘的套袜和绑腿、黝黑的肌肤、清亮的眸子，还有他摩挲树干时怜爱的手势、前倾的身子……都让我深信：他是懂得并深爱自然的人，他和自然融为了一体，他是自然之子；他当然也更能体会万物的生机，劳动的愉悦乃至艰辛，于是在他眼里，一箪食，一瓢饮，都赋予了欢欣和不易。

用作家韩少功的话讲：“经常流汗劳动的生活，才是一种最自由和最清洁的生活；接近土地和五谷的生活，才是一种最可靠的生活。”——这是怎样奢侈的人生啊！（于城市中的我们）

二月柔石

宁海归来，突然生出再读柔石的念头。谓之再读，其实是重新认识。在我们这个时代，很容易被一些概念和名词束缚与遮蔽。比如柔石。我们知道的柔石，大抵是“烈士的柔石”，革命的，热血的，是真的猛士；而作为“作家的柔石”，面目亦是单一甚或正统的，所谓红色经典、革命教材——如此涵盖，方便是方便，却难免模糊了个性，甚而阻挡了我这般的读者。

幸得宁海之行，全无在意，只当身心疲累的偶尔逃逸，随朋友们一处处胜景游去，前童古镇、伍山石窟、横山小岛、十里红妆、潘天寿故居……唯独没能去柔石故居。这倒成了一个心念，愈是隔着漫想的距离，愈生出探究的兴致。这样一个被时代烙上了强烈印记的作家，故乡之外，究竟还有多少人记得他？想念他？懂得他？

于是去网上搜来他的书，他的几被潮流湮没了的文学作品。虽说学生时代，也曾零星念过他的若干小说和散文，待书拿到手里，翻看下去，心里的惊异还是一点点滋长。随机在办公室作了个测试，有谁知道电影《早春二月》根据哪位作家的小说改编？同事们的表情：好像记得……却又摇头。没错，这是我料想到的结局。

柔石最出色的作品是中篇《二月》，《二月》也是柔石的代表作。因为孙道临的成功演绎，主人公萧涧秋的形象深入人心。《早春二月》也在中国影坛引发了一场非同寻常的震动。柔石还有个短篇《为奴隶的母亲》，被改编成影视剧、沪剧、甬剧等多种艺术形式。如此写来，我的确开始有些印象，若干年前，我曾和摄影记者同去上海越剧院，探访越剧《早春二月》的彩排，当年饰演萧涧秋的孙道临先生正现场指导……我当然也去了“左联”会址纪念馆，依稀记得那里存放着的柔石遗物……这些，大抵就是我和柔石的交集了。今天，我在柔石故乡和他擦肩。

其实再读柔石，更引我关注的不是他的文学作品，而是他这个人，他在硕圆镜片后的那双眼睛。那双眼睛几乎是瞪视着，和他坚毅瘦硬的脸部映衬，更凸显了眼睛雕塑般的定力。我从这双眼睛里读出了理想和求索的毫不迟疑，然而不是没有大痛苦。如果没有会错意，这该是1928年在上海结识鲁迅后的柔石。这时的他，和鲁迅一起创立朝花社，出版《朝花周刊》，编辑《语丝》，翻译编印小说……他的《二月》《为奴隶的母亲》就在这时期完成。

他还有两张更年轻的照片。网上和一些资料里用得更多。也是硕圆镜片，透明无框。布衣或学生制服，布衣时清瘦些，当是他“浙一师”求学期间所拍。那时的他，还是赵平复，还不是柔石。我看到他自制的音乐讲义和几何作业本封面，画宽博秀雅，字端劲清拔。还有他的几何和植物学笔记，字体朴诚，尤其两帧标示植物性状的素描，细致生动，可见他的书画修养。再一想，这不奇怪，柔石故乡宁海素有“种菽粟于砚田”一说，自宋元至今，宁海以书画入传者有200余人——一个出过一代国画大师潘天寿的地方，理当如此？潘天寿与柔石不仅同乡，还同在“浙一师”求学，潘天寿高柔石三届。

柔石还有张更“老”的照片，1926年早春初到上海，友人摄于龙华寺。25岁说老的确有些早了，但照片上的他真是老，苍老。他站在一棵弯腰的瘦树前，早春淡薄的阳光斜照在脸上身上，长袍短褂显得粗硬。就这么“咔嚓”瞬间，宿命般，将柔石定格在了早春的料峭里。五年后，他就被害在这里，同样也在早春二月。龙华成了他永久的归宿。

卷三·读书记

少写无妨

我想我们需要厘清一个误区：这十年间，随着少儿图书市场的繁荣和营销战术的推波助澜，成熟作家和新起的写作者都在朝向系列化写作的路途上迈进。这给作家们造成一个错觉：写而优则系列化→系列化则规模化→规模化则畅销化——也即拥有了畅销潜质。（确有作家这么认为：“如果作家的作品没有系列化的跟上，就等于没有进入畅销书行列的入场券，而且出版社市场运作起来会比较困难。”）

且不论这种写作是否受了市场热情的怂恿、是否顺应了无难度的浅阅读模式，如果连写作者自己也都失了警惕，认可这样一种逻辑：即写而优则系列化→系列化则规模化→规模化则畅销化。那么，我们可要清醒了！

首先，系列化写作真就适合你吗？是你选择系列化，还是系列化在选择你？乍一看，我身边的作家朋友都在系列化写作，三本、五本是必需的，十本、二十本、数十本，说明你已进入一线作家行列。系列化写作成了持续写作的必然。也有出版社编辑约稿时友情规劝：你这样不行，写得太慢，要不了多久读者就把你给忘了，你去书店看看，那么多的新书铺天盖地，你的书在哪个角落？……

这话听多了，不禁要困惑：我们写作究竟是为什么？是为写而写，以此证明自己的存在感？还是非如此不可的表达？单就写作心态言，我觉得近些年的系列化写作，确有浮躁倾向。一些儿童文学作家的写作，疲于赶稿，少有积累和思考的时间，这样创作出来的作品，总觉多的是生活中的现实（而非文学中的现实），罗列现象、罗列生活；还有一些作品则走向反面，想象虚飘，天马行空，经不起细节和逻辑的推敲，总之，“不能以更加生动、有感染力的形式表现‘中国式童年’”，也很难去“发现和揭示童年最独特的生命精神，书写和呈现童年最真实的审美内涵”。（方卫平语）

无论是为孩子写作，还是写给成人看，我觉得写作大抵是在螺旋形的探索中的发现和抵达。发现什么和抵达什么，是作家一生的功课，充满了无可预知的秘密的乐趣。也因为这种乐趣，才有那么多讲故事的人。小说家崔曼莉有一句话深得我心，她说：“你要觉得读者比作者大，你就按他们喜欢的写；你要觉得艺术比生活大，你才能在艺术当中。”

还有一种说法，我觉得可疑：写作要先有量的累积，大量地写，管它泥沙俱下，到一定量的质变就有了优秀。这话听起来是真理，仔细推敲未必站得住脚。尤其我们面对的读者是孩子。一本薄薄的《小王子》，人们记住了圣埃克絮佩里。他也没那么多作品，可不影响他作为作家的优秀。所以有时候我们选择“不写”，实则是为了“写”。所谓厚积薄发，我更欣赏这样一种写作姿态。与其为写而写，刷存在感，流向图书市场的是大量多一本少一本都无甚紧要的掺了水的书，不如慎待自己的笔，少写无妨。

当然，我们这个时代已不再是顾炎武笔下“文以少而盛，以多而衰”的时代了，这么说，也不是非此即彼那么的简单和截然，更不是为自己的怠惰找理由，而仅仅只是想告诉自己：不要太快，快了会觉得失重，虽跟上了时代，但却跟不上自己。

2015年6月在中国作协“儿童文学系列化现象及问题研讨会”上的发言

有爱有信，初心不变

依年齿，竹林是我老师辈的人。她写《生活的路》时，我还是刚背上书包的小毛孩。时间真是奇妙，一下越过20年、30年，竹林怎么就一直不老！从我认识她那一年起，时间似乎停滞了。用她小说《今日出门昨夜归》里的时间观倒是呼应：时间开始和结束的地方。这是题外话。

我是想说，竹林身上有一种气息能呼应我。什么样的气息呢？仿佛林间小溪般的干净和清澈。无论世事怎么变，怎样地呼啸和复杂，竹林始终那样清澈地微笑着，热诚待人，低调做文，你从她脸上看不出焦虑、算计、得失……我们都生活在复杂里，也都疲于应付着这样一种复杂，竹林却始终以不变应万变，以简单对复杂，她根本不惮于自己的不变和简单，慢慢长成她的信仰。她这样一种不事张扬又持久坚韧的品格，必然会传达到她的作品里——这也是竹林文学信仰的一部分。

具体来说，就是有爱有信、初心不变。简单梳理竹林的写作，从早期知青文学《生活的路》《女巫》《呜咽的澜沧江》，到《挚爱在人间》《魂之歌》，再到归类在青春和校园文学的《今日出门昨夜归》《灵魂有影子》，还有一类属于儿童文学的《竹林村的孩子们》《夜明珠》《晨露》等等，竹林的所有写作，都试图对人类的理想、信仰、自由、人性，乃至宗教义理做探索与追寻，试图从现实社会层面深入到人物的内心世界，种种人性博弈，善与恶、美与丑、良知和邪恶……为的是有所批判，有所张扬，有所关怀。竹林自己说："我写的小说，希望能表现人类的情感，弘扬人类的大爱精神。"她借台湾慈济佛教基金会证严法师的话："普天之下，没有我不爱的人；普天之下，没有我不信任的人；普天之下，没有我不原谅的人。"——认为这是至高无上的大爱境界，"它升华了我的精神世界，开阔了我的文学视野，也使我对宗教义理有了新的理解。"我以为，竹林的这番剖白，一定程度上体现了她的文学信仰。她是这样一类作家：承接了现实主义的精神和传统，不管小说怎么叙事、如何结构、聚焦什么样的题材，所持的文学立场始终是关乎良知。

如何理解这样一种写作？面对我们现在这个时代急剧变化、千差万别的复杂生活，现实主义还能直指人心、打动人心，保持与读者、民众之间深切的对话和交流吗？（生出这个疑问，是因为生活气息的变化以及控制传递生活气息的媒介力量影响着小说，一段时间来，小说家变成了焦虑的见证人。）

竹林的写作，很大程度上代表了她那个年龄和经历的一大批作家的创作。不管写什么、怎么写，都是慢慢熬出来的文字，语言绵密扎实，人物情绪充沛，故事独特饱满，比如她的长篇《今日出门昨夜归》，现实、科技、文学、幻想交融，带有神秘魔幻的色彩，似乎完全颠覆了她以前的创作风格，但所要表达的，依旧是人类的良知，人性，信仰。即便是那些神秘现象，所遵循的，仍然有科学的归结。

作家刘再复有一段话阐述得很好，大抵可以回答竹林这样的一种写作。刘再复说："人与人的差别，作品与作品的差别，最终是境界的差别。作家应当具有比一般人更高的道德水平，作品中应有作家的伦理态度。但是，道德境界仍然属于现实境界，这还不是文学的最高境界。现实中，作家会对人作好与坏的判断。但在艺术中，作家则对任何人都投以悲悯的态度。文学的最高境界是超越现实功利、现实道德、现实视角，也超越现实时空的审美境界。我觉得竹林的写作，就是超越了现实功利、现实道德、现实视角和现实时空的写作。是为着保卫和守望人类精神的高贵，保卫和守望我们共同生存的星球的清洁与和平。这也是文学的本义。

我不知道竹林的写作习惯，是规定自己每天写几页，还是有感觉了才提笔，但她肯定不算多产的作家。她字斟句酌，改了又改，但是阅读感受一气呵成、情感丰沛。有一阵她完成一个长篇，在期刊上发过后迟迟不见出版，我问她怎么不出书？她笑笑说：我也不知道哪家出版社愿意出……这让我好一阵纳闷——竹林也是出道已久的知名作家呀！想想，她可能就是那样一个人：珍重文学，亲近生活，叩问良知，诚实写作——写作是为自己，等写完了、表达出来了，出书倒不是很重要了，能不能出、怎么出，一切随缘。

2015年8月在竹林作品研讨会上的发言

"对于文学，我能做什么？"

——以凯尔泰斯·伊姆莱为例

凯尔泰斯·伊姆莱是2002年诺贝尔文学奖得主，匈牙利犹太作家。因为一辈子只写集中营一个题材，被称为"奥斯维辛代言人"。他也是幸存者中唯一获得诺奖的作家。以他为例，我们来探讨一下"世界反法西斯战争的文学表达"。

当然，这个题目太浩大。所以这里，我只能以我的阅读感受，从作家写作的向度来谈谈二战、奥斯维辛之于写作的意义。

因为今年是第二次世界大战结束、奥斯维辛集中营解放70周年，我们文学报"新批评"连着三期做了一个深度对话——《奥斯维辛之后，写诗如何不是野蛮的？》。德国哲学家西奥多·阿多诺的告诫："奥斯维辛之后，写诗是野蛮的"，如今成了一句名言经受不同层面世界性读者的反思。那么，我们怎么来理解这句颇让人费解、有着复杂语境的告诫？我想以凯尔泰斯为例。

凯尔泰斯14岁被纳粹投入奥斯维辛，后又转到布痕瓦尔德集中营，一年后获得解救。在他14岁经历了一年的纳粹集中营苦难后，他就成熟了，不仅在性格上，而且更是在思想上。这似乎也是有过集中营经历的作家们的一个标识——从开始文学创作之初，就已经找到了自己的风格与主题，也清楚地意识到了自己生存的价值。如阿摩司·奥兹，以色列最富影响力的作家和受人敬重的政治评论家，他笔下的小主人公“始终在旧式犹太人与新型希伯来人之间徘徊”；又如诺曼·马内阿，5岁进集中营，也活到了德国战败，成了一名优秀作家；甚至还可以包括写《安妮日记》的安妮·弗兰克，她和凯尔泰斯一样，也在十三四岁时被关进集中营，只是她没能活过15岁。但是她的心智早在隐匿密室的两年间就成熟了。她在日记里说：“我想活下去，即使在我死后。”作家罗伟章曾在一篇小文里谈及，说从写作的角度讲，此类句子，是要大作家才能写出来的，可安妮轻轻松松就写出来了。这是她能体悟的缘故。可见一个13岁少女的盛大心灵！

回头再来说凯尔泰斯。凯尔泰斯写奥斯维辛，当然不仅仅是控诉，而是剖析，他甚至认为，奥斯维辛是继耶稣受难后人类遭受的最大重创，它不是凭空发生，而是有着宗教、历史和文化的根基，从人类社会出现，大屠杀作为一种文化就始终与人类共生，奥斯维辛则把这种文化推到极致，作为一件大屠杀的艺术品摆在我们面前，如果我们没有看到或视而不见，是一种堕落。翻译凯尔泰斯作品的余泽民由此认为，“阿多诺只不过是用了另一个词——野蛮，他俩表达的是同一个意思。因此，在发生了奥斯维辛这场大灾难后，文学必须发生改变，诗人、作家和文化人们必须换一种写法，从反思大屠杀文化的土壤入手重新审视我们的文化或文明，我们已经当过了它的帮凶，以后怎么办？放到中国的语境，我们不仅要记住南京大屠杀，还要记住文革，毫无疑问，那也是这种文化的一部分，在我们民族的历史中，是一个极致。”

凯尔泰斯在诺奖演说中自问：“对于文学，我能做什么？”“奥斯维辛发生后，我们变得孤立无援。我们必须为自己创造价值，我们日复一日、持之以恒地通过道义工作来创造价值，最终奉献于天下，可能将会为新的欧洲文化进行洗礼。”他又强调：“我一思考奥斯维辛造成的精神重创的影响，就会联想到今天人类的生命力和创造力等一系列根本问题；这样思考奥斯维辛，或许方式有些反常，或许可以使我更多地思考未来，而不是过去。”

同样关注战争，今年新晋诺奖得主阿列克谢耶维奇写了数本有关战争的书，她的非虚构作品《战争中没有女性》，是站在女性的视角向女性发问，是时代的真实基础上的人生的细节和详情，面向的是一个个赤裸裸大地上的赤裸裸的人，每个人讲自己的事，然后使自己消逝在其中并成为一切。阿列克谢耶维奇在1996年俄罗斯《文学问题》杂志上的一个访谈中说，“各个时代都有三件大事：怎样杀人，怎样相爱和怎样死亡。……不幸是文学应当承担的任务。”

不论虚构还是非虚构，文学指向的肯定不单单是技巧和激情，还应有思想，也即思考的能力。作家在挖掘人心人性时，也不单单是某种程式化或工具性的过程，不只是经验性的外示，而是一种心灵超验性力量的提升与综合，包含着深邃的精神向度。

阿列克谢耶维奇在获奖后说：“我写的是人类的感受以及在事件中他们如何思考、如何理解、如何记忆。他们相信什么，又怀疑什么？他们经历着怎样的错觉、希望抑或是恐惧？”她的小人物口述的历史叙事方式，抛弃了魏武挥鞭式的浪漫派和英雄主义，突显了历史中的残酷性，恰如卡夫卡所言：“不是每个人都能看见真相，但每个人都会成为真相。”

凯尔泰斯的《船夫日记》全新修订本，是“一部关于生命、文学、自由与生存的跨时代沉思录”——书的封面上印了这样一句评价。我也还在看，没有全部读完。但是，这本跨越

30年（1961—1991）的日记，是真真切切一个经历过大屠杀的作家剖解自己、反思人类的哲学表述和文学记录。援引翻译家余泽民在此书后记中的一段话：“毫无疑问，《船夫日记》不但可以帮助中国读者理解凯尔泰斯的《命运无常》《英国旗》《另一个人》等其他作品，而且也可以触发有着相似的历史背景和生命体验的中国人对生活、对自我、对人类、对社会、对文学的重新认知。”

《命运无常》的结尾，少年克维什从集中营回到家乡，他站在布达佩斯街头的废墟之间这样想：“为了能够活下去，我可以接受所有的道理，这就是我所付出的代价。的确，当我环顾这个亲切的、沐浴在黄昏之中的广场时，当我环顾这条虽被暴风雨冲刷，但仍溢满了万千承诺的街巷，我顿时感到一股生命的力量在我的体内积聚：我将继续自己根本无法继续的生活……假如下次再有谁问我的话，我要向他聊聊集中营里的幸福。”这是怎样的一种爱与勇气？我想，这就是文学的真义。

2015年10月在中国文艺理论前沿峰会上的发言

如何拥有自己的声音？

我对浙江的儿童文学作家还算了解。但是如果不是开这样一个新生代作家群研讨会，我看来也记不全这么多的作家！可见，这也是此次研讨会的意义：有一个集束式的亮相和集体呈现。

但是我们常说，书读愈多，愈是有太多的书要读。我其实真心看不过来这么多同道的书。与其浮皮潦草、言不及义地说几句虚妄的话，我想不如在这里说些同道者共同关心的话。

我在翻阅这11位作家的部分作品时，一个强烈感受是：如何学会拥有自己的声音？写作者在创作之初，可能是从模仿开始，强烈地喜欢一个作家、被这个作家的语言、节奏、气息、叙事表情、语调等等所感染，不自觉地会受其影响。这是我们这些写作者都曾经历过的创作体验——由阅读别人的作品开始走上写作。慢慢地，我们期待突破。如何突破？如何学会利用他人的影响帮助你写作，从而拥有自己的声音？这也是我在思考的方向。换句话说，我和今天在座的大部分被研讨的作家一样，也在努力寻找自己的声音。有时候，觉得在这本书的写作里一气呵成，以为终于拥有了这个声音，可是，在下一个故事里可能又被卡壳了，进展缓慢。

那么，怎样才算是拥有了自己的声音？加拿大作家阿利斯泰尔·麦克劳德有句话，他说："注重自己独立的声音，强调个性，就像你的指纹一般不可复制。"这个指纹一般不可复制何其难！那意味着我们写下的每一个故事、每一本书都是独一无二的；意味着我们的观察力或者说看待生活的视角是你所独有的；意味着我们每写下一个故事，都得穷尽个人的思考、敏锐的感知、来自内心深处的生存体验、愤怒和喜悦、深邃和轻盈、不可估量的激情、生命情怀等等独属于你自己的思想和表达。这一点，我在读汤汤的短篇童话时，强烈地感受到汤汤"自己的声音"。

可是，当我们自以为找到了独有的声音，我们还得警惕步入自我的写作惯性。不得不承认，眼下儿童文学的繁荣实则也泥沙俱下，大量原创图书被推出的同时，有一个问题困扰着中国儿童文学：如何褒优贬劣、大浪淘沙，建立起一套成熟健全的筛选机制和艺术、审美的评价体系，从而真正赢得中国读者和世界性读者的同步信赖？

这个问题太浩大。这里单就写作层面说几句。在写作过程中，我们需要对业已形成的写作惯性保持高度警惕，对自己的写作适时作出必要的调整。写作经年的作家，无关年龄，都好比是一个长跑运动员。在我们跨越了一道道关口后，写作可能会步入一种惯性。有写不完的稿约，有大同小异的故事框架、出版要求，这个时候，如果写作者自己不设法慢下来、停下来，那么我们其实是在惯性跑步。惯性跑步不用伤脑筋，知道哪里转弯，哪里绕而行之，哪里路更好走……总之，不愿意接受忍耐极限，不设法突破个人局限，写作仅仅只是数量的递增。所以我看作家简介，已经很难记住简介里说出了多少多少作品。如果这道标杆放在以前还能参照，那么眼下伴随儿童文学出版的繁荣，这条标杆实则已经失效。数量不是唯一。当然，它从来没有唯一。

由这话题说开去，评论家郜元宝不久前在上海市作协召开“中国青年批评家高峰论坛”时说到的一个问题。他讲眼下有一个非常可怕的现象，就是许多文学批评只注重眼前的文学现象，谈论的都是讨论对象本身，不太愿意建立广泛的历史联系。批评家喜欢割裂，作家也急于割裂，然后自成一代、自成一个局面，这是需要反思的。

郜元宝提到的这一现象同样也在儿童文学界出现。年轻写作者自信满满当然好，但是倘若因视野所及有限，对自我的探索缺少纵深的把握而不能用一个更为宽阔漫长的时间坐标来要求自己，身边的出版人和批评家又不能及时给予指点并作出历史的、艺术的和美学意义上的价值判断的话，那真是儿童文学的悲哀。

儿童文学作家同样也需要知道自己的来处，需要了解那些先行者筚路蓝缕趟过的足迹，而后你才可能看清来路，才可能建立起自己的坐标——你为孩子写作，你同时也在为辽阔的心灵世界写作，那些成长中的孩子，随着这指引，看得到远方、有信有爱、有觉醒和悲悯的能力，用美的心唤醒人的心，进而真正地完成人们的生活。大抵，这才是有筋骨、有道德、有温度的写作。郜元宝说，把握并重视历史感仍是许多批评家的“未完成课业”。作家何尝不如是！若要再补充一下的话，那就是清醒的历史意识和基本的世界观。

刚刚讲到写作惯性，那么我们怎样才能走出自我的写作惯性？怎样防止自己不被惯性牵着走？我想大概最好的办法就是坚持有难度的写作。这又是一句甘苦自知的话，其间辛苦不足与人道。借用格非一个比喻：“写作不是在同一个井里打水，而是不断地挖井。”所以我们每次写作都是一个全新的考验。这里算是和同道者共勉！

很抱歉，在这样一个作家群研讨会上，我无法，也没有能力一一评点到在座的11位创作风格和文体类别纷呈不一的优秀儿童文学作家。好在写作者最重要的生活是他的内心。一个能准确认识自己，独立思考、独立表达的作家，走到哪里都不会迷失。让我们一起在路上。

2015年10月在浙江新生代儿童文学作家群研讨会上的发言

文学的重与轻

我想以一个文学读者的身份，说说我读中韩两位著名作家张炜和金周荣作品的一点儿感受。

在中国文学界，尽管有一代代更年轻的作家涌现并引起关注，但是，从写作持续性的生命力、从境界与格局看，还是以20世纪50年代出生的那一批作家为最。张炜即是其中优秀的一位。

说到境界，中国学者刘再复有一句话："文学的最高境界是超越现实功利、现实道德、现实视角，也超越现实时空的审美境界。"我理解，一个写作者要拥有这样的境界，应当具有比一般人更高的道德水平，具有自我审判、自我剖析、深刻自省反思的能力和天问精神。俄罗斯文学里响彻的，即是这样一种宏伟的精神追问。我在读张炜长篇小说《古船》时，恰恰也感受到了这样一种声音。

这个声音来自老隋家的大哥，也是作者着墨最多的主人公隋抱朴。小说的第16章、17章，大哥抱朴向弟弟见素倾诉，那一夜的长谈，作为哥哥的抱朴说了这一辈子从来没有说过的话。他剖解自己，剖解父亲，剖解老隋家、洼狸镇，他叩问历史、叩问人性，他忏悔、自省和反思，他心怀忧患，企望在马克思主义理性之光的引导和历史巨变的感召下，从阶级的历史的重负、个人的痛苦与不幸和道德的自我完善的蜗居中挣脱出来。这个人物，我似乎在哪里见过，从中国的屈原到鲁迅，从俄罗斯的陀思妥耶夫斯基到托尔斯泰，是一个呼告者的形象，一个我审判另一个我，一个我又为另一个我辩护，我既是审判者，又是犯人。两种声音的辩论，绝望与信心交织，构成了人类丰富的内心世界。

有评论家援引本尼迪克特在《菊与刀》里的看法，认为西方社会的文化形态是罪感文化，日本是耻感文化，中国则是乐感文化，即肯定现实、此世的价值，以身心幸福地在这个世界中生活作为理想和目的，并进而认为，这种文化差异，也影响了中国文学的品格，必然是以书写世俗生活的幸福与残缺为主体，而少有追问存在困境与寻找精神救赎的意识。

对此我不敢妄评。但确也触发我思考：如何写出有大境界的文学作品？张炜写《古船》是在他青春激荡的二十七八岁。可是和眼下二十七八岁的年轻写作者比照，似乎很难再有呼告般的道德情怀、忧患意识和理想主义色彩；在面对这个时代急剧变化、千差万别的复杂生活时，年轻写作者总是缺乏足够的思想力量。身处其中，我也在寻求答案。

这里转录一句张炜在《数字时代的语言艺术》一文里的话权作思考：“一个优秀写作者的基本特征——向内的个人思路，敏锐的感知，来自内心深处的生存体验，愤怒和喜悦，不可估量的激情——都消失在喧嚣的时代深处。”

再来说说我读韩国作家金周荣两部长篇小说《洪鱼》《鳀鱼》的一点儿感想。要不是来这儿参加这样一个研讨会，我可能会和这般好作品失之交臂。从创作简介看，其实这两部小说仅仅只是金周荣先生浩繁作品的一小部分。所以，这个阅读感受只能是片面的。

如果说张炜的《古船》是有重量的文学，好比一艘沉重的古船，背负着历史的苦难；那么金周荣的《洪鱼》《鳀鱼》就是轻盈的文学，好比北国冬天的茫茫雪野。怎么来解释这个拙劣的比喻呢？我的意思是想说，有一种文学，它是以美的心唤醒人的心，以轻和盈的方式来承载深和重，就像北方冬天的厚厚大雪，那个雪下的世界，那被白雪覆盖着的伤口和疼痛、挣扎和较量、隐忍和孤独……都是以润物细无声的方式展开的。这一类的写作尤为适合青少年题材。恰恰这两部小说都是以少年为视角，少年人眼里的世界，什么都不及成长大，大人眼里无足轻重的事情，在少年人眼里可能就是一个大世界。

说来我也是写青少年成长小说的一个作者，在读了前辈金周荣老师的这两部小说后，脑海里泛起的喜悦就是相逢一本好书的心情。《洪鱼》以细腻唯美取胜，《鳀鱼》以开阔幽默见长，虽风格不一，但推动着少年成长的希冀绝望、迷茫期待、焦虑多变以及面对一个复杂世界的所有感触、哀愁和心灵的激荡，在这两部小说里都淋漓尽致地体现出来了。这是一个丰厚复杂的文本，尽管它们以轻的方式呈现。

由此我在想，一个优秀的作家，在他提笔写作时，他肯定是寻找到了那个自我，那个声音，循着这声音，他会走向一个辽阔的世界。而这，也是文学可勘探的空间——因为它关乎灵魂，关乎道义、良知、生命、尊严、信仰……乃至对这个世界的爱。

2015年11月在韩国青松郡“中韩作家研讨会”上的发言

《青浦图书馆会刊》答问

1.近期有没有正在创作新的作品？您认为一个优秀的儿童文学作品需要具备哪些要素？应当如何构思？

答：应编辑之约，持续三年在《儿童时代》的“快乐苗苗”版写一个女孩故事的短专栏，这些文字就是眼下结集成书的《梦想家老圣恩》（少年儿童出版社2015年7月第一版）和《慢小姐和蛀牙王子》（明天出版社“金谷粒”桥梁书，2016年5月第一版）。

告别这个短专栏后，很缓慢地写着一个长篇小说，目前刚完稿。这个小说和第二次世界大战中的犹太儿童有关，写现实中的一个中国小女孩和第二次世界大战中被纳粹毒气室毒死的13岁女孩安妮的一次“邂逅”。穿越生死与时光，两个异国女孩会怎样对话？我希图借助一个故事，传达一份信仰与信念，和生命有关，和尊严有关。日本作家大江健三郎有句话：“我无法从头再活一遍，可是我们却能够从头再活一遍。”——信然！

一部优秀的儿童文学作品，理当、必然它同时也是优秀的文学，也即是说，好的童书或许无关年龄，既适合给孩子看，同时也让大人们欣然接受。这样的例子不胜枚举！那么，优秀的文学又有哪些要素？比如关怀弱者、抚慰人生，比如用美的心唤醒人的心……一切给儿童以想象，少年以理想，成人以希望的文学，我觉得都应当是优秀的。

说到构思，这可是个大问题！多少作家穷尽一生都在寻找一个好故事、一个好构思！我脑海里泛起一个个优秀作家的面目：博尔赫斯、马尔克斯、奈保尔、苏珊·桑塔格、海明威、托宾、张炜、王安忆、莫言、格非、苏童……多多少少，这些优秀的作家都探讨过写作本体的问题，有的甚至写过大部头的《文学讲稿》。所以我只能建议：对有志于写作或希望写好作文的你，或可先从好的阅读开始。给自己备一个本子，抄录的同时，也练习写几句读后感。你要知道，在你写下这些文字时，其实构思已经开始了。因为它是你心灵的表达。

2.现在出版的少儿读物越来越多，我们应如何为孩子选择合适的书籍？

答：这是大部分家长朋友的苦恼。好比一个悖论，以前，我们的小时候是没有几本书得以选择，但是却有大把大把的时间；但是今天的孩子，有很多很多的书可以选择，却又没有读书的时间。

浩瀚书海，怎么选择合宜自己孩子的书？无妨从他/她的兴趣开始，结合孩子的年龄段。比如幼儿园和小学一二年级的孩子，可以结合他/她的喜欢，挑选图画书和短篇童话。小学中高年级的孩子，可以阅读经典的文学书和科普、地理、自然科学等等。经典也有多样的面貌，并非就是我们概念里的“老三篇”。无论是引进版还是中国作家自己写的原创故事，都有贴合孩子心灵的好书。比如一些出版社引进的国际大奖书系，中国作家获冰心儿童文学奖、陈伯吹儿童文学奖的书系等等，可以让孩子自己去挑，未必买全，单从喜欢和兴趣的开始。再大些的孩子，什么样的好书都尽可囊括！

其实我们和一本书的相逢，就是缘分。假如你喜欢一本书，你被这本书打动，因之而产生一种喜悦和复杂的感情，那也意味着你在恰当的时候遇到了一本恰当的好书。有些书，可以错时而读；也有些书，在年少时遇见，有时会影响你的一生。

3.家长应如何与孩子共读？怎样才能更好地在共读中引导孩子读书，培养孩子的阅读兴趣？

答：亲子共读是在孩子还比较小的时候，爸爸或妈妈和孩子一起翻看一本图画书。孩子看图，大人讲述故事。一起看，一起探索和认知画面里的细节：数字、颜色、自然草木、动植物……乃至一切生命的状态，凡此种种，都该是一个家庭最温馨、最美好的片刻。作为宝贝的双亲，我们都该珍惜这样的时刻。因为疏忽之间，孩子就长大了。不要说自己忙碌，我们永远有忙碌的理由。而一个孩子，从小婴孩起，他/她其实已经在挣着眼睛看世界，他/她看到的，感受到的，就像一颗种子，落在他/她心里，一点一点地萌芽，长成什么样，园丁就是爸爸妈妈。所以要说给建议，那就是陪孩子一起阅读、和孩子一起阅读、人手一本书各自阅读。这是培养孩子阅读兴趣的几个步骤。说白了，阅读氛围的养成是从家里开始的。如果你让孩子阅读，你自己不阅读，那这个兴趣怎么养成？

4.在“互联网+”时代，我们应如何应对新媒体给少儿阅读带来的冲击和挑战？

不用“应对”，自然而然地接受就是。因为冲击的不是阅读，而是阅读平台。我们可以选择纸质书，我们也可以选择在手机上、ipad上阅读。新媒体不可怕，无论技术或载体如何变化，阅读应当是常态。所以有一位作家说，“竞争者并不一定是来毁灭你的，竞争者也为你开拓了空间，提供了新的资源。”我觉得少儿阅读也是这么一个道理。说到底，还是看你所求为何。倘若养不成阅读的习惯，倒退到竹简、羊皮纸时代，那些书依旧是寂寞的。

5.为我们列一份推荐书单吧！

最怕列书单！笼而统之地开列书单，不知对象和阅读者状态，很难开列一份“皆大欢喜”书单。倘使省心，亦不避亲疏，手边有一份上海少年儿童图书馆特别推荐的“新青藤童书阅读榜单”，由上海少儿读物促进会、市教委上海中小学生读书活动促进会等十大专业机构联袂推荐。第一批十种：

文学类：《古城墙上的圆月亮》（金波、张之路）、《逃逃》（秦文君）、《湾格花园》（马原）、《小熊包子》系列（宇志飞翔）、《牛说话》（邓湘子）、《梦想家老圣恩》（陆梅）；绘本类：《换妈妈》（白冰）、《小狐狸》（原创民间绘本）、《月亮冰激凌》（韩国，白希那）、《我们，我们的历史》（法国，伊万·波莫、克里斯多夫·伊拉—索梅尔）。

书单列不完，书亦读不尽。送给孩子们两句诗：

读书切戒在慌忙，涵咏功夫兴味长。

未懂不妨权放过，切身须要急思量。

写于2016年3月28日

关于写作的几个问题

一、关于儿童文学的边界

关于边界，我一直困惑，当我们谈及儿童文学，我们更多已经在心里有了一个定位：写给儿童看的文学。自然这儿童，包括幼儿、儿童和青少年——但却排除了成年人——事实上，很大程度上也忽略了往成人跨越的准青年阶段。换句话说，当我们以儿童文学来涵盖幼儿时期、童年时期、少年时期、青春期以及准青年时期的文学，其实是很有些捉襟见肘的。起码不尽精当，甚而常会引起一些读者的误解与误读。

评论家吴秉杰在谈及儿童文学的概念时认为，许多作家其实都是两栖的，如王安忆、迟子建、黄蓓佳等都写或写过儿童文学作品；甚至宗璞的《野葫芦引》第一卷《南渡记》亦可视作儿童文学，因为书中许多重要的主人公当时都是中、小学生，可它却又是历史和知识分子题材的创作；还有雨果、马克·吐温、斯特林保的浪漫主义传奇和象征主义创作，都打通了成人文学和儿童文学的界限。

吴秉杰因此引出这样一个思考：联系起成人文学而看、而探讨儿童文学，是不是便能形成一种更普遍的眼光？更具统一性的追求？更能见出一种既有特殊性、又有连续性的文学系列？

所以我在想，关于儿童文学的边界，是否疆域模糊一点儿更好？可不可以在大文学概念下看儿童文学？我写长篇小说《当着落叶纷飞》，写系列主题散文《世界以痛吻我》，就是希图打破一点儿什么、增加一点儿什么。当然，打通成人文学和儿童文学的边界，并不意味着儿童文学全无禁忌、儿童文学不再需要疆域。但是我们或可这样理解：打通边界后的儿童文学，视域更宽、读者更广、题材更泛。

小书《当着落叶纷飞》完成后，成都作家何大草写过一个阅读札记，结尾有这样一段话："写到这儿，我顺带捎上一个可能永远无法实现的建议：把儿童文学从文学的归类中删去。因为，儿童文学很容易让人误以为，是写儿童、并专供儿童阅读的作品。而事实是，一部好的儿童文学，既能吸引小孩子，也能打动我这样的中老年人，以及如鲁迅这样严峻的大师。"何大草的这番话很令我思索——当然儿童文学不可能、也不会从文学的归类里抹去。但是，关于儿童文学的边界，却是可以打通的。

英国作家伊恩·麦克尤恩谈到过成人小说和儿童小说的区别时认为，这种分类是虚假的，纯粹是为了方便。在他看来，“最伟大的作家都有儿童般的想象力和简单明了叙述方式——不管表达多么复杂——这使那些成年天才们同婴幼儿连在一起。反过来说，那些最伟大的所谓的儿童书，一定是既针对成人又面向孩子，是为孩子心中早期的成人以及成人心中被遗忘的孩子写的。”就像他写的《梦想家彼得》。

这个边界，说得更确切些，就是把成长小说（或谓青春小说）从儿童文学里单列出来，或可作为青少年文学一种，这样阅读对象也就更明确，也少一些误读和误解。

二、关于写什么问题的继续

说到写作，我们经常会说“写什么和怎么写”，可是在写什么、怎么写的问题之后，还有一个写得怎么样的问题，这才是对写什么和怎么写的一种检验。评论家胡平在一个讲座上提到一个现象：“文化革命前，文学界的领导，多是大文学家，不管他左也好，右也好，全都懂行。他们不断提出讨论的问题，常是创作理论问题，关于写什么、怎么写之类，等等，所以造就了一批很有功底的作家。现在有些不同了，现在没有讨论这些，作家都是无师自通，网络作家更是无师自通，这是问题的根源。”

三、关于浅阅读

在当今校园，哪一类读物最受学生欢迎——浅薄搞笑的流行书。评论家刘绪源在一篇文章里归纳当今校园读物起码有三类：强调教育价值的、强调市场价值的和强调审美价值的。借用一些比喻的话，他称第一种“像药”，第二种“像可乐一类的软饮料”，第三种“像水果”。可以想见，如果让孩子自己来挑的话，他们更乐意接受软饮料。浅阅读，成了当今青少年课外阅读的新趋向。于是很多人开始担忧，也在各种场合呼吁：阅读决定着一个民族思维的深度和高度，不求甚解的浅阅读有百害而无一利……

当这种声音不断响起、而成效未必显著的时候，你怎么办？身体力行。我想我能够做到的就是身体力行。我花了不少时间重读需要的书——关于二战、关于生死、关于智障孩子……我以为，即便是给孩子看的书，也可以谈谈历史和生命的大主题，问题是怎么切入，怎么让孩子感同身受，我尝试着做些努力。

我觉得，与其亦步亦趋地回避和放弃，我更愿意真实真诚地说出内心的真感受。我相信，即便是涉世不深的孩子，只要你的文字里有真心真情，一样能够接受盛大的灵魂！

四、关于写作的快慢

原谅我再次“掉书袋”——关于写作的快慢，清代大学者顾炎武在《日知录》里就强调过“文以少而盛，以多而衰”。歌德也坚决反对作家写得太多，1831年12月1日，他和艾克曼谈话时，就批评雨果写得太多：“他那样大胆，在一年之内居然写出两部悲剧和一部小说，这怎么能不愈写愈坏，糟蹋了他那很好的才能呢！”

我是个“慢写作”论者，在这一点上，我赞同刘绪源的观点：宁可惜墨如金地少写，也不泼墨如水地多写。之所以拿顾炎武和歌德出来，是想给自己的“慢写作”找一个同盟。

五、关于写作资源

评论家谢有顺在评雷平阳的《我的云南故乡》时有个观点：如何找到自己的写作根据地，并学会扎根于此，是每一个作家都需要郑重思考的问题。我想这同样适用于儿童文学作家。

六、关于同质化

作家张梅举例说，2003年，英国领事馆举行“中英作家火车旅行”活动，英国来了四个作家，我国也从各大城市选出四个作家。我们四个作家旅行完回去各写了一篇5000字的文章，“结果让人大跌眼镜，因为我们写得如此相像。而英国作家写出来的文章却非常丰富，想象空间之大，令我非常惊讶。”她认为，与其质问我们的作品不够个性化，不如对当下的文学做一个总体反思。“现在写作的人数以万计，每年出版那么多作品，却少见有力量的精品力作。我觉得根本原因在于我们的思维方式。要解决写作同质化的问题，归根结底还是应该从作家的思想根子上去找解决的方法。”

不伤文学

何为“不伤文学”？先来破一下题。有感于当下文学批评的现状，批评家谢有顺在一篇文章中感叹：“现在做批评，若心胸坦荡，存肯定之心，张扬一种生命理想，就不伤自己，也不伤文学。”身为批评队伍中的一员，能如此恳切自省，也令读者的我心存敬意。

然而，我还是有疑惑。我们现在的文学批评，“若心胸坦荡”，存肯定之心，或发批评之论，都可以做到不伤自己，也不伤文学。问题的关键不在于肯定还是否定——尽管我们多少都认同说“不”容易，说“是”难；否定容易，肯定难；破坏容易，建设难。问题的关键是：我们现在的文学批评，表扬也好，批评也罢，常常经不起推敲，多发一些空论。说好话，搔不到痒处；说坏话，戳不到痛处。如今各种名头的研讨会繁多，忙着赶会的批评家们也丢失了阅读的耐心，作品都没读完就有勇气侃侃而谈。说得煞有介事，感觉良好。

小说家王安忆的长篇小说《天香》出版后，引发诸多关注。旅居澳洲的作家黄惟群撰文认为：王安忆讲故事是资料掌故的收集与强行插入，笔下人物多是档案式的交代和定语式的介绍，文字啰嗦繁复，他的阅读感受是“让人气闷、胸堵，难以呼吸”。陕西老评论家李星看了黄文，完全不认同，写文章反驳。他觉得“只读了几页就沉浸其中，为其深蕴的历史文化氛围所笼罩，所感染”，认为《天香》是一部一气呵成的天籁之作，“始终未发现所谓情节的裂痕……”

如此截然相反的评价，恐怕不足怪。但凡创作力旺盛的知名作家都“享受”过这般待遇，比如贾平凹，比如莫言。当然，我们可以有自己的阅读判断。问题是，作为纯粹的读者，你可以由着自己的心性说喜欢和不喜欢，但是作为一个专业领域的评论家或媒体人，就不该太过率性了。好与不好，总得给出让人信服的理由。

黄文让我信服吗？没有。李文说服我了吗？看着认同，终究也不明所以。愚钝如我，就不知向谁请教。可巧，我一向敬重的河北老作家陈冲写来一篇近两万字的批评长文《我想要的“新批评”》，读罢，感觉缠绕了我多时的困惑，终于，有了明朗的出口。简而言之，陈冲认为不好的批评，大都分别或一并出现下列三种症状：不读作品，不懂创作，不说实话。

比之张炜450万字的小说长卷《你在高原》，32万字的《天香》，对黄惟群和李星两位专业读者来说，恐怕不存在读不读作品的问题吧！尽管我们现在多少都患有阅读焦虑症，静不下心来看大部头长篇。既然不存在不读作品的问题，那问题在哪里呢？我也愿意相信，两位都是说了实话的。

那么或许，根源在不懂创作？这话说得可就大了！什么才叫懂创作？恐怕作家自己，都不敢说说得好。陈冲在那篇长文里，试图以晓畅、雅趣的文风和严整的逻辑，“一点一点地逼近那个‘懂’”。这里不作赘述，有兴趣的朋友自可找来看。

我想说的是，陈冲这篇读来不觉其长的长文，确信了我以为的“好批评”的关键：见识。批评也好，表扬也罢，你得有见识。你得通过你的批评或表扬，阐释出你对这部分世界的独到的认识。而见识的前提，是分寸和落到实处。老子说：“直而不肆”，说话可以直，批评可以露锋芒，但不能无所忌惮。钱穆说得更明白：“一个人的文章和说话，慢慢到另一个人的脑子里，会变成思想。所以我们用一个字，讲一句话，总该有分寸，有界限。称赞人，不要称赞得过了分。批评人，也不要批评得过了分。这是讲话作文的义理。”（《中国史学发微》三联版）鉴于好批评的难求，媒体往往退而求其次——只管批评的箭射出去、拳打出去，至于射没射中靶心、击没击中要害，先不论。于是生出一个说法：片面的批评。那么这片面的批评，有没有一点点片面的合理性？是片面的合理性大过片面的武断，还是片面的武断其实影响了判断？……未见得有人深究。表扬稿可能问题更多。隔靴搔痒、不痛不痒或张冠李戴，那些好话大话几成标准用语，放谁身上都好用。

说了一大圈，似乎又绕回来了。那么，我借谢有顺的感叹再感叹：现在做批评，若真读作品，真懂创作，真说实话，真有见识和眼光，才是文学和批评的幸。

姊妹坡

姐要出书了，她的第一本书。完成她心愿的唯一一桩：请人给她的小书写篇序。她来问我：找谁合适？我想到了几个作家朋友。她思量半天，说：“还是你来写吧！”我明白姐的意思。

在今天这么个出书若浮云的喧嚷时代，若非写字的人还存一份敬畏之心，一个无名小卒的无名文字，谁来在乎？

所以，与其说姐聪明地正视了自己的文字，不如讲，她也在替我完成一个心愿：借出书机会，第一次、以文字的形式，走一走姊妹坡。

姐比我大两岁，刚好踩进60年代的尾巴，我则挤入70年代的队伍。这一上一下便是两个年代。我们的童年、少年和花季岁月，她要比我心思重得多。也比我老练、稳重。她总是走在前面。远远地抛下我。我没心没肺地想要跟，却永远赶不上她的节拍。

这是我记忆里的我的童年和少年。不知道，别的姐姐妹妹

（甚至还有哥哥弟弟的）是怎样一种关系？我和姐，常常是我“追”她，被甩了后又若即若离地恨着的状态。

姐有演说家的才能，身边总有一班孩子围着她，听命于她的指挥——呼啦啦地挎着篮子去挖野菜、往山坡上拔春天的茅针、偷了田里的蚕豆找僻静处烤了吃、盛夏午后悄悄溜去和隔壁家小妹妹约会……（啊，我才是她的小妹妹！可她却装着视而不见！她呼啸着来去，和跟她一般大、甚至比我还小的邻家妹妹玩得火热！）

我很委屈。觉得太没面子。自己的亲姐姐，不跟自家妹妹玩，却和别人家孩子那么要好。于是，一遇挫折就哭。哭的时候总是爸爸“刚好”看到。于是我有了救星。心安理得接受额外的安慰——有时是一个怀抱，有时是两颗花生糖、几块饼干、一小包话梅之类。我的这点小伎俩，姐看得一清二楚。可她不在乎。我因此更恨姐。也更渴望得到爸爸的宠爱。

姐好像也无所谓。我们的童年和少年，总是我的宠爱比她多一点儿。我会哭鼻子，她从来不哭，委屈了也不哭（甚或偷偷地哭过，而我不曾知）；我习惯了撒娇，她从来就不屑，说话干脆利落，讨厌我的“奶声奶气”……

我觉得我跟姐无法交集。我们是两条战壕里的人。她在她的世界里厮杀着往前冲，从来不担心没有观众。我被排除在外，企图走近，却被抛得更远。

这样一种“被抵制”的心情，影响了我整个的少年时代。我开始和自己玩。再大些，我有了自己的伙伴，慢慢地断了走近姐的心思。

高中以后，我和姐不再一所学校就读。这样更好，总之是说不到一块儿的。兴许姐那时也这么想？我们越来越少交流。我依旧嘴馋撒娇哭鼻子。姐也还是少年老成。尽管很少交流，我却是隐约知道姐陷入了一场恋爱——不是她的恋爱，是她同桌被班上一个男生喜欢，这男生不好意思当着女孩面表白，就找来姐请她当信使。烦心的是，同桌好像不领情。姐有些困惑，不晓得天平该往哪边斜……

这些烦人的所谓爱情，在当时的我看来，遥远得不及一包话梅的冲击，自然对姐的困惑无话可说。

这么写的时候，连我自己都有了错觉——啊，我和姐的关系是这样的吗！？这样的两条不能交集的并行线？应该还是有一些温暖和爱意吧！那种姐姐妹妹的依赖，牵手，相互扶持着长大。

确实是有的。现在它们慢慢在我脑海里显影。一点一点，光与影，快乐和忧伤，欢喜与沉默。只是这般的默契，影子一样，消散在暗夜里。

我其实也在反省——在我离开家乡念大学，毕业后又在工作着的城市居住下来，我渐渐很少想起那片土地，那片说来熟稔其实陌生的故土。我难得回一趟家。回去也是匆匆。这个时候，我是家里的主角，而留在小镇工作的姐是一个倾听者。

好像从那时开始，我们的状态反了过来，我是跑在前面的姐，而姐，就是当年那个幼稚的我。我忙碌在自己的世界里，越走越远。不是没有试图领着姐走进，可姐好像不以为然。我也乐得不管不顾，扔下牵挂，一个人跑前面去了。

我有没有想过，在我扔下牵挂，一个人跑前面去的时候，姐在干什么、想什么？老实说，我知之甚少。比之我的风平浪静，姐的生活要不容易得多。

我们都有过生活的艰难和不易。问题是你拿艰难怎样？姐的难得在于，她找到了寄托：写作。和很多对文字虔敬的业余作者一样，姐也热爱文学。

现在回想起来，我每次的回家，和姐谈得最多的，还是文学。总是这样开头：她拿了最新完成的作品（或诗歌，或散文，或报告文学，偶尔也有小说）要我看，期待着我的评价。我老老实实说出我的想法。每回的评价，不总是肯定。对我的不同意见，姐也有不接受的时候。

就在写这文章的前一个月。姐发来她为出版散文集而写的后记要我看。我看后觉得她写得太随意，就在电话里直说了我的感受。她好像不太接受，冷在那里。我继续哇啦哇啦大说一通。姐突然挂了电话。我也扔掉电话，生闷气。几分钟后，姐却发来了短信，说我提的意见是对的，她会注意，并也婉转说我的脾气太大，不要以为站得高了，就可以无视低下来的天空。手指按着键，我心一愣，听到了“哗哗”的雨声。

那个晚上我躺在床上，脑海里闪过日本电影《姊妹坡》里的一组镜头：四个性格迥异的姐妹，唱着歌缓缓上坡。不期然地跳出这么一个画面，那些伤害、争吵，又和好；那些远去的青春和成长路上的懵懂、爱恨、纯真……突然觉得心疼。

我想我多少有些理解姐了。慢慢地想和匆忙地走。活在静止的世界里和行色匆匆地赶路。熟的果子和生的果子。漫长的感情和急促的感情。……哪一样，更令人迷惑呢？其实人活着，就是因为有各种各样的偏离。姐写下的那些字，是她试图抵达各种“偏离”的痕迹。不必太多观众，只要继续着在路上的旅程。

读书与跌宕自喜

年初（2013），因为要做一期阅读专题，我请小说家何大草写篇关乎个人阅读的文字，他在发来的文章里提到“成都的奇女子”马雁，“只活了31年，2010年在上海意外病逝。”何大草在一棵香樟树下读完了半本《马雁诗集》后备感怅然，“我一直生活在成都，但直到她死，也从未听说过她。”

很汗颜，我这个文学媒体人也不知道马雁。于是去网上查她身后出版的两本书《马雁诗集》《马雁散文集》，当真卖得不错，豆瓣上的打分高过众名家。两本书很快到了案头。可是总没时间看。“捂”了半年才想到打开。这一看，就放不下。尤其是她砖头一样厚的散文集，暑天里读，快意淋漓！

她可真能写啊！明明是随性简静的文字，却活泼泼的一股霸气！好没道理，却通通是她的道理。比如第一辑涉关她阅读的文字，她读书之广博——古典学术、中外诗歌、西方哲学、历史宗教，音乐、绘画、建筑、电影、围棋，法学、医学、文字学，飞碟和外星人、女权或无政府主义思潮……无不格致，充满了严肃的热情——这且不说，单说她行文的跌宕之风。

比如她读《六朝四家全集》，“引起很多胡思乱想来”。她论说陶渊明，“‘茫茫大块，悠悠高旻。是生万物，余得为人’。看陶渊明写得多气派，我也是‘余得为人’，其实和天地万物是一样的，天地间每一样东西都可以找到自己的位置，知道自己担当的角色。”她引《九日闲居》里的一句：“以前没留意，刚刚发现它的好，‘敛衽独闲谣，缅然起深情’，这‘缅然’下得好，更何况有深情。”把写诗当作下棋，一个字就是一枚棋子，顾随讲《论语》，也说曾子“吾日三省吾身”，这“日”字，下得好。她又说谢朓，“生活太局限”“扒拉掉他满身的恭维味道，也不必去看他那些废话连篇的赋”“谢朓诗里的痛都不够分量”……初读她这些文字，脑海里泛出写《击壤歌》时的朱天心，也是一派桃花明月的才情与热闹。才气逼人，近乎霸道。

再一径读下去，比如她在《读诗与跌宕自喜》一文里说到葛兆光。“葛兆光的书我是信赖的（虽然不止一次，我和别人说起过《中国思想史》里照搬海外汉学的研究成果，虽然注明了参考文献，但那也远远不够），人读书读到一定程度以后，就会有见识，而天赋有高低，我看他天赋是够了的，见识也够了的，文字功夫也不错，所以可以看看。”但是，笔锋一转，又说：“乍看这本《唐诗选注》就觉得好像自己的立论少了，抄来的东西多了，无非是古代的各类文论读得熟，信手拈来，又或者改头换面一番，都是炫人耳目的，所以就生气。”马雁读的是北大古典文献专业，葛兆光早年学文献，老师们上课时总会提到葛兆光，“反正是我们前面的前面难望其项背的牛人”——敢跟牛人较真，不管不顾地论说开去，倒也任真率性。

毕竟年轻，时不时还要生人家的气。本该写得更好的，没写好要生气；写得不好当然更生气；为人不入她的眼要生气……可一旦发现了好，又“实在是高兴”，还是葛兆光，“终于那天半夜，从书柜里把《唐诗人研究》搜出来，还有一本《金圣叹选批杜诗》，对比着看，才当真发现（葛兆光）这本书的好。”

马雁的这些读书随笔（包括她后两辑的自述散文和日记），写的那个叫落拓不羁，我还真没在他人的文字里见识过。语序的跌宕，语汇的“曲致”（这是她生造的一个词），文体的自由，对炼字琢句“冥心刻骨”的考究，用她的话形容，真就是“每写下一个字都冒着生命危险”。

她曾评说李白“思疾而语豪”，“因为太快，所以不能建立新的体系，却把前代的精彩都笼括到他身上来发出奇光异彩”，我看她的文字，也呼应着李白式的快。说到底，快的背后是巨大的知识体系。

世界真就是这样荒谬，很多人知晓她，确是因为她的早逝。而这，是否也呼应了这个世界的霸道？

使看不见的看见

年节的最后一天，去看刘阿姨。雨夹着雪，阴冷异常。

认识刘阿姨有十年了吧，真正去看她，却是屈指可数。总有忙的理由，总有做不完的手边事。如此周而复始，一年一回的探望竟也变得如此艰难。

我曾遵嘱给刘阿姨自费印刷的纪念文集《暮秋晨歌》写过一篇序《呦呦鹿鸣》。那个时候，阿姨的老伴曾伯伯还健在。曾伯伯行伍出身，一生戎马，转战南北。渐入老境后，与病魔抗争，达观以对。阿姨呢，医院灶台，两点一线。待从家事琐事里透过气来，翻翻书，读读报，偶或写点字。总觉这样的日子漫漫。二老相互砥砺，相濡以沫，当不寂寞。

实则是给自己的怠惰找理由。我真不是一个好对象。在刘阿姨说喜欢我文章，发出第一封信，开始我们的忘年交之时，我总是退后的那个。不主动联系，不主动问候。回溯我与文友间的交往，亦是懒散到没道理。这样的一种性情，也影响到我的阅读。慢慢不再选择激动和激烈，而是更愿意趋于沉思和默想。

曾伯伯病故后，刘阿姨寄来她的第三本文集《萤之光》。还是自费出版，但编排、装帧、用纸更像一本书的样子。浅蓝色封面，书名、作者外，还印了一行字“上海金秋文学社”。刘阿姨是中国老年作家协会、上海市通俗文艺研究会、上海金秋文学社和杨浦区作家协会的会员。这样的书，我每年都会收到若干，识与不识的文友寄赠。说句实在话，真看不过来。《萤之光》在我桌上躺了几日，很快被别的更多的书和刊物覆盖。

如此这般，一年过去。一年后再去看刘阿姨，她说正在编第四本文集。她给我看收罗在大纸盒里的文集打印稿、发表有新文章的剪报刊物。真真汗颜，前一本还未读，新一本又将出。她征求我意见，欲将她亲手改编、曾伯伯逐字逐句誊抄的一厚沓我小说《生如夏花》的电视连续剧稿本收进文集。这是她的心血。为此她从头学起，专门托人买来《电影剧本写作基础》一类的指南书看，边看边做笔记；同时看“中央台的电视剧，用理论对照他们的写法。”

我捧着这一厚沓手稿有些晃神。手稿誊在方格稿纸上，钢笔小字，看着亲切。我懂得刘阿姨的心思。手稿未有发表，却是纪念。如今这纪念里又添进思念……真叫情何以堪！

阿姨只当没寄过《萤之光》，临别又送我一本。心里的愧悔无处说。于是放下一切，认认真真、一页一页翻读这本诗文自选集。脑海里漫出一个个子小巧的川妹子，清苦的童年，父母早逝；怀着理想抱负，15岁革命，风雨中长大；做过编辑记者、理论教育、文化宣传等工作，但心里最惦念的是文学。文学是她一生的梦想和寄托。

《萤之光》读得我感动又感叹。那样一种将全部的真心交付出来，不作委婉和折中的勇气，在我的阅读体验里已是久违了。读书日久，我是不是应该反思：我中文学的毒太深了？有时太多的文学性恰恰构成了对我们所珍爱的文学的伤害，降低了真实的力量。很多时候，我们实在已经丢失了感动的能力。

这也让我思考写作的意义、文学的意义。如果有一种写作（文学），使看不见的看见，使逝去的留住，使遗忘的抵抗遗忘，使“我无法从头再活一遍，可是我们却能够从头再活一遍”（大江健三郎语）……那么，这该是我们写作的理由、文学存在的理由吧。

谢谢刘桂荃阿姨！我在这里深深祝福。

无用是本心

近来对文学杂志越发的失了信心，翻开目录，眼见着都还琳琅，可细读下去，真有浪费时间之叹。讲话方式、叙述表情、人物的口吻和见解……都是那么相像。不看名字，你简直可以从这一篇串读到那一篇。一个操持文字的人，源源不断写再多的作品，如果没有了自己的人物、自己的思想、自己的表述，那还有什么意义？

好在有潘向黎、有叶弥这样的作家！她们的文字真好啊，小说、散文，一样的清风明月，干净透亮。我只能一颗一颗读，一句一句品，生怕遗漏了随处可见的精彩。

因偶然读到好友黑陶的散文专辑，就此关注起“小众”。也一并神交了“小众”的主人玄武。蒙他信赖，也在“小众”上推过“陆梅散文”。一来二去，素未谋面的玄武兄多次约稿，惜乎我碎事一堆，频频抱歉。有一天他说，你推荐一位散文家吧，做散文接龙！心头一动，是啊，“小众”荐散文，怎么可以没有潘向黎呢？

恰此时，收到潘向黎新书《无用是本心》。系柳鸣九主编海天社“本色文丛”一种。书系中另有邵燕祥、谢冕、肖复兴诸家。柳鸣九将之归为“有学者底蕴的作家”。潘向黎是诸家中年轻的一位。不论其他，仅两部写茶和古诗的随笔集《茶可道》《看诗不分明》，潘向黎当得起这一美誉。自然，那和她无干。

她是那样一个人，“草木有本心，不求美人折”，不要有用，不求成功。如果一定要给生活和写作安排一个位置，那么生活肯定在前，“我甚至几乎从不在晚上写作，因为要和家人隆重地吃晚饭，晚饭后要喝茶聊天，还有，不愿意影响睡眠……”

那么，写作呢？一定与生计无关。“我可以不写什么，但是我肯定会终生阅读文学作品，也就是说，我随时可以放弃写作者的身份，只以读者的身份亲近文学。”

就此生活观，足可引为同道。当然我们早就是好友了。所以可以这样说：相逢这样的同道，真是我的幸。

其实更喜欢潘向黎的小说，这里单说散文。留在脑海里的印象：从容、性情、静美、书卷气，如秋水、似清茶。此番细读（部分是重读），唤起我不一般的体验，真是心神激荡、清气四溢！就像是做了一场心灵SPA，身体轻盈，眼神透亮。毛孔舒张着，一点点的若有所思。一切都刚刚好。一个智者，以轻触微温的方式，传达给你美的信仰和对美的感动。

向黎写人，妙趣横生、机锋处处（《似这般分明响亮——丁帆先生印象记》）、《闲话毕飞宇》；写记游（《有所思，所思在长安》《金陵散记》），笔致生动，古诗文信手拈来，一点不掉书袋。这让我想起黑塞一句话："因为学会了看，从此世界变美了。"她也写过往的留学生活、写家父、写花事……一切入她笔的日常，都带着她的印迹，影响到你内心。

柳鸣九说散文要有心智。有心智的散文就怕掉书袋。文章密实、援引多多，智是智了，却少了一道"门帘子"——向黎是深谙帘子的适度间隔带来的轻和盈的。她曾以"茶与古诗——日常中的两道帘"为题，在思南读书会上和读者分享感受："宁静那么好，但是并不是随时随地获得的，我们有时候需要一个帘子。饮茶也好，读古诗也好，我们可以把它们当成日常生活中的两道帘子。"

向黎，你说得对，文学与生计无关，守住本心，安于无用。一直这样纯粹下去吧，你不会让我们失望。

树和森林

很珍惜有这样一个机会，能够让我坐在家乡的图书馆里，回望我的书时光。

每一个爱书人，都有一些和书相处的美好时光、一些影响和震撼你心灵的深刻记忆。在我不长的人生里，我和书也结下了深厚的情谊。我们朝夕相处，惺惺相惜。书成了我每日的呼吸，它和我桌边随手取用的茶一样，是我的日常和必需。我在脑海里回望我看过的那些书，那些书就像一棵一棵刷着阳光的树，在风里“哗哗”翻着亮片，蓬勃嫩绿。

我想说说博尔赫斯——20世纪天才的小说家、诗人。博尔赫斯以其毕生从事图书馆工作的经历，载入世界文学史之页，被人们称为“图书馆作家”“作家中的作家”。

1955年，56岁的博尔赫斯被任命为阿根廷国立图书馆馆长。在任命之后，他写下了诗篇《关于天赐的书》。诗中“我心里一直都在暗暗设想/天堂应该是图书馆的模样”一句被无数作家和爱书人引用的名言，集中体现了他对书籍和图书馆的情结。

从此，博尔赫斯坐拥书城，感受图书馆的神圣。然而命运却跟他开了一个天大的玩笑：在他得到了一座拥有90万册藏书的国立图书馆后，他却双目失明。“上帝同时给我书籍和黑夜/这可真是一个绝妙的讽刺。”他在《诗人·关于天赐的书》一文里如此叹息。博尔赫斯家族有失明的病史，遗传到他，已是第六代。

双目失明的博尔赫斯，晚年却在图书馆里写下大量作品。那些数不清的图书和书架就在他身边，他从中获得灵感和精神的支撑。他的很多作品都和图书馆、书籍有关：《小径分叉的花园》《沙之书》《通天塔图书馆》即是其中的代表。

这位在书斋里神游的作家，也影响了中国很多作家的精神世界，比如余华、马原、格非、苏童等等以先锋面目走上文坛的作家。博尔赫斯也在他们的不断言说中被一再照亮。

另一位法国作家玛格丽特·尤瑟纳尔说：“我们真正的出生地是那个自己有生以来第一次用智慧的眼睛关注自身的地方。对于我来说，我的第一故乡就是我的书籍。”那么对我来说，我的出生地——松江，永远是我温暖的第一故乡，是离开总还记得回来的生命出发地，是一个游子所有的乡愁。而书，我把它视作我的另一个故乡，纸上的故乡。

因为书，我也和图书馆建立了不一般的感情。比如我曾在云南腾冲的和顺小镇，相逢一座古老的乡村图书馆。那真是一座有年头的老图书馆，中西合璧，花木扶疏，匾额上的馆名由胡适手书。这座图书馆的大部分读者是来自附近乡村的村民。他们白天劳动，晚上就来图书馆翻翻书，看看报，解解乏。我曾在一篇散文里写到这些被一双双田间劳作的手摸索过的书，它们被夜灯熏染过，被汗水浸润过，如果不是立在书架上互为倚靠的话，面目老旧得都散架了。但是这些书，是有灵魂的。

我还曾在东京上野的国立国会图书馆里逗留驻足。那里经常有一些主题展。我恰逢一个名为“绘本的黄金时代”的图画书展览。那些20世纪二三十年代来自世界各地的优美绘本，安静古老地躺在书柜里，拥有着不同的脸孔、气息、故事背景、艺术家气质、一路走来的命运，乃至更多。你只有理解了这些，你才有资格去亲近它。我屏住呼吸，凝神细看，耳边回旋起一句话：一个民族如何选择文学，就会如何选择前途。

用一个朴素的比喻，如果一本书就是一棵树，那么一座图书馆就是一片森林。每一片森林，可能有不同的植被、海拔和生长样态。我们尊重每一棵树，我们同样尊重每一片森林。那么家乡的松江区图书馆这片森林，它的与众不同，它有别于其他森林的价值和特色在哪里呢？我想，地方文献馆就是它的特色。这是松江区图书馆这片森林的历史积淀。这历史积淀，有陆机、陆云的《文赋》《平复帖》，有董其昌书画，有施蛰存、赵家璧、朱雯、罗洪等文化大家写下的大书。因为这份积淀，每一棵树的生长样态都与众不同，都至为宝贵。

世界美如斯

钟书阁美矣，尤其是华灯初放的晚上，滤去了白天的嘈杂，顶上、地上、木阶梯上、浩大的书墙上，你能见到的每一本书都在闪光。那些光照亮了世界上所有爱书人的梦想。所以才有“天堂不过如此”的博尔赫斯式的慨叹。然而，然而我还是对它的远离城市、偏居一隅耿耿于怀。

这不是钟书阁的错。一座城市，一座以时尚、开放、海纳百川为形象的城市，怎么可以没有契合自己气质的书店呢？购物天堂哪里都一样，可是书店、博物馆、图书馆、影剧院、美术馆、文学馆……甚至无处不在的绿气息，才是一座城市有别于另一座城市的精神气质。好比莎士比亚书店之于巴黎、诚品书店之于台北、丸善书店之于东京……书店已不只是书店，还是它所在城市的文化客厅、访客舒展身心的人文殿堂，甚而，还是让呼吸文雅起来的诗意与光芒。

那么，上海呢？上海有季风书园。我听到很多爱书人这样回答。可是，说实在话，自从它搬迁至地铁10号线的上海图书馆站，我再也不曾特意去光顾它。一家成规模的赋有了自身城市气质的书店，不该挤挨在图书馆的边上，它们有着各自不同的气场。也许这是我的偏见。所以，与其说我对偏居一隅的钟书阁耿耿于怀，不如讲我是对偌大一个上海，繁华地段不见理想书店的影而心存期待。

我的脑海里总是泛出东京街头看到的一家又一家特色连锁书店，这样的书店至今仍有一万五千家。这个数字意味着你随意漫步街头，就可能会邂逅一家令你流连的大小书店。这种体验成了我在远方游走的美好回忆。而有时匆促的行走，脑海里很难建立起对走过城市的印象，摩肩接踵的建筑大同小异，城市化的标志越来越趋同，反倒是无意间相逢的一家书店，因了一些温暖细节，瞬间唤起你的记忆。

有一年在巴塞罗那，我有一下午的自由时间。漫游街头，难得如此从容，眼前叠印着西班牙作家卡洛斯·鲁依斯·萨丰在《风之影》里的镜头：

初夏，我们在巴塞罗那街上漫步着，铅灰色的天空下，朦胧的朝阳洒在圣塔莫妮卡的兰布拉大道上，整条街像是被流动的黄铜色的花环罩着似的。

卡洛斯借主人公之口道，“有些东西，就只能在昏暗中才看得见。”“……就像一座神殿，你看到的每一本书，都是有灵魂的。”……我被这样的一种情绪鼓荡着，理所当然的，遇见了一家老旧书店。书店朗阔安静，散发出木质地板与书经年相伴的相濡以沫的世界美如斯的气息。在这样的书店里凝神片刻，也是一种幸福啊。

“在这里，那些人们都不再记起的、迷失在时空长河中的书，却始终簇然如新，等着某年某月被人重新翻起。我们在书店里卖书、买书，事实上，书并没有主人。你在这里看到的每一本书，都曾经是某个人最要好的朋友。……”书里，父亲对10岁小男孩说。

多年后的某一刻，我在钟书阁迷宫般的书的长廊里，在堆满书籍的书架上以及由楼梯、平台、玻璃天窗和富丽堂皇的穹顶交缠回绕的梦幻般的书天堂里，又一次感受到世界美如斯的气息。其实我想说，世界越发喧闹，到哪里去找静呢？或许，有时，可能的安慰是书。

在中国深处

黑陶是我认识的作家当中甚为低调的一个。他诗歌出道，又写散文，诗、文在圈内都颇有声名。但他似乎并不介入这个主义那个圈，也疏于与文坛朋辈交道。倒是在乡野民间，他遇到一个个重情重义的朋友，印象深刻，写进书中。

手头这本《中国册页》，是黑陶继2013年出版《漆蓝书简》后新推的又一部行走书。盈手一握的小开本，硬封皮、轻型纸，书页之间疏密有致。书封上印着一行字："这一册书，是我，一个中国人，自由地潜游于祖国深处的汉字呈现。"

熟稔黑陶的朋友都会心，这就是写作的黑陶：强烈的个人表达；对行走僻野乡间的孜孜以求；迷恋汉字，更愿意以古老的心态，凝视和专注，远远地、一个人，沉醉、感受、汲取。

《中国册页》延续了黑陶在《漆蓝书简》里，对被遮蔽的江南、一个个乡村小镇的亲历体验和个人视角的呈示，但是《中国册页》更阔大丰厚——不单是地理空间，"宏观壮丽的山河风景，微观生动的音容神貌；深邃的往昔的历史，灼热而又复杂的当代现实——它们强大的力量，交融着我个人目光和心灵的贪婪迫切，让我随时停下来，长久凝视”。书后“跋”里，作者如是回溯。

我读黑陶，感动于他亲近大地、走进“最深浓的人世”的写作姿态。“大地对我们的教诲胜过所有的书本。”他曾援引法国作家圣埃克苏佩里的话为《漆蓝书简》题记。在《中国册页》里，他走得更深、更远。中国广阔的空间，很多我们一辈子都不可能走到（甚或不愿走到）的僻野之地，黑陶背着简单行囊，说出发就出发了。不讲求交通工具，累了就在长途汽车站的椅凳上躺一会，住简单旅店，有时就住农家……潜游于中国深处，观光和猎奇与他无关。

他就是深浓人世的一部分。融入其中，时时又惊醒着。那些我们视而不见、常常又厌烦了的喧腾市井，俗世生活的嘈杂、陋旧，疲乏和沉闷，生猛和裸露，震耳欲聋喧天响的商业电声……黑陶一一收于笔下。几近照相机和收录机，可又完全是他的视角呈现。滤去了一切浮华和泡沫，直接袒露内里。不管这内里光鲜还是丑陋，幽暗还是亮堂。这就难能可贵了——放在时间的长河里，黑陶的一次次行走和书写，就是探进中国纵深，在场和亲历，追寻和记录，敬畏并领受。历史，就是这一截一截的时间的切片。

然而，还是有择取。这也是黑陶与他者的迥异。黑陶的行走，看见了什么呢？“偏僻的山野之中，斯文在兹，这是何等地动人，何等的气度！银生古城，因为巍然于城中高处的此一文庙的存在，让人感受到它的血脉和根基，它的目力和胸襟，它的不言的骄傲和沉默的威仪。”（《银生城》）“暮色时分，我们无意中进入一座山间田野里的村庄。村口石桥旁突然显现的这株数百年的老桂，令我肃然而惊。”（《阴野》）“……恍惚中，我仿佛看见时光深处无数木质的汉字，正从古镇的四面八方朝我涌来，像无数张开的嘴，正发出一股无声的、冷飕飕的呼啸。”（《汉字闪耀的镇》）“因为这雨，我所置身的这座正午县城，虽然喧杂沸腾，但仍然，有着原始的、农业的，一种清新。”（《县城：雨、声》）……

再千篇一律的街巷，再热气腾腾的尘嚣，再习见的嘈杂和陋旧，黑陶总能够看见微弱、却使他心动的内容，总能够懂得并领受天地自然的勃勃生机，甚而被“拂面而来的夹杂山中清味的人文之气”击中、感染。黑陶的行走和看见，交织着一个优秀写作者的基本特征——向内的个人思路，敏锐的感知，来自内心深处的生存体验，深刻的地理感和强烈的个人性。

黑陶曾在我们文学报和《西湖》杂志开过一个专栏：“烧制汉语”，和《漆蓝书简》的“漆蓝”一样，“烧制汉语”也是黑陶发明的个人语词。他对汉字词语的敏锐、标新和突破很是自觉。好友、作家阿福借诗人张枣之语评价：“这是对发明语言的迷恋。”在黑陶的散文天地里，充满了组合、拆散、拼装、差异、重现……充分地呈现汉语独有的魅力和表现力。

黑陶自己看他的写作：“书写之时，时时想到、时时警醒自己的，是这样简短一句：汉字的镌刻。”

一只狗的心事

读完秦文君“温暖绘本”系列最新作品《小狗梅西》，心下哑然——真就是一个暖爱的好故事啊！继而失笑——敢情责编凌艳明锲而不舍催问，“醉翁之意”不再约我评，原是给我一个膜拜学习的机会！这就说到眼下的绘本出版：不说大量引进版的欧美日绘本堆涌而来，中国作家的原创绘本也如雨后春笋，真真乱花渐欲迷人眼。迷惑的是，绘本热的同时也带动了一批童书作家跃跃欲试——他们已然在小说、童话、诗歌、散文诸领域里创作熟稔，小试牛刀写个绘本故事还是心里有数，知道怎么把一个故事编好了。这样的绘本读多了，更不知道要说些什么。故事不俗，画家也努力，一本本地光鲜出版了，制作成本还都不低。论说感受，只能讲，放在面前的美食谁都抵御不了，但是一旦任你饕餮，也就落得吃撑了难消化。

这本《小狗梅西》就这样被归置在一堆绘本里。有一天，手机里翻出姐姐在老家门前拍的两只狗嬉戏的照片，突然间又被击中——镜头里的狗妈和狗宝，在冬日午后的阳光里多明亮啊！野芒草在长长的田埂上铺排开去，简直就是狗妈狗宝的金毯子。狗宝浑黑，小身子光亮紧实。耳朵耷拉着，身上沾满了金草屑，两颗黑葡萄般的眼球球满是天真和忧伤。我们都熟悉这样的眼神，一只小狗的眼神大抵就是这样的清澈、明亮、无辜和调皮……原本，它就是一个孩子。可是我看它，却是心里一酸，眼里起了雾。

恐怕，那一刻，冬日暖阳下的天伦之乐真就是一场奢侈的梦。镜头略过了村子的残破本身，这里早成了瓦砾堆。没有人烟，更遑论人气。狗妈之所以还能寄住幸存，是因为表哥家的高楼尚且茕茕孑立，在一片废墟里吐息。很快，这里的所有——人的记忆、感情，这一家和那一家的恩怨、俗念，所有幽微曲折的心事都将被推土机碾为空无。这里将新起一个生态园。村子都没有了，一条狗还能去哪里？新搬的小区已不容许再收养一条狗。

狗妈在人去屋空的破楼里生下三只狗宝，奶水不足，养活一个。表哥时不时开车来看喂一回。而我的难得回一趟老家，名义上是探望父母，念念不断的还有老家的狗妈狗宝。曾经起念要为它们写一个小说。可无尽的忙碌一点一点在吞噬我的这个微小心愿。

恰此时，梅西的小忧伤接上了我的这个心愿。确确实实，如秦文君所言：“有意思的故事，大抵富有生命的印记，很多是作家亲历过的，至少是有亲历痕迹的。”而我的这个铺垫，也确是想找一个佐证：好故事可以编，但真正扣人心弦的好故事，肯定、首先是激荡过作者的心灵，他被打动过，或深深勾连起了他的记忆，于是起意创作时那些幽微的心事，日常生活里的细节，才会如此逼真和传神。即便是一只小狗的心事，也寄寓着一个生灵的成长啊！

这么看《小狗梅西》，就不只是“一个作家编织出来的故事”，而是，故事里浸润着作家的感情。梅西向来被妈妈宠着，有一天打翻了妈妈化妆的粉盒子，粉的紫的粉末飞得满地都是。妈妈带着闯了祸的梅西出门，梅西不知道妈妈要带它去哪里，巴望着忖度妈妈的表情，妈妈视若无睹，一径往热闹里走去。妈妈把它带进一扇门里，里面像开狗大会，看上去凶巴巴的大狗，伤心胆小的小狗，湿濡濡浑身发抖的长毛狗……梅西混在里面不知所措，妈妈放下它就走了。初来乍到，梅西不知道要信赖谁，谁又是它的依靠。不得已，它虚心领教大狗的耳提面命：“到了这里，就等着被收拾吧。瞧，小狗吃够了苦头，所以伤心呢。”很快，它们也结成了一个小同盟。梅西和大狗小狗看着大手阿姨把狗狗们一个个按在池子里洗泡泡浴，放进烘箱里烘，再修剪出一个个新造型。轮到它们三个，凶巴巴的大狗竟然还不如梅西有胆量，“死死抱住桌脚，拖也拖不动。”梅子跨前一步，好歹比大狗有勇气。

很快，焕然一新的狗狗被妈妈们逐一领走了。梅西和大狗小狗道别，妈妈怎么还没来？梅西回想自己的顽劣，种种坏脾气，又想起妈妈对它的好，心里有了忧伤。等待的时刻多么难熬！然而，终究，妈妈还是来了！还给了它惊喜：换了新衣，买了冰淇淋，还是它喜欢的蜜豆味。梅西扑上去，接受妈妈的爱抚。如果梅西能说话，我想它会不会跟妈妈撒娇："妈妈，我以后再也不这样了……"每一个孩子都这样发过愿，每一个孩子在如此这般的讨饶里跌跌撞撞地长大，而每一个妈妈，也"惩罚"和包容着孩子的闪失、过错、顽劣和一切坏脾气。

很喜欢画家钦吟之为这个故事创作的图画。据钦吟之自己忖度，"小狗眼里的世界会不会是黑白的呢？"梅西和妈妈的关系"也许不仅仅是宠物和主人，而是一种情感上的深深依恋吧。"基于这个念头，她选择用铅笔和丙烯作为绘画主选。铅笔勾勒，稚拙中见出细腻；丙烯是给黑白世界一个提亮和修饰，差异化的视觉带出梅西昏黄色的暖，热闹街道上店招的一抹亮紫、冰淇淋蛋筒的花花绿绿，当然还有漂漂亮亮的狗狗们。

钦吟之的这一幅幅画，即便隐去文字，它们也自成一个故事。文字强调和升华了故事里的情绪。画呢，是梅西眼里的世界，所以有一种陌生化的打量，我们熟视无睹的日常生活里的一切，包括街道上看和被看的行人，被有心的画家捕捉到了——啊，原来我们是这样的一个族类，心思重重、不管不顾，短打围巾、季节模糊，各怀心思、不明所以……人类世界是如此叫人捉摸不定啊！如此，画面里的人和物、城市的街道和琳琅的店铺，延展并丰富了这个故事的质地，甚而和故事一样，都有了心事。

由此想到评论家谢有顺的一段话，援引在绘本创作里倒也贴切："小说最可贵的品质之一，是呈现事实背后的心灵跋涉。除了事实的想象力，小说家还需具有价值的想象力。小说不单要告诉我们生活是怎样的，还要告诉我们生活可能是怎样的。"

作家和一切艺术家的创作，何尝不是如此。这也是文学和艺术的魅力。

美的心唤醒人的心

小孩子写作文最头疼的就是写妈妈的爱。还有诸如感恩、一件好人好事之类。遇到此类正面颂扬，总要绞尽脑汁，伤透脑筋，拼凑出来的文字连自己都不信。那要是给这些“不信”的小孩讲母爱故事呢？——可得小心了，他们可不那么容易哄。所以，我读台湾女作家花格子的这本《妈妈的爱，有几斤？》是怀着好奇心的——看看这个爱的故事怎么编，才不入窠臼又能以情动人？

花格子果然出手不凡，明明是一个传统的民间故事——开篇即做了交代：大爱村庄里有一户“范”姓人家，范家老爷早早去世，范家大妈一个人拉扯十个孩子；村庄里没人不认识范大妈，因为她嗓门大、小孩多，还“胖得不像话”。有一天，村里来了一位异乡客，看他的穿着打扮，“颇有江湖术士的味道”……——故事就这么开场了，娓娓道来，语风活泼，不经意间给读者拉开了一张大网，你不由被网里的世界吸引了去，想知道这个胖得不像话的范大妈怎么把十个孩子养大？这个异乡客和范大妈会有什么样的对话？若是一语成谶道出了不可知的命运，范大妈当如何应对？孩子长大后都要一个个单飞，范大妈又该怎么面对？……这一系列的疑问盘旋在心，促使你去寻找和探看。所以，但凡高明的写作者，总会不露痕迹把“不可能”“不可信”转化成“可能”和“可信”。这也是“讲故事的人”的技巧，也是文学的魔力。

我们再来看花格子的这个故事，异乡客果然给范大妈算了一命，说是这么多孩子会折损她的福气；范大妈不以为意，大嗓门笑哈哈说：“没的事！没的事！”小萝卜头们一个个长大，范大妈每送走一个孩子，身体就会轻一点，先是鼓鼓的两腮不见了，接着是手臂细了，大桶腰没了，最后身体瘦到连路也走不动了。老七范错发现这个变化后，不想上这个当，不愿接受妈妈的拥抱——他眼看着哥哥姐姐们临走前接受了妈妈的拥抱，妈妈的身体一点一点小下去，妈妈尽其所能送给孩子们需要的一切。范错很用心地给妈妈做了一双鞋，原来的鞋妈妈是穿不上了。身体轻轻的范大妈有一天穿了这双鞋，化成了一束光，消融在了金光闪耀的天际……

结尾的这一束“天光”照耀了整个故事，而原本以探看心情走进这个故事的我们，都被打动了——明明知道这是作家编出来的一个爱的故事，可是，当写作者设身处地为别人的生命着想时，读者的我们，也确确实实感受到了惺惺相惜的命运感——故事里的范大妈不就是我们身边熟悉的亲人吗？这让我想起蔡元培先生的一句话：“用美的心唤醒人的心，进而真正地完成人们的生活。”我想，这就是文学的高贵，也是一代代作家孜孜以求的理由。

感谢花格子，用一个传统的民间故事，写出了爱的光，爱的宽恕与伟大，乃至对这个世界的悲悯心。

书房花木

有一阵子，发愿想写一本我的《植物记》，于是抽出沈胜衣的《书房花木》置于枕边，每晚一则则看去，每有会心处，忍不住要做眉批，边边角角都写满。比如看《木笔抄书说木兰》长文，知道了紫玉兰在古代叫辛夷，屈原的《九歌》《九章》等多次提到——原来辛夷就是紫玉兰！老家门前就植有一棵紫玉兰，每年的初春，花事繁盛。这令我惊喜又意外，恨不能立马飞到辛夷树下合个影。

得了这一概念，有一回看蒋勋的《新编传说》，小说里写到身披香花的屈原：“这瘦削的男子，除了头发上插满了各种香花，连衣襟、衣裾都佩着花，有蘼芜，有芷草，有鲜血一样的杜鹃，有桃花，有柳枝。……辛夷花是悠长的一种香气，好像秋天的江水……”这个好！说辛夷花像秋天的江水，虽意识流得过于浪漫了，但是玄想一下一江秋水的悠长香气，鼻翼间倒也清芬弥漫。

《书房花木》每则文后都附有一长串草木书单，注明了出版社和版本。有时作者还会附记几笔他的阅读心得。这“书中书”的编排深得我心——按书索骥，我从旧书网上淘来一堆草木诗书，简记如下：《毛诗品物图考》《楚辞植物图鉴》《诗经植物图鉴》《红楼梦植物图鉴》《树的一生》《树》《佛教的植物》《历代杜鹃花诗选》《花与文学》《草木如诗》……

在草木植物里浸润久了，情不自禁要仰望树的天空。有一回出差去丹东，在一处植被丰茂的山野间行走，枫树、橡树、栗树、核桃树……丹东秋天，天空湛蓝，那一棵棵在清风、蓝天、苍苔、山石、自由干净的风熏染下长成的斑斓大树，树形优美，枝丫舒展，站在树下看天，恍惚自己也成了树的一部分，美得舍生忘死！

还有一种树，却像无边的旷野，适合远望，比如橄榄。在西班牙旅行时，乘夜火车从巴塞罗那往格拉纳达，因南部突降大暴雨，深夜下火车，改乘公路大巴。混沌上了车，清晨浓雾散尽，看到大片大片广袤干绿的橄榄树。远处，是苍茫茫的蓝天和灰色的风。

沈胜衣在《书房花木》里也写到橄榄树，他转引西班牙诗人洛尔迦的诗：“我记住橄榄树林的一阵悲风”，被北岛赞为“多么简单纯朴，人间悲欢苦乐都在其中了。”同样的橄榄树，到了凡高笔下常常“怒发冲冠”，像是冲向天空的火炬。干又绿的橄榄树，是南欧草木的象征，也是安达卢西亚的灵魂。加西亚·洛尔伽如此吟唱：“树，树，/干又绿。//脸庞美丽的姑娘/去采摘橄榄。/风，塔楼上的荡子，/把她拦腰抱住。……”

写植物，我理想中的状态是这样：如果没有一处可堪种植的园地，无法像“园林写作家”刘大任那般无论阴晴晨昏，亲手栽植，文字亦举凡泥土、品种等无一不笔；也学不了科学小品名家贾祖璋那样对草木鱼虫的精深解读，那么“小阁幽窗”式的《书房花木》刚刚好，轻盈而不失厚实，风趣而不忘考索，草木葱茏，远观俯瞰，一切尽在眼底。

书天堂

因为要给家乡的孩子做一堂演讲，关于文学和人生、阅读和成长——如此辽阔的主题，我的几辈子的人生都不够！我在书架前徘徊。指尖滑过一本本有温度的书，那些书，因为共通的气息：洁净的笔墨，幽微的人与事，平静白描中的忧伤和哀怜，敏锐的心灵和孩童清澈的眼光……而一次次惊醒着我的阅读记忆和经验。

关于阅读，我能够说什么呢？

“有一本书的晚上，就是一个在天堂里的晚上，书带来一个很广大的世界。一个中国十几岁的孩子，在晚上可以去19世纪的法国，可以去20世纪初的俄罗斯，可以去美国……”

多年前的秋天，陈丹燕第一次走进上海七宝中学高中部教学楼的梯形教室，连着六年，每年都有一个下午，她和那一届高一的学生一起度过。她讲她的求学时代，讲她的阅读记忆，讲一个人在青春期的时候，“最好的安慰——比友谊都好的安慰，最大的乐趣——比恋爱还大的乐趣，就是一本质量上乘，既有故事又有思想的小说，跟着小说书去漫游幻想的世界”。

那些演讲，就是现在立在我书架上的《梯形教室的六个下午》。碳笔素描的黑白封面，几个女孩的背影，背着大大的书包，站在走廊的窗口窃窃私语——每次拿起这书，我总要琢磨，这些女孩背后的包里装着什么？

我曾经听说一个很小的小孩，走在大街上，手里拖着个拉杆箱书包，肯定是包太重了，他爸爸妈妈给他备了个有滑轮的书包。我猜想这样的包里肯定装着很多东西，但就是没有一本书。我指的是闲书。陈丹燕讲，“只有闲书才叫作书，不是闲书的都不是书”。我们都这么认为——所有视书为“日常生活的一部分”的人都这么认为。

写过《昨日的世界》的奥地利作家斯蒂芬·茨威格对书发出过由衷的礼赞：

“一个人和书籍接触得愈亲密，他便愈加深刻地感到生活的统一，因为他的人格复化了：他不仅用他自己的眼睛观察，而且运用着无数心灵的眼睛，由于他们这种崇高的帮助，他将怀着挚爱的同情踏遍整个的世界。”

另一位我喜爱的作家，20世纪30年代出生在意大利乡村的卡尔洛·斯戈隆，他在小说《木头宝座》里借主人公朱利安诺说过一段话：“我对世界的了解完全来自书本，那是因为我不厌其烦地阅读各种书籍，就像一个打捞海绵的渔民不停地潜入海底一样。……时间就这样不知不觉地过去，等我看完最后一页，心满意足地丢下书时，脑子里却充满了那本书的情节及其延续。……我的想象力被激发起来了，一时难以恢复与现实世界的联系。”

我相信童年的朱利安诺的讲述就是斯戈隆自己的体验。斯戈隆出生的乡村，遍地是山峦和丘陵，生活贫困，但也远离工业喧嚣。斯戈隆的童年浸润在丰厚的民间文化传统中。偏僻、纯朴的乡村生活，悠久、深厚的乡土文化，是朱利安诺，也是斯戈隆生长的世界，属于童话和故事、游记和传奇的世界。这个世界，恰如一张宝座似的木头椅子，给了斯戈隆源源不断的写作营养。

还是茨威格，他有一次坐船旅行。船上乘客很少，茨威格经常和一位意大利年轻水手聊天。有天水手收到一封信，他扬着信要茨威格读给他听。信是意大利文的。茨威格立刻恍然——这个“像画中人一般漂亮的，聪明，具有天真的伶俐和真纯的娴雅的”年轻人，是个文盲。

茨威格很痛苦。他无法想象，曾经当作朋友交谈过的人，一旦与一切书写的东西隔绝——拿起报纸，不能了解；拿起一本书，书之于他，是一件全然无用的东西——那么，世界在他眼里会是怎样？

事实上关于阅读，已愈益引起重视。我们对书的礼赞，也从来怀着虔敬。可是，悖谬的是，如陈丹燕对少年时代的感叹——“像我有时间，想看书，却没有书可以看；像你们，有很多很多可以看的书，又没有时间。”陈丹燕说：这就是生活。

那么我想说，亲爱的小孩，还来得及，在你的书包里放一本书吧！读书，这么好的事！

离开，是为了回来

盛夏日子回了趟家乡，给家乡的孩子做一个演讲。那天是个返校日。两所学校的初中生汇聚到小学部的一间梯形教室里，他们的班主任当天都在培训考试。没了现场督管，加之又在暑假，孩子们兴奋得过头，梯形教室里叽喳声不断。

我坐在讲台上，思绪漫开去——是的，没错，我看到了30年前的自己。30年前，我就是他们中的一个。以为有大把的时光可以挥霍。敏感，忧伤，一点点的风雨可以放大到无限。当然也有微尘般的快乐。

其实，不是第一次面对家乡的孩子。10年前，我也曾经坐在这里，和母校的初中生讲我的少年时代和我的阅读。那天现场很安静。我的讲述也安静。

10年前曾经坐在这里的孩子，现在都该念大学了吧？时光流转，他们也在走着“离开”的路。总是这样，在你还在路上走着的时候，你不愿回头，你抛下家乡，越走越远。

从前回不去。即便是家乡的孩子，10年前和10年后，30年前和30年后，全不一样。从前的经验，未必能够抵达今日孩子的世界。

于是想起一本书：《芒果街上的小屋》。墨西哥裔美国当代女诗人桑德拉·希斯内罗丝的小说。说是小说，其实我读来更觉是作家的诗性自传。小说讲一个生活在芒果街的小女孩的成长，轻灵，却深刻。

“芒果街”，并非我们想象的诗意和美好。它是一条穷街。生活在芒果街的人，都盼着有一天能够搬离拥挤和吵闹，向更宽敞明亮的地方去。

有一天，芒果街上来了三个“散发着肉桂气味”的老姐妹。三姐妹有预言未来的能力，认为女孩长大了会去很远的地方。三姐妹中的一个突然捧起小女孩的脸，看了又看，沉默许久后说：“你离开时总要记得回来。”

这个有着神谕般力量的女子的话，击中了我——当然也击中了那个芒果街小女孩。但是在多年后——多年后，当女孩强大得芒果街没法永远留住她，于是，她远离故国，去往他乡。

我有些拿不准，此刻，教室里，有多少孩子会是希斯内罗丝笔下那个芒果街女孩？人生不可逆，人生也无可预知。但，可以肯定的是：没有历史，开始就是结束、栖居。

当然，小说还涉及种族差异、肤色和族裔等问题。写作者是在美国的少数族裔，身为拉丁美洲移民后代，常常意味着家境贫困、遭人歧视以及文化上的隔阂与失落。所以，这个芒果街女孩的成长，成长中女巫般的神秘人物的指点，更是一个生命的隐喻。

和还在“路上走着”的孩子谈论种族、文化冲突、家园或是回忆，似乎有些过于沉重和不合时宜。但，每个孩子都要经历成长。成长的滋味，会始终飘绕在他们的生命里。只是可能，当他们还在成长路上走的时候，未必意识到他们人生的一个个转折，其实都与童年和故乡牵连。

而我更感慨的是，对于家乡的乡村孩子，如果“村”的概念不在，是否童年有了缺失？十年前和家乡的孩子谈我的童年，童年的菜园、井台、去小镇念书必经的三里桥、桥上砖缝里的苔藓、河岸边洗衣的妇人、悠长幽深的弄堂、混合着糍饭团和油条香的早市……种种乡村和小镇生活的经验与细节，还能获得心领神会的共鸣。而十年后，家乡已经大变。曾经熟稔的山丘、竹林、田园……仿佛一夜间消失。眼前不断变换、延伸的，不再是清风与花香的稻田，喧腾璀璨一望无边的油菜花，而是高密度的楼盘和热气腾腾的建筑工地。

乡村的概念在改变。乡村的孩子，和城里的孩子无异。接收的是一样的资讯，一样的生活观念。“我们的沙发大同小异，我们的客厅大同小异，我们的电梯大同小异，我们早上起来推开窗子打个哈欠也大同小异。”（作家韩少功语）——问题是，在越来越雷同的生活里，我们该如何寻找独特的自己？

离开，是为了回来。可若是“离开”的经验与记忆不足以抵达今日“回来”的世界，你能拿苍白的童年怎么办？谁的童年没有记忆？可愈益模式化的生活正消解着童年的诗意、丰富和纯真。

东京昆虫物语

新年第一天，去宜山路的博库书城搬来一堆书。

邂逅一本好书的过程，其实也是你和它建立信任的过程。然后，你心甘情愿踏上文字之旅，开始“记忆和想象的延伸”。（博尔赫斯语）

一堆书里，《东京昆虫物语》装帧细致素雅，清新可喜。小开本、轻型纸，拿在手里，轻盈一握的妥帖。内里文字，则排得疏朗有致。还有手绘的精美插图。它有一个副题：46则与昆虫相遇的抒情纪事。一个叫“泉麻人”的日本专栏作家所写。

看了序和开头几篇，感觉有暖日午后，走在乡间的恍惚。那些夏日或秋阳，温暖的童年记忆浮于脑海。此种感觉，也恰好呼应我的止于脑海的一本随笔小集——《邂逅另一个童年》。

就像这本小书，说是昆虫物语，记的却是作者儿时的“浮世风景”。文字里有小孩子的快乐表情和干净笑容。还有一点点的风雅和情调。

他写红蛱蝶，“伫立的模样，宛如幽居在深宅大院里的贵妇，在夏季已过、一片杳无人烟的沙滩上，兀自优雅地做着日光浴”。日文里有个成语——小春日和——红蛱蝶就出现在这样的晚秋（或初冬）阳光温暖的午后，在路边翩然出现。

虽然这种蝴蝶出现的几率非常高，是一种“世界各地都可以看到的蝴蝶”，但泉麻人却说，任何东西都有出现的季节，他喜欢的是“冬天在东京小巷子里看到的红蛱蝶”。

他写大透翅蛾，东京都市中心的公园或大楼街道的花圃里常见，可他“还是喜欢在老旧的巷子里看它们飞到盆栽上”；他写白刃蜻蜓，想起“温泉旅馆里提供的碎白点花纹布的色调，是一种带有日式风格、质地朴素的蓝色”。

他写七星瓢虫，用手抓它，身体会出现红色汁液，“对那股腥味感到有点意外”。七星瓢虫最有生气的时候，是在初春时节，“午后，走进丘陵地或林间入口处的草地，就会看到在阿拉伯大地棉或油菜的叶梢上，红色小虫正四处移动着”。

然而瓢虫界也有坏人，那种有“罪恶的代表”之称的二十八星瓢虫和大二十八星瓢虫。但作者看来，“反派的二十八星瓢虫比扮好人的七星瓢虫更‘酷’”——依然是缘于孩提时代的记忆——那部以二十八星瓢虫为主角的漫画《铁人28号》。

写昆虫，其实也是在写人，写环境和世事的变迁。相信作者也是一个温暖、惜爱和心思细腻的人。他回忆和观察东京都的各种昆虫，几次叹息它们的正在消失——

“我试着找寻天牛，但一只都找不到。”

“如今适合红蛱蝶出现的街道，真的变少了。”

他说他喜欢的一个种类：蜻蜓，“不是它们变成标本后的模样，而是蜻蜓飞起来的情景深深吸引着我。”

他写和青斑蝶相逢，“就如在散步途中突然与陌生美女擦肩而过一样”，“暗中期许着，希望还有相遇的一天”。

说到夕蜩，他写：“观赏小津安二郎的镰仓为背景拍的老电影，夕蜩在侧廊上发出‘喀呐喀呐喀呐……’的叫声，突然闯进女主角原节子纳凉的阳台那一瞬，我深深觉得……啊！生为日本人真好。”

日本文化的精巧雅致，从谷崎润一郎到妹尾河童，现在，可以再加上泉麻人。

小镇故事和幻想人生

但凡爱书人都有个通病：喜欢的书都情愿自己掏钱买，不掏钱的书多半是书作者或出版社的寄赠。（当然这话还可以这样理解：掏钱的书不尽是好书，不掏钱的书未必尽不是好书。）

春假七日，本想着终于、能够，有大块时间将囤积了半人高的“掏钱买”的书大块蹂颐一番，然好书亦如美食，暴饮暴食等于暴殄天物。于是，索性慢下来，“风吹哪页读哪页”——如此幸福的奢侈，算来，在我眼下“总匀不出多少时间给自己”的生活状态看，值得珍惜啊！

因为看麦卡勒斯的《婚礼的成员》，这一阵子，突然喜欢上了读小镇的故事。而且尽是异乡（美国）的小镇。南方的、北方的、中西部的，第一次世界大战前后或隐去了时间的。

“这就是美国——一个几千人的小镇，位于小麦、玉米产区，那儿有许多奶牛场和小树林。”

——诺贝尔文学奖获奖作家辛克莱·刘易斯长篇代表作

《大街》的开头，把读者带入一个叫格佛草原的小镇，小镇有“大片的坦荡的原野”“无边无际地伸展，无法驾驭”。

这让我想起去俄罗斯边陲小城海参崴的情景。大巴在公路上飞驰。不见人烟，偶尔有一辆车子迎面驶来，带出一片白茫茫的尘灰。空气里闻得到风拂过草原的坦荡、寂静和一览无余的空落。不时也会冒出一些显眼的东西，一丛丛像树、一簇簇开满野花的山冈。正午的太阳照在山冈上，发出炫目的光。

“一切从弗兰淇十二岁时那个绿色、疯狂的夏季开始。”（《婚礼的成员》）

“镇上有两个哑巴，他们总是在一起。”（《心是孤独的猎手》）

“小镇本身是很沉闷的；镇子里没有多少东西……”（《伤心咖啡馆之歌》）

同样也写小镇，麦卡勒斯的这三部小说的开头，我读来有种屏住呼吸的感觉，遥远的、南方小镇炎热的气息扑面而来。麦卡勒斯有着惊异的洞察力，叙述惊人而坦率。

“有些东西，和这些绿色的树、四月的花有关，让弗兰淇伤感。她不明白自己是怎么了，但正是这种愁思，让她开始意识到自己必须离开这座小镇。”（《婚礼的成员》）

成长就是这样一种莫名的忧伤。12岁的女孩渴望远行，向往北方，“哦，北方、北方，你超过我的热望！”

“威廉·沙尔瓦斯·白斯特在华盛顿街和中央大街拐角的杂货店门前沉吟了片刻。”20世纪初美国最受欢迎的小说家之一塔金顿，擅长描绘美国中西部小城市的生活。他的青少年题材代表作《十七岁》，开头即将读者带进生活节奏缓慢、社会关系简单（比之现在）的小镇生活场景。

小镇故事天天在上演。尤其20世纪初淘金时代的美国，什么都有可能。一夜之间发财致富。找女人、赌钱、斗殴。机会或危险。梦想和建设。谁都不富有，但谁都抱着希望。在这片土地上，人人都有幸深荷其惠。

这是现实的人生。如果人生只能是两个选择：现实的人生和幻想的人生，那么不必羞于承认，我们还是更渴望幻想的人生。

我看彭懿译“安房直子经典童话”（接力出版社2006年版，五卷），恍然生出小时候做作业，解不出题，猛然抬头，看到盛夏午后，蜻蜓掠过纱窗的寂寂的非人间的感觉。

先出的三本，《手绢上的花田》版权页上注明1973年日本出版，中国大陆这是首次引进。《直到花豆煮熟——小夜的故事》为安房直子遗作。安房直子英年早逝，1993年去世时年仅50岁。这本幻想小说在她死后一个月出版。另一部《山的童话：风的旱冰鞋》几年前二十一世纪出版社出过，是“日本小说大幻想文学”中的一本，也是彭懿、张秋林（二十一世纪出版社社长）等人倡导“大幻想文学”在出版界的标志性作品。

记得那时读《风的旱冰鞋》，有种气息透不过来的诡异——怎么说呢，明明是很离奇很神秘的事情，却被安房直子说成很日常很普通，仿佛天经地义，人人知道似的——比如，每当无人或者夜晚的时候，黄鼠狼就像人一样站立起来了；月夜来敲店门买药的是一只感冒的猴子；黄昏来临时，茜草山的野猪盛情邀你去过酱萝卜之夜……

这些奇奇怪怪的事就发生在山里，那山里的小店出售这样的东西：樱花汁染过的手绢、粉红色的棉纸信笺、城里早就不用了的藤箱……

“大幻想系列”里还有一本我印象深刻的，是阿万纪美子的《车的颜色是天空的颜色》。

松井的出租车有着天空一样的颜色，常在玉米田和海岸边无人的公路上行驶；也常在夜里照乘客的要求开进他根本不认识的松林深处、白菊会馆、枫树街……

他的那些乘客明明是和他一样的人，可有两个男孩下车后，座位上留下几根野兽的毛；有一次接新娘子，红头盖下是狐狸新娘的脸；有一个小女孩悄无声息地坐进了他的车子，可一晃又不见了，猛一看窗外，居然飞着一只只白粉蝶……

天空颜色的出租车在路上跑着，空气里有夏橘的气味，谁知道下一位乘客会是谁呢？

在现实和幻想之间穿行，感觉有点灵魂出窍。好比《极地特快》里的那个小男孩，如果“看得见”童年，即便长大，每年的圣诞，仍旧能听见挂在雪橇上的银铃声。所谓酒醉人身，香醉人魂，有魅力的文字，是“手绢花田”上酿清香菊酒的小人，令你忙碌粗糙的日常生活，片刻发呆、出神、惊醒。

夏多布里昂

很久没写阅读笔记了，本子翻开新的一页，转瞬从春天到了炎夏。

夏多布里昂一直保持着记日记的习惯，他说："我们的生命是转瞬即逝的，如果我们不能在晚间记下早晨发生过的事情，由于工作的阻碍，我们将不再有时间记下来了。保持记录的习惯并不会妨碍我们浪费岁月，让一寸寸光阴随风而逝，对于人类来说，这一寸寸光阴正是构成永恒的基础啊。"

夏多布里昂是法国历史上的重要人物。少年雨果曾立下如此宏愿："要么成为夏多布里昂，要么一无所成。"这本回忆录是作家费40年之功不断增删和磨砺的精心之作。他回忆他的童年，他是一个坏学生时的样子，他跟两个小水手打架，成年后他与拿破仑的相识与反目，还有他在退出政坛后与退位法王的关系……夏多布里昂出生在法国的圣马洛。那是一个小岛。由于海水的侵入，圣马洛的四处散布着一些悬崖、要塞、无人居住的小岛。

夏多布里昂的一生，和大海紧密相随。他视海为“我的摇篮和我的形象”。他在海边出生，在海上流浪（30岁时穿越大西洋，前往巴黎），暮年又回归海岛。狂风，暴雨，飞溅的浪花，管风琴般雄浑的声音，铁一般的颜色，孤独却傲岸的空阔……是圣马洛港外夏多布里昂墓地前的景象，亦是作家一生的写照。

1821年，53岁的夏多布里昂回忆他出生时的那片大海：“我坐在桌前，静观那片看着我出生的、波及大不列颠海岸的海，我在那里经历了如此漫长的流亡：我的目光掠过海浪，这海浪将我带到美洲，抛回欧洲，又带往非洲和亚洲的海岸。”

夏多布里昂80岁时去世。他生于风暴，死于风暴。《墓中回忆录》是风暴里开出的浪之花。我读《墓中回忆录》，耳边常涌动着天风海雨般的惊心动魄，也时有风平浪静的静寂和忧伤。夏多布里昂的文字，更适合用耳朵来“阅读”。

书里的细节

蒙田说，读书是一种略带忧郁的享受。这“略带忧郁”和“享受”放在一起真是精彩！也许，本性上讲，我们都怀恋这样一种读书状态。

我们都有过这种体验，喜欢一本书，连带着记住了书里的细节，不定哪天将它“串联”到别个作家身上。我看日本作家松谷美代子的《两个伊达》（接力出版社），脑海里闪出“轻井泽”这么一个地方来。轻—井—泽，轻轻地念三遍，舌头抵住上颚——哈，感觉是要走进纳博科夫的《洛丽塔》！

——我的本意是说，如果邂逅了一本好书，丰沛的意象会扑面而来，你随着文字的气息，久久地停留在那些充满期待感的词句上，小心翼翼，生怕和它们失之交臂。

位于日本长野的轻井泽，是很多日本作家旅行、写作的幽静佳处。想象中的轻井泽，有山间小屋，落叶松环抱……后来翻《安房直子幻想小说代表作》（6卷本，少年儿童出版社），恍然——原来，写出“一山坡野菊花似的短篇幻想小说”的安房直子，就曾在轻井泽盖过一间小屋，29岁以后的每年夏天她都在那里度过。然后有一年夏天，松谷美代子乘车顺道去安房直子的山间小屋。她向小屋走去，想象着安房直子在院子里那张铺着白色桌布的桌子上写作……

松谷美代子长安房直子17岁。经历的不同注定了文字的迥然有别。同样写幻想小说，《两个伊达》的幻想更感沉重，它是一个“向孩子们传述原子弹悲剧”的故事。

还是“轻井泽”，大江健三郎在获得诺贝尔文学奖之后创作的长篇随笔集《康复的家庭》和《宽松的纽带》（南海出版公司），口语式的温暖叙述，同他的小说语言和文体大异其趣。

大江有三个孩子，长子光出生时，脑部发育不正常。因为智障，光长到26岁的年纪，精神年龄还是个孩子。大江曾和妻子由佳里带三个孩子到轻井泽的别墅度过几个夏天。那些日子，妻子写生“轻井泽的花草”，三个孩子“每天早晨从位于山坡的森林里的别墅出发，一路‘马拉松’跑到网球场旁边的泉水形成的小水流的地方。”

因为光，大江频频在作品中讲述和思考“如何与这个孩子共生共存”，从对智障孩子的关爱，升华到对20世纪人类三大悲剧的关注。渐入老境的大江，越来越警醒地意识到如何将阴暗的生活，以从容不迫的温和来表达。

“人生太悲惨了，因此不能不故事滑稽，否则将要闷死。”这是林语堂式的“滑口善辩”，但是翻看他的《林语堂自传》（陕西师大出版社），还是读出了他带笑的泪。林语堂那个年代，若是“开心见诚讲真话”，痛快是痛快，却少了含蓄，尤其关乎时局的议论，形成文章，一不小心即成把柄，身受牢狱之灾。所以，机智如他，便另辟蹊径，以所谓的幽默绕过当局的戒备……

我读书，更多是看和自己会心的细节。陶渊明的“好读书，不求甚解”，必须跟下面一句连起来，才有意义：“每有会意，便欣然忘食”。所以，北大教授陈平原讲：挂在口头的轻松与压在纸背的沉重，二者合而观之，才是真正的读书生活。

我读我看

阳光很好，寒流也很好——因为是这样一个日子，不用上班，给自己找个理由放一天假。然后把窗帘拉开，将阳光请进来，冷风挡在了窗外。再然后，看资料，准备一篇三千字的王安忆专访。坐在地毯上，旁边一杯新泡的碧螺春。

看王安忆的新书《我读我看》。关于读书，王安忆有很多精彩的见解。比如她说："在持有自己的经验与结论的同时，善解并诚挚地去观看别人的人生所得，看到人类无穷多的心灵景观。这时候，我们应当如同相信自己一样地去读书，书会和我们融为一体。我们其实也是在读着自己。"

说的是晚年时的阅读。那么少年阶段呢，王安忆认为是信赖，"相信我们所读到的东西，这常常是发生在我们少年时候。"接着是漫漫成长期，"前段时期阅读好书的经历帮助了我们"，"阅读和阅历使我们几乎是本能地懂得哪些是好书，哪些是那种写作者以诚实与信赖写下来的文字。我们仍然以信赖的态度读书，而这时候的信赖却是一种理性的信赖。"

比之王安忆吞吐量巨大的阅读，（比如学生时代，一个晚上读完一本《牛虻》，一个白天读完《安娜·卡列尼娜》……），我们今天的新新人类，简直享受不到阅读的乐趣了。你看她是怎么读书的：

“……四周都是书，各种各样。看，其实是只能看其中的一本，但是有这么多书在身边，人就有富足的心情……”

“你要晓得，这世界上的书浩如烟海，于是便需赶快，多读一本也是好的。……仅只是读书中繁衍出的书，就够你大大地读上一气。比如，读英国埃及学家罗伯特·鲍瓦尔的《金字塔密室》，书中就带出他的《猎户座之谜》《创世纪的守护神》，还有《圣经》——倒不是说以前不知道它，而是这时知道了如何去读。……”

“最近看一本新创刊杂志《唯美》，上有张承志的文章《击筑的眉间尺》，将《史记》里的‘刺客列传’描绘得那般歌泣，又写了鲁迅的‘眉间尺’，惊叹恐怖主义的壮美。这两样都没看过，所以也排队排上了。阿城的《威尼斯日记》，拖带出的则是《扬州画舫录》。书籍的注释部分，就更可搜罗出书单了。……”

总听人说，“王安忆是越来越刚强了”，“王安忆看上去有点傲……”

刚强两字，大抵是觉着她言行举止过于理性和硬然吧。

同样说写作，她强调的是“务实”“写实”“技术性”……同样谈上海，她看到的是“上海的实惠”“上海的日益被格式化”……

至于这“傲”字，她自己解释：不是傲慢，是不合作。不合作有很多原因。我不愿谈很多技术之外的东西，对那些东西我也很弱智。还有我也本来就不愿和人打交道，写作是诉诸内心的……

许多事，她更愿意剥去诗意的外表，洞见事物本质，有时不乏尖锐批评。可是硬然冷然的背后，她又是温情和真诚的。她说过：“真诚是比一切都更为重要的，失落了真诚，无论是做一个作家，做一个妻子，做一个人，都是不成的。”

物哀之美

阳光依旧好。坐在暖暖的沙发上，拒寒冷于一窗外。看三岛由纪夫的《金阁寺》。这是他最为人熟知的一部长篇。很多读者都是看了这部小说，动了想去京都看金阁寺的念头的。

他描写一朵夏天的小花与众不同。他说："看到夏天的小花像是被晨露濡湿散发出朦胧的光的时候，我就觉得它像金阁一般的美。"

这"金阁"就是作家要写的金阁寺。这金阁寺当真是美的，不说全貌，就说挺立在屋顶顶端上的那只镀金铜凤凰。一般人眼里，如此无生命的鸟儿也不过尔尔，可到了三岛笔下就不一般了。

他这样描绘："这只神秘的金鸟，不报时，也不振翅，无疑完全忘记自己是鸟儿了。但是，看似不会飞，实际上这种看法是错误的。别的鸟儿在空间飞翔，而这只金凤凰则展开光灿灿的双翅，永远在时间中翱翔。时间拍打着它的双翼，拍打了双翼之后，向后方流逝了。因为是飞翔，凤凰只要采取不动的姿势，怒目而视，高举双翅，翻卷着鸟尾的羽毛，使劲地岔开金色的双脚牢牢地站稳，这样就够了。”

印象里的金阁寺独此一家。上网查，山西的五台山也有一家金阁寺。还是早在唐代宗大历元年（766）创建。不知日本的金阁寺与中国的金阁寺有否渊源？很多日本的寺庙保存了完好的唐朝风格。要说存在年代，五台山的金阁寺远早于京都。遗憾的是，两地的金阁寺都不曾见，想着一定要亲眼拜识一下才好。

再看三岛对死亡的描绘：“再没有什么比遗容更能如实地告诉我：所谓物质，距我们是多么遥远，它的存在方法是多么不可企及啊！精神就这样通过死变成物质，我第一次能够接触到这样一种局面。现在我才渐渐理解五月的花卉、太阳、桌子、校舍……物质为什么对我那样冷漠，距我那样遥远。”

只有真正了解了三岛的美学原则，也才可懂得他的《金阁寺》，他在《金阁寺》里对死亡和物哀之美的认同。他是以金阁与人生相喻，写美与人生、艺术与人生的悲剧性关系。《金阁寺》里的主人公沟口，天生结巴，自小孤僻自卑。他曾听父亲说：“世上没有什么比金阁更美的了。”于是，他常常幻想着金阁的美。父亲亡故后，他遵照父亲遗愿到了金阁寺当僧徒。沟口对金阁寺从认识、崇敬、珍爱到毁灭的过程，正是三岛“美的对抗”的心灵缩影。

三岛1970年剖腹自杀。其时正当盛年，留下一个11岁女儿和一个9岁男孩。

读三岛的作品集，我其实更偏爱他后期的《春雪》。这也是他最后的长篇巨作“《丰饶之海》四部曲”的第一部，另三部《奔马》《晓寺》《天人五衰》，新近有译本。

《春雪》写19岁的清显和聪子的恋情。清显热恋着聪子，在度过了海边夜晚和清显幽会的一刻后，对护送她回家的清显好友本多说：“任何美梦都有结束的时候，永恒的东西是不存在的，如果认为这是自己的权利，岂不是太愚蠢了吗？……不过，倘使真有永恒的东西存在，那也只是现在这一时刻……”

清显和聪子又一次幽会后，两个人都明白，结束的时刻很快会到来。洞院宫家的订婚日期不可能永远拖下去。清显问聪子：“你决心以后要把我们的一切都忘掉了吗？”聪子答：“嗯，尽管现在还不知会采取什么样的形式。因为我们正在走的路，并不是路而是码头，总会走到尽头，前面展现大海也是无可奈何的事啊！”

有一次，聪子用爽朗的声调，平静地抱怨：“现在我们即使走在一起，也看不见你的幸福啊。我珍惜地回味着现在每一瞬间的幸福……你是不是感到已经满足了呢？”

清显答：“我们太相爱了，早就打幸福的身边走过去了。”……

我在这部小说里真正感受到了“物哀之美”。三岛自己曾说：“《春雪》是王朝式的恋爱小说，即写所谓‘柔弱纤细’或‘和魂’。”与他亦师亦友的川端康成，则把《春雪》誉为现代的《源氏物语》，是作者“绚丽才华的升华”。

想象的行囊

到达远方的途径有多少？蒋韵说：只有旅行一条。那么，背起想象的行囊，我们出发吧！

先去《高更最后的大溪地》。大溪地，这个有“人间天堂”之称的法属玻利尼西亚小岛，充斥着复制高更画的图腾：果酱、咖啡杯、海滩浴巾、T恤……高更的画更是被复制得严重泛滥。画里的大溪地女人，如旖旎的海岸线，瑰丽、慵懒、梦幻。

真实在想象里，在明暗的光线和透亮的层次里。

高更说，只要离开都市，要生存就得向大自然求救。大自然丰饶又慷慨，从不拒绝任何向她索求的人。

1891年，高更43岁，第一次赴大溪地，在那儿住了两年后重返巴黎发展。巴黎的喧哗，巴黎的疏离令他绝望；舆论和艺评界又对他画作时有攻击。1897年，高更回返大溪地，并决定终老于此。1903年他去世，年55。在大溪地的10年，高更在自己的往事回忆中了结余生，在绘画艺术里沉默地面对袭击而至的孤独。

高更逝世一百周年之际，台湾女作家钟文音重走高更在大溪地的旅程。

这个非一般的旅行，“为的是亲自去印证近百年前曾经有个独特的艺术家在此义无反顾地燃烧他那不凡而炽热的生命厚度，在此谱下命运悲怆孤寂的终曲。我想亲自在历史现场和画家的灵魂对话，亲眼目睹其绘画里的虚幻一旦落入真实的感官所产生的内在撞击会是什么样的视觉经验。”

还是和海有关，可是这个人走得更远。

43岁（又一个43！），突然抛下驾轻就熟的事业和朝夕相处的亲人，“想去”航海。第一站澳洲悉尼，学驾帆船。学成迫切愿望，拥有一艘自己的船。1992年，一艘名曰“水牢”的单桅小帆船，成了他扬帆远航的良驹。“水牢”易名“福龙”号横渡太平洋。航程7455海里，途中遭遇台风，历时36小时，创下中国人以中型帆船横渡太平洋的纪录。1998年起跨世纪航行，两年五个月后，成为华人成功驾帆船环航世界第一人。

这个人叫刘宁生，1947年生于台湾基隆。《我的环球航海之梦》是他在大陆出版的第一本书。如果将人生旅程视作一次无可预知的长航，刘宁生的这本书，可以给我们许多有意味的提示。

一次一次，我们总喜欢问“为什么”？

“为什么登山？”

“因为山在那里。”

“为什么环航？”

“因为海在那里。”

……

我们询问、羡慕、探究、好奇……就是做不到割舍。

所以凡尘如我们，抵不过一只资质平平的小猪。

小猪麦兜盼着去马尔代夫。“马尔代夫、马尔代夫……”仿佛快乐的咒语，麦兜每天在笑里醒来。妈妈却说：我们没钱去马尔代夫。妈妈带麦兜到山顶，麦兜背上旅行袋，乘缆车时他很紧张，以为自己是要登上去马尔代夫的飞机。“我们要到马尔代夫了！”麦兜很高兴。可是、可是真的马尔代夫在哪里？

看谢立文、麦家碧的《麦兜麦唛系列》，忍不住要伤怀。也许、有时侯，将梦想止于梦想更合理。

现在，我们该去布拉格了。这个历史悠久的城市，拥有中欧最古老的大学以及相当数量的文化名人，作曲家德沃夏克，作家哈谢克，诗人里尔克，政治家马塞瑞克……可是我们只记得住卡夫卡。布拉格人用“卡夫卡式的”这个词来形容生活的荒谬。卡夫卡，是布拉格的象征。春天的布拉格，沈临彬说：“耀眼而又恢奇。静静的伏尔塔瓦河穿过美丽的卡尔桥，

远处的易北河，更远处，我离去后的忧郁里。”（《春天去布拉格》）

是啊，世界越发喧闹，再往哪儿去找静呢？布拉格、马尔代夫、大溪地以及世上更多桃花源一样的城市，能守住现在的静吗？

繁华过后，必有落尽之时；快速成名，却被快速遗忘……

倒是好的书，像我这般读者，心甘情愿跟着作者一起上路，一起老。

阳光世界，田稻穰穰

作家谢宗玉写来E-mail，说他要去乡下扶贫了，总是没有整块的时间写作，因此痛苦。几天后他来电话说已经在乡下了。我就问他：“怎么个扶贫？”他答：“同事扶贫，他跟着看……”

啊，这样的好事怎么就轮不到我头上呢！该痛苦的是我。

又问（不无羡慕）：“乡下空气好？”他回：“好啊，闻得到鸟语花香！”他说这话的时候兴高采烈，我仿佛看到他站在田野里，身体轻盈。空气里，有木樨草、紫云英和油菜花苞的奇异清香……想起他笔下的乡村生灵，蜜蜂、天牛、豆娘、狐狸……好生羡慕！

谢宗玉写乡村的文字朴素温情。朴素温情里含着机智。他写豆娘：“那种小生灵，瘦削的身子，薄薄的羽翼，温和的性情，怎么看，都有弱质女子的影子。……让人看了，莫名其妙就生愧疚之情，……粗粝的心也一下子汤汤水水起来，柔软得不成。”他写爬山虎：“后来爬山虎长大了，细细腻腻地爬了一墙，西墙就长满了无数的耳朵。我说出这个比喻时，我和小妹越看越觉得形象，就在墙根下笑得像两只滚瓜。”……

“在阳光世界里，田稻穰穰，长亭短亭，柴门流水，皆成金色，故金色不单是新有了一种颜色，而是众色提高到另一境界，一一皆是新的颜色了。金色是颜色而亦是光。”——胡兰成说印度的金色，“与音乐同是可喜乐的阳光世界的波浪。”

胡兰成的用词，就是有让你惊醒、出神、发呆的力量！

他说桃花，“极艳，但那颜色亦即是阳光，遍路的桃花只觉阴雨天亦如晴天，傍晚亦如晓日，故艳得清扬”。

说桃花艳得“清扬”，而不是“夺目”这样平庸的表达；还有岁月，是“静好”，而不是“美好”“静美”这样直白的词……

“星期六下午没有课，日子非常悠长，如果不出去，一人在教室里用功，只觉校舍的洋房如理性的静，而理性到了是静致，它亦就是感情的流遍了。于是翻开英文课本来读，闻闻洁白的洋纸都有一股香气。”

这段文字也有一股香气。如理性的静，理性到了，是静致。

固然有古文的功底，又受着“五四”时期文白相间的影响，胡兰成的语言亦是独成一格。

撇开其他因素，单看胡兰成的文章，我会想起林语堂和周作人。都是“艳得清扬”的奇人怪才。

谢宗玉的“鸟语花香”的电话，把我的思绪引入胡兰成“田稻穰穰”的《山河岁月》。也罢，自然的芬芳没眼福，闻闻文字里的香气，也算安慰！

水仙和故人

周末午后，读法国作家彭塔力斯的《窗》。彭塔力斯曾经是萨特的学生，后师从法国著名精神分析学家拉康。写专著，也写小说，还是法国伽利玛出版社阅读（选书）委员会的成员。

他这样看水仙："一种近水而生的忧郁的花，垂向自己，长在春天。"可是，他又说，"它的诱人有如水对它献出的妩媚——一种有着浓重芬芳的花，那芬芳使人萎靡，让神经迷惘，产生麻醉。它是一种送葬的花，被用来装饰坟墓。"

——水仙在法国（欧洲？），竟是哀悼花！读到这段话的第一个念头，是本能地排斥——如此清雅静美的"忧郁花"，怎么、可以用来装饰坟墓！然而、然而，清雅静美、冰清玉洁，怎么就不可以祭奠逝者？

我们总是，常常是，走不出惯性思维。中国人的思维（习俗），送葬或祭奠就该是灰黑的、暗沉的、有所忌讳的——那些美好和洁净不该（不配？）这个时候出现。撇去信仰、历史、宗教不谈，就如何给逝者安息而言，一些西方国家倒更见人性。死亡不再是不洁的、忌讳的、可怖的。死不是生的对立面。写《心是孤独的猎手》的美国女作家麦卡勒斯说，当逝者依然活在生者的心中时，这死去的人难道真的死了吗？

很多西方人的对待死，要比我们坦然、清澈得多。所以他们选择美丽的花来装饰坟墓。不止水仙，还可以是紫丁香、绣线菊、野姜花、冬青叶、玫瑰枝、欧石楠……

有什么关系？只要是美的，圣洁的，芬芳和安宁的，都是好的。所以，你去看吧，西方人的墓地不只是墓地，那些清幽静雅的花和树，那安静得像有灵魂一样的路上的石板，都在提醒你："如果生是一件好事，那死也一定是件好事。他们都是神秘的，但却不是灾难。"（亨利·米勒语）

说到水仙，女作家宗璞写过一篇《水仙辞》的怀人小文，她由案头的水仙，想到了去往"遗忘之乡"的故人。"案头的水仙，很得她关注，换水、洗石子都是她照管。绿色的芽，渐渐长成笔挺的绿叶，好像向上直指的剑……小小的花朵或仰头或颔首，在绿叶中显得那样超脱，那样悠闲。淡黄的花心，素白的花瓣，若是单瓣的，则格外神清气朗……"

"我喜欢它那点自然的挺拔，只凭了叶子竖立着。它竖得直，其实很脆弱，一摆布便要断的。"

宗璞写水仙的超脱、闲然、淡泊……当然是为天国里永诀的笑容。于是，这水仙，便有了世事变迁。那从清水中长起来的叶茎，“生命所需不过一盆清水，其实在那块茎里，已经积蓄足够的养料了。”

水仙和故人，生者和逝者，生命的循环往复。

由水仙花，想到生和死乃至西方人的对待生命的态度，这是我读彭塔力斯的《窗》时无可预料的。所以，还是博尔赫斯那句话：“书籍是记忆和想象的延伸。”

击壤歌

连着两个休息日的下午，躺在沙发上看朱天心的《击壤歌》。朱天心的作品我是看过一些的，新近才读过她文字、配女儿小时候涂鸦画的《会飞的盟盟》，深为她文字的跳脱折服。在此前，很是喜欢她写城市流浪猫的《猎人们》，没有多年喂养、收留流浪猫的体验，出不来这般深情智慧的文字。当然我也知道，在台湾文学界，几乎没人不识朱天文、朱天心这对“姐妹花”。

然而，这本姗姗来迟的朱天心17岁时的少作，却看得我声声叹息！有些书，是不能错时而读的。你只遗憾，为什么没在17岁时相逢这样的好书呢？你在心里一遍遍地叹息。叹息什么呢？一样飞逝的青春吗？不，不，我们都拥有过飞扬的青春！我所感叹的，是17岁少女“诗书天下，礼乐江山”的才情与热闹。这般率性浪漫，又大将之风。汗颜17岁时的我，还是个懵懂无知的小女生。

同样是在高二，朱天心已读书读到如此境界：“……白先勇的小说原是我爱的，但那是高中前就已经扬弃了的。琼瑶小说我原也读的，但那是小学四年级时就也扬弃了的呀。有些东西，我该狠狠地丢弃。爷爷说登山，你只要知道世界上有一座最好最高的山，那么纵使周围都是小丘陵，也可怡性。我懂得的，如今我还不知道那大山，所以我不当如此早就耽游在小丘陵中。我自有一番打算。”

真真感叹啊！难怪晚年失明了的博尔赫斯要将图书馆比作天堂的模样。而印度裔的诺奖作家奈保尔，年少游学英国时在家书中感叹：书读愈多，愈觉有太多的书要读。

如若你想当然地以为，这都是些浸染太深的书虫子，也未必。17岁的朱天心一样也疯疯癫癫，也饕餮美食，也跷课贪玩。烂漫的芳华岁月，她似乎尽和那些个死党这里那里地疯玩了。待游荡够了，她就要收收骨头：“我觉得我该开始读些书了，就径自到钢琴室去，不去教室找橘儿，怕两人见面少不得又要海吃海喝一天。我最喜欢假日时的光复楼，寂静古老的走廊真是春秋，窗外的绿树却又正摇得青春。我大剌剌地走将起来，让老皮鞋惊起伏在案上的人，和睡在地上的阳光。……我把头发给夹得清清爽爽的，裙钩钩松开，鞋袜也脱下，一种‘备战状态’中坐定下来，打开国文课本。”

我脑海里的17岁的朱天心，真真一派桃花明月啊。难怪胡兰成要在这书的序里将她和李白联系，“自李白以来千有余年，却有一位朱天心写的《击壤歌》”“《击壤歌》我已看到第三遍，一路的句子都想把来加圈”。

很庆幸阴郁天里和《击壤歌》相逢。17岁的朱天心走出光复楼，“看到嫩绿的树正在风中哗哗地刷着阳光”。——这棵刷着阳光的树根植在了我心间，翻着亮片，繁盛蓬勃。

声音、气味和文字里的碎影

我看书翻杂志有个习惯，总是以“发现的目光”，在文字里寻找会心的细节。这“会心”，可能是几个字、一段话。未必直指人心，或者警策妙语。确切说，是一种气息，一种声音、气味和文字里的碎影。

不妨援引几例——

1934年，沈从文回凤凰。途中他给“三三”写了一组寂寞而温柔的信。后来他将其中“极动人、极美丽、极深邃的一封”（沈胜衣语，见《书城》2005年12期），以写信时间作题目，衍化成一篇《一九三四年一月十八》。

文章开头写道：“我仿佛被一个极熟的人喊了又喊，人清醒后那个声音还在耳朵边。”

沈从文的文字，我们不必说。我看《边城》和他的《湘行散记》，（国际文化出版公司出了一本《沈从文传》，作者是美国的金介甫，关于这书，下述。）文字的气息里漫过来的是水声，流动的船只，湿濡濡的青石板街，微凉的雨，木叶轻落的静寂……

沈从文表达喜欢的心情时，不说“喜欢”，说“欢喜”——他欢喜雨天坐在小船上写家书，欢喜雨雪天听掌舵的老水手说：“七老，你去，先生请客你就去，两吊钱先生出得起！”……

因为沈从文，也连带着喜欢上了黄永玉。一并记住了他回忆表叔沈从文的《这些忧郁的碎屑》。

再说《沈从文传》。苇岸回忆海子曾经对他说过，伟大的作家要看全集。这本由美国人写的中国作家的传，砖头一样厚，书店里徘徊了数次都没有决定把它搬回来。倒不尽是书价的奇高（也是一个因素——如今一本书动不动即四五十元，已见惯不怪了）——实在，如此沉的书，又巨小的字，感觉要将它啃完，非沈从文研究者，坚持不下来啊！

所以，说到底，“挂在口头的轻松与压在纸背的沉重，二者合而观之，才是真正的读书生活”（北大教授陈平原语）。

不过沈从文最为著名的追随者汪曾祺为金介甫的《沈从文传》（湖南文艺1992年版）写过序言，开篇这样写：

高尔基沿着伏尔加河流浪过。马克·吐温在密西西比河上当过领港员。沈从文在一条长达千里的沅水上生活了一辈子……

书评人戴新伟在一篇文章里说："当我重读《沈从文传》时，最大的感受是严肃批评与深邃感人的区别，而中国人向来擅长后者。"

"一个作家生活经验的某些侧面，什么时候被他自己有意识地提起，做怎样的叙述，其实和他一定时期思考与创作的焦点集中于何处密切相关。"（《书城》2005年12期，王中忱《小说家言与知识分子的议论》）

说的是大江健三郎。又是一位我喜欢的作家。且在意他的随笔，甚于小说。

自读了他的"温暖人文"随笔系列（《在自己的树下》《康复的家庭》和《宽松的纽带》），一直"追随"着大江的行踪，他在各个地方的演讲、对谈。连带着也将他的新长篇《被偷换的孩子》《愁容童子》《别了，我的书》《两百年的孩子》等一一纳入囊中。

在我的感觉里，大江的散文随笔比之小说，和读者更及物——"及物"一词，如今成了文学批评界批评的风向标。

散文随笔的大江，也关注社会、历史的重大变动，但常常是通过讲述自己的人生与文学经历，去迫近时代的大主题。他也常常讲到他的家庭，他的智障儿子光。一些场面和细节会不断地提及，但你不会觉得重复，更无关矫情。每一次的提及，是一次个人经验的梳理。而这样的梳理，是放在不断变动的社会语境和知识脉络上的。

散文随笔的大江，更洞悉，也更明澈；更宽容，也更从容不迫的温和。

记得那时看《康复的家庭》，里头写到因为智障，长到26岁的年纪、精神年龄还是个孩子的长子大江光。光有一天给妈妈由佳里写生日贺卡，他这样写：

一进入今年，过了很长时间，觉得很多非常痛苦的样子。由佳里，再忍一忍就好了。学会许多罗马字，这一天就很愉快。非常痛苦的不是妈妈，只是姥姥。我这就放心了。

这段文字，我呆看了半天，找不到一种恰切的心情，表达我的震惊。一个智障“孩子”的心，奇特地攫住了你。我想父亲的大江，更不用说了吧。

顺便说一句，我看到的《书城》是2005年的最后一期。习惯了每个月的固定时间翻翻它。新年过后，突然意识到很长时间没看《书城》了，回头再翻压在杂志底下的最后一期，噫——这样一本提倡“文字之美”“思想之美”的文化杂志，究竟还是“被暂时”地排挤到了市场之外——2006年起，《书城》“休整半年”。

也在这里引用一段沃伦的诗：

多少年过去，多少地方多少脸都淡漠了，有的/人已谢世，/而我站在远方，夜那么静，我终于肯定/我最怀念的，不是那些终将消逝的东西，而是/鸟鸣时的那种宁静。

秘密领地

其实，我的本意是想说说“坟”。它在我儿时的乡间随处可见。是的，“儿时”——当我们仅仅、只能，借助记忆的通道，走进昔日故乡的童年“乐土”，何尝不是对愈益都市化的当下、乡土世界日渐失落的无奈的叹惋和怅惘！

我们总是，常常是，对死亡有所忌讳，认为“死”是暗沉的，不洁的，甚至是可怖的。其实乡野中的坟，堪称“乡土世界的重要景观”——同样也是乡村孩子嬉戏的乐园。和鲁迅同时代的作家废名，将“坟”视作同山一样的大地的景致。他在小说《桥》以及散文中多次写到“坟”。“坟”是废名酷爱的一个意象。

看看《桥》中的一段文字：

小林又看坟。

谁能平白的砌出这样的花台呢？“死”是人生最好的装饰。不但此也，地面没有坟，我儿时的生活简直要成了一大块

空白，我记得我非常喜欢上到坟头上玩。我没有登过几多的高山，坟对于我确同山一样是大地的景致。（《桥·清明》）

前面到了一个好所在，在他们去路的右旁，草岸展开一坟地，大概是古坟一丘，芊芊绿绿，无墓碑，临水一棵古柳……（《桥·钥匙》）

学者吴晓东在《废名的乡土记忆》一文里说：“这里的‘坟’已超离了乡间一个平常的土丘，而关涉着生死，是人生的装饰与大地的点缀……”想起来，废名的那部以故乡避难生活为背景的长篇小说《莫须有先生坐飞机以后》，其实是以儿童的直觉世界为视角的。废名的文字里有天赋的童心。废名笔下的“坟”，亦有着儿童世界的发现。

废名对乡间寻常景致的欢喜深得我心。此刻，那些曾经是我童年日子里的“秘密领地”——草木葱茏的山冈，山冈上静静散落的土丘，夏天疯长的野草，空气里略带稻草味和牛粪味的甜甜的清凉……山风一样，扑面而来。

那些土丘就在山冈上，我眯起双眼就能感觉到。夏日午后，从昏沉的午睡中醒来。屋子里有些暗。就我一人，父母都上班去了。大我两岁的姐，不知溜去了哪里。我突然感到没有玩伴的惶惑。啊，这样一个漫长的暑假，总是一个人写作业（作业其实已做得差不多），一个人睡午觉（姐总是在我醒来时不知去向），一个人翻书（那些小人书早已被我翻烂）……

我渴望有一个同伴，渴望一起说话，一同玩乐。可是，有一阵子，总是没人和我玩。和我年龄相近的孩子宁愿在姐的“召唤”下，影子一样聚集在某个秘密角落。我无从知道他们在干什么。

我只能去山冈。山冈上永远有令我着迷的东西。春天有茅针。夏天可以采集昆虫标本。到了秋天，山冈上一片烂漫，金黄的野菊，开始染红的树叶……运气好，还可以在菜田里“顺”一个被村民遗忘的香瓜！我一厢情愿地以为，山冈是我的秘密领地。我在心里盘算着，不是最可靠的伙伴，我决不带他们来这里！

我在山冈上疯跑，风在我后面追。跑累了，跌坐在草丛中仰望天空。天空湛蓝。一堆厚厚的乱云像是要飘落下来。我随手揪起一把草，蓝紫色的小花像星星的眼睛。我又揪起一根树枝，啊不，不是树枝！是死人的骨头！

我“腾”地跳起来，手里东西甩得老远，我的第一反应是“撞见鬼了”！我刚才肯定是躺在了坟堆上。噢，我早就听大人们说起，那些隆起的土堆里埋葬着饥饿年代活活饿死的村民，可竟然、竟然从草丛里摸到“遥远年代”的死人的骨头！着实令我毛骨悚然！我加快脚步，向家里飞奔。我愈是想甩掉那个可怖图景，脑海里愈是浮现出一个细脚伶仃、狰狞丑陋的饿死鬼形象。而且，越是跑得急，这个饿死鬼越在脑海里纠缠不去……

晚上我忍不住将这“山冈历险”说给姐听。我的本意是想引起姐的重视，于是难免添油加醋，绘声绘色的表情连我自己都怀疑，我是不是走进了一个死亡的秘密通道？泄气的是，姐听了我的“历险”，哈哈大笑！她显然不相信我捡到“死人的骨头”！

咳，不管怎么说，那是我有生以来，第一次以这样一种无可预知的方式，感受一个人的死，一个生命的消逝。尽管多少有些可怖，但那片山冈，山冈上野菊遍地的坟墓，如此深刻地印在我脑海里。我也如废名笔下的“小林”，“喜欢上到坟头上玩”。及至长大，回望童年的“秘密领地”，亦如长大了的“小林”，觉得坟与坟，土地与土地，不是一个简单的重复。

写这文章时，恰好在看俄裔法国画家夏加尔的《我的生活》和拿破仑时代作家夏多布里昂的《墓中回忆录》——我从他们的文字里获得又一种印证：无论东西方，孩子，总是孩子，和死神最近；大人们避之不及的，总是孩子视之为天堂。这就是一座坟提示给你的，生命的意义。

夏加尔回忆他小时候，随着一群群大人前往墓地扫墓——“坟墓前，青草枯萎；多孔而潮湿的土地把种种痕迹消除殆尽。墓上的土渴饮着泪水，每一个死者都窒息了，第二次死去——真不应该在墓前哭泣。不应该在孩子们的坟墓上俯身痛哭……”

再来看以一生的回忆筑成一座“绝美的坟墓”的夏多布里昂，他在海边出生，也海边长眠。他童年的乐园圣马洛，“近处和远处，散布着一些悬崖、要塞、无人居住的小岛……”夏多布里昂在回忆录里说，“那里将是我的坟墓。”

关于生和死，美国诗人托马斯·林奇（他同时也是一位小镇的殡葬师）在《殡葬人手记》中有一段话：“生，不可能是百分之百的欢乐，不可能了无忧虑；死，也不一定只有恐惧，而丝毫不带祝福和安慰。”

是这样。死未必是生的对立面。生和死，好比一张脸的两副面孔。这也是一座坟提示给你的，生命的秘密。

写着这些字的时候，我其实也在回望（缅怀）我的童年，那些童年的山冈，童年的坟地，如今早已消逝不见。我不知道，中国那么多的乡村，还有多少“芊芊绿绿”“临水一古柳”的坟地？有多少村里的孩子，可以如“小林”们，在墓地边嬉乐？

所有的装饰都会过时，只有“大地的点缀”这种严肃的装饰留下。

最有价值的阅读

苏珊·桑塔格说："最有价值的阅读是重读"。怀着这样一个心愿，新中国成立60周年的喜庆日子，我陆续翻读中少社隆重推出的"美绘版"《共和国儿童文学金奖文库》（1949—2009）。30部作品，摆放成一排，赫然壮观。书脊醒目的中国红，映衬着一长串同样醒目的名字：张天翼、陈伯吹、严文井、金近、包蕾、郭风、任溶溶、鲁兵、任大星、洪汛涛、任大霖、李心田、郑文光、葛翠琳、孙幼军、金波、樊发稼、张秋生、柯岩……

30部经典之作，放在60年间，只是浩瀚书海中的一瞥，累积起来，剖开了看，却是新中国成立60年来儿童文学创作成就与实绩的一个缩影，一条与共和国同成长、共前进的中国当代儿童文学的光荣荆棘路。所以，束沛德在总序中言：入选这套"金奖文库"的作品，都是在一定的时代背景、社会氛围中产生的，是各个历史阶段的代表作。它们都闪耀着鲜明的时代光泽，烙上了清晰的历史印记。

我毫不怀疑这套文库的优秀与阵容，尽管伴随“改革开放30年”“共和国成立60年”，各少儿出版社献礼书系纷呈，多层面、多角度地展示60年来中国儿童文学的创作成就与概貌，但对一个真正的读书人而言，我更在乎阅读本身（这里更多是重读），所持有的心灵的生活。我一个作家朋友说：读书是为了充实自己，其实更重要的是矫正自己。

重读《小溪流的歌》，脑海里翻出1999年的12月，在北京严文井家的一段往事。十年前严老还健在，85岁高龄，思维活跃。我这是第一次，也是唯一一次踏访。我为我供职的报社做采访、取题词。兴冲冲赶到，未及坐定，严老就给了我一个“下马威”，他连珠炮向我发问：

你看过我哪些书？都讲些什么？知道《小溪流的歌》吗？

你在哪儿读的大学？你看过鲁迅、陈寅恪、王国维……的作品吗？

……

接二连三的提问，真有些“考试”的意味。十年后，我已然忘却当时应答的细节，但从此，我把这个名字，连同他的作品、他风雨走过的时代刻进记忆。

有一些作品，如果你明白了它们诞生的年代，在那个年代，儿童文学被诸多条条框框所束缚，也即茅盾先生所尖锐指出的“政治挂了帅，艺术脱了班，故事公式化，人物概念化，文字干巴巴”的新中国成立后前17年，却还能出现如《小溪流的歌》《宝葫芦的秘密》《骆驼寻宝记》《神笔马良》《野葡萄》，还有金近、包蕾、孙幼军的童话，任大星、任大霖的小说，任溶溶、柯岩的儿童诗……你就不得不惊叹前辈作家筚路蓝缕的开拓之功。这些作家和作品，都收进了现在这套“金奖文库”。

而如若以为这些带着“时代印记”的作品，可能已经感动不了今天的孩子，那也是先验主义的错。重读“文库”中的多部作品，我发现（莫如说是印证）一个事实：那些从历史深处走来，经历时间的洗礼，闪耀着鲜明时代光泽、仍被一代代人记取的儿童文学作品，它们的写作者都持有一颗天然的童心；表现在作品里，无论战争年代还是和平时期，都有着感动人心的力量。

借用英国作家伊恩·麦克尤恩的话讲，“最伟大的作家都有儿童般的想象力和简单明了的叙述方式——不管表述多么复杂——这使那些成年天才们同婴幼儿连在一起。反过来说，那些最伟大的所谓的儿童书，一定是既针对成人又面向孩子，是为孩子心中早期的成人以及成人心中被遗忘的孩子写的。”

所以我们在读任大霖的诸多短篇《小兵冬冬》《眼睛》

《失物招领》，读李心田的长篇《闪闪的红星》时，不会觉得有时代的隔膜与障碍；所以冰心在点评金近时由衷写道“在我们这些儿童文学作家里头，金近是一个最接近儿童的人……”；甚至收入本套文库最晚生的陈丹燕的早期小说《女中学生三部曲》，“本来以为这已是过去的故事，但最近又有上海女中学生王一馨之死，竟让人有似曾相识之感，于是更觉得作品的可贵”（刘绪源语）。

所谓最有价值的阅读，就是借助阅读，而持有更多的心灵生活。我们在阅读中发现自己，矫正自己，完善自己，进而拥有新的眼光。这也是我重读《共和国儿童文学金奖文库》获得的“发现”。

在特莱津以后

每个在鲜花和自由中的孩子——不只孩子，还有大人，都应该读读这样的诗、这样的画。

翻完林达的《像自由一样美丽——犹太人集中营遗存的儿童画作》时，我就像多年前那个为揭开汉娜的手提箱之谜而跑去捷克的日本女子，一遍遍在脑海里回旋着这个名字：特莱津，特莱津。

从捷克首都布拉格，往西北方向走60公里，就是特莱津。这里原先是一片风景秀丽的山区。1780年，国王约瑟夫二世为防御北方的敌人，保护布拉格，就在山里以他母亲的名字建立了一个军事要塞，从此人们把它叫作特莱津。

因为它独特的军事城堡结构（非常容易封锁和看守），1941年被纳粹看中，成为囚禁犹太人的集中营。二战期间，曾经有14万犹太人在这里住过，其中包括15000名犹太儿童。汉娜即是其中一个。

15000个在特莱津的孩子，被迫和父母分开，被编了号，拥挤在到处是臭虫、虱子和跳蚤的房间里。饥饿，寒冷，生病，想家……

我们其实不陌生犹太人背井离乡的那段历史；我们也从很多影视和文学作品里目睹了那场疯狂的种族清洗——第二次世界大战期间，有600万犹太人被杀害。所以，几乎所有的幸存者，都有一部自己和家庭的苦难史。

可是我读林达收录在书里、身处集中营的特莱津孩子们的46张画和一首首诗，心里的触动一遍又一遍，我觉得我必须提起笔，让灵魂醒着，走进一个个被突然中断的童年，走进一幅幅被冒着生命危险而保存下来的犹太儿童画，我才不致不能释怀。

这是些多大孩子的画和诗呢？从6岁到15岁，14岁以上就已经要干活儿了。他们在不同的年份出生，却几乎在同一年（1944年）死去。他们在特莱津住两年、三年，也许只有几个月。就像秋风扫过的落叶，15000个孩子，走过特莱津，来了，又消失了。

小诗人哈努什·哈申布尔克的诗《画》里写出了“特莱津的画家们”饿着、冻着，却仍“要把窗户打开”“要挣脱那通向深渊的轨道，/要活着，在黑暗中，仍然创造”的呼号和渴求。

哈努什还有一首诗，叫《我的乡村》：

我在心里装着我的乡村，
那是为我的，就为我自己！
美丽的纤维在编织起来，
它保存了一个永恒的梦。

我亲吻拥抱我的土地，
在它面前，多少岁月流过。
这土地不仅在地球上，
不论在哪里，它也在我们心中。

它在蓝色天空中，在星星里，
只要是有鸟儿生活的地方。
今天我在我的灵魂里看到它，
我的心立刻沉沉地盛满了眼泪。
……

哈努什的“乡村”真就成了一个永恒的梦。1943年12月18日，14岁的哈努什和妈妈一起，从特莱津被遣送到奥斯维辛集中营毒气室。从此，他和妈妈就像从人间蒸发了一样。战后，他的幸存同伴们曾想尽办法寻找他，然而没有任何线索。

哈努什还写过一首在特莱津广为流传的诗：《钟声》。在特莱津，每天清晨，起床的钟声将囚犯们惊醒。这钟声，将孩子们拉回到黑暗和恐怖的现实之中。哈努什的幸存同伴后来说，这《钟声》，是哈努什留给这个世界的最后告别。

很多孩子不约而同画下了他们眼里的特莱津：封闭、压抑，近乎窒息的黑和暗。一个叫巴维尔的11岁男孩画下的特莱津院子，屋顶瞪着一双监视的眼睛。一扇接一扇关着的窗门延伸至院子尽头。一个没有留下名字的小诗人写道："这里没有很多士兵，/只有被击落的鸟儿在报告战争消息。……//屋子更挤了，/气味的身子挨着身子，/有着亮光的阁楼在尖叫着，经久不息。"诗的名字叫《封闭之镇》。

还有一些孩子，画下了另一个"特莱津"：开满鲜花、家一样的特莱津。哈娜和埃丽卡，两个小女孩都把自己的房间画得很美丽，床上的被褥是鲜亮的红，墙上是粉和蓝的线条，桌上呢，都有一瓶花，花儿正散出芬芳，连蜜蜂都绕着它转……小哈娜进特莱津时才6岁半，这幅名为《特莱津的住处》的画是她死去那一年画的。那年，她9岁。埃丽卡进特莱津时7岁，1944年被纳粹杀死在奥斯维辛集中营时，还不到10岁。

现实的特莱津和梦想的特莱津，一样叫人心情沉重。不只沉重，是生命中不能承受之轻！这些画，美得叫人心疼。鸟和蝴蝶，绿树和紫色天空的花园，蜜蜂围绕着花朵的特莱津房间，河里走着大船小船、天上飞着飞机、地下跑着火车、有城市也有乡村的河边风景，金色秋叶轻轻落下的公园……

你能见到美丽画面背后的灵魂吗？那是一个个被囚禁的孩子，画下的再也看不到的世界。也是他们在封闭的世界里留给自己的幻想空间。

那些花儿和蝴蝶，被孩子们画在一张张废旧的表格纸上，得到纸张不容易，有些画，是先涂色再剪贴。可是经艺术的剪裁，画面形象生动。有些画，用的是水粉和水彩，明朗的天空和草地的颜色，你忍不住要多看一眼，惊讶他们天才的绘画能力——其实是发现美、创造美和爱的能力。你忍不住要想：在死亡的威胁下，在“邪恶和害怕”“生长着恐怖”（小诗人语）的扭曲世界里，他们身体受着蹂躏，可是他们的精神如何坚持到了最后一分钟。

这些画，还有这一首首看得到灵魂的诗，都被一个叫弗利德的年轻女艺术家和她的朋友偷偷藏在了阁楼里。没有弗利德等艺术家的坚守和引导，这些特莱津的孩子，很难心灵不走向枯竭。在特莱津，和弗利德一样的艺术家和学者有一大批，他们也一样被囚禁在集中营。但是他们创造各种机会，悄悄地、秘密地给孩子们上课，教画画、排练歌剧、举办音乐会。他们要让孩子们懂得：身体被囚禁的时候，精神还是健康和自由的。

当年幸存的孩子们，回忆起弗利德、艾辛格、爱德斯坦、汉斯·克拉萨……都心存感激。他们长久地怀念着，永远记得这些去了天堂的艺术家们的美丽心灵。

林达书里的画还只是很小一部分，今天，在布拉格犹太人博物馆，有将近4500张弗利德的学生在特莱津创作的绘画作品被永远收藏和展出。人们称其为“人类文化皇冠上的钻石”。

很多人都记着这句名言：“在奥斯维辛以后，写诗是残酷的。那么，肯定的，在特莱津以后，绘画像自由一样美丽——这是囚禁在特莱津集中营的孩子们，以生命换来的遗产。”

银娜的旅行箱

又一个和旅行箱有关的故事。

战争，逃亡，童年记忆，旅行箱——这是我们读二战小说时，脑海里翻出的第一关键词。旅行箱，对今天的孩子来说意味着什么？出门旅行、快乐和假期。旅行结束，重归各自温暖的家。

可是在战乱年代，一只旅行箱能装得进什么呢？被迫离开故土的漫漫乡愁？随时准备着，一拉警报就拎了走的逃生物品？那么感情呢？被迫分离的痛苦呢？

7岁中国女孩银娜的故事从一只旅行箱开始。银娜出生在上海，父亲在外滩一家洋行工作，母亲生下她后去世。但是银娜的童年仍称得上快乐。父亲的工作让她衣食无忧，保姆刘妈更是悉心照料。7岁之前，她上教会的修女学校学前班。父亲给她起了个德文名字：伊娜。银娜就是伊娜。

战争改变了一切。1937年，日军逼近上海。这年7月，北京近郊发生卢沟桥事变，中日战争打响。为女儿的安全，父亲安排银娜前往青岛同一家教会办的儿童院。儿童院的嬷嬷有一天想给银娜一个惊喜，将一首德国歌改了下词：“小小伊娜独闯天下……”，当大家围成一圈唱歌时，银娜却大哭起来。她不愿闯天下，更不愿独闯天下。

然而，却一语成谶。为躲避战争，7岁女孩银娜从此有家不能回，她一路西行，越漂越远，辗转去往德国、瑞士……再也没能回到故乡上海。随她四海漂泊的，就是一只小小旅行箱。

我们在《安妮日记》、在《汉娜的手提箱》、在成千上万个犹太孩子被送往奥斯维辛集中营的路上，也看到了这样一只旅行箱。这旅行箱，是他们所能够拥有的、唯一和家有牵连的物件。很多的箱子，随它的主人一起消失不见了。还有一些箱子，被幸运地发现，比如那只10岁女孩汉娜遗留在火车站台上的褐色手提箱。这只手提箱，成了一件珍贵的文物，半个多世纪来，为这场战争浩劫做着历史见证。

现在，银娜拎着箱子来到德国小城勃兰登堡。孀居的冯·施泰尼茨太太成了她在异国的“刘妈”。朝夕相处中，一老一小两个人产生了相依为命的友情和亲情。银娜很快学会了德语，她还拥有了两个同龄朋友：英格和洛特。

然而，这是1937年的德国。中国不平静，德国也不太平。两年后，第二次世界大战爆发。银娜在小城勃兰登堡的日子，很重要的一项是随时准备着收拾行李。冯·施泰尼茨太太有一天告诉她："伊娜，从现在开始，我们每个人都要准备好一口行李箱，装好最重要的物品。一拉警报，我们就得拎着箱子去地下室。箱子不能太重，必须本人拎得动。"

这是1941年，战争早就打响，德国街头到处都是纳粹的冲锋队员。希特勒一上台就先清洗教育，"强者必须统治弱者，不能与弱者混杂……"，数百万无辜的犹太人因此被残杀，更多的犹太人无家可归。有犹太血统的英格一家流亡上海。离别前夜，银娜去看英格。这世界真荒谬啊，为躲避战争，她不远万里逃往德国，如今她的好友英格也因为战争，要流落到自己的故乡！银娜不明白：为什么总是有人被迫离开故土？

面对英格的命运，银娜和另一个好友洛特产生了分歧。洛特是少女团队长，她很为自己的身份自豪。德国的孩子，6岁开始就被要求加入"少先队""希特勒青年团"等纳粹儿童和青少年组织，那些阻挡他们加入的家长要被判刑，甚至国家有权夺走他们的孩子。对英格的离开，洛特不以为然，"犹太人是德国人的敌人。"一句从少女团听来的话引发了两个女孩的争吵。

战争仍在持续，银娜每天过着躲警报的日子。她开始痛恨收拾行李。"看见行李箱，她感觉到的不是度假的欢欣，而是被迫分离的痛苦。"可是她最终还是要走，德国已经一片硝烟，大量难民涌到勃兰登堡，物资严重匮乏，小城也不再安全。

又一次经受离别，曾经因分歧而争吵的洛特来和她道别。洛特送银娜一直喜欢的一个“抱猴”背包。两个女孩拥抱在一起。银娜走上未卜的前路，跟随她的还是一只小小旅行箱。

当年在二战中幸存的一个德国娃娃兵如此回忆：“希特勒死了，我们还为谁作战？我看见柏林已经是一片火海和废墟，无论战争性质如何，它本不该是孩子们的事……”这句话，也可以替现在这部由德国作家洪素珊（Susanne Hornfeck）创作的长篇小说《银娜》做一个注脚。

张洁的书

我常常发愿——在我的视野捋过一本本好书的时候，我发愿说要看遍喜欢的书！可终归是看不过来。愈看书，愈有太多的书要看。如此这般，一些好友的书给搁置了。这个阳光满满的休息日，终于有时间翻开搁了一个夏天的三卷本“张洁美文”《美丽的约定》《心的家园》和《最亮的一盏灯》（明天出版社2010年版）——差一点，我被这“美文”两字给误导，以为是性灵、絮语式的抒情散文，这样的散文，如今更多以心灵鸡汤式的励志面目见诸文摘类报刊，看多了不免起腻。

没想到，这三本“以爱与美的名义”（封底宣传词）出现的温暖小书，看得我心生激荡！在你以为你在朝前走的时候，总是静静地、沉默多于言说的张洁早就走得更远了。这是另一种远，离大地和星空更近的远。书里的文字，清澈、安宁、淡定，然而又是生活和日常的，处处是作者踏实地生活的影子。

三本书，收入七篇长散文，每本风格多有不同。《美丽的约定》里的《气球》和《一只碗》，更似于两个长长的童话故事，作者以旁观者的冷静语调，讲述了两个一样美丽的“约定”。《心的家园》和《最亮的一盏灯》两书，或回忆儿时，或状写当下，无论是自己的故事，还是他人的故事，都叫人心生柔软又深思绵密。

有一天，小女孩波波拥有了一只妈妈超市里买来的碗。这只碗，从遇见波波起就没离开过这个女孩。它看着她长大，跟她去一个个地方旅行，相识喜欢的人，又生死别离，开始新的生活，去儿童福利院给孩子们上课……直至一年年老去，女孩成为了瘪嘴老太，碗“静静地看着一切”；碗在心里说“因为被深爱，我不再是原先那只普通的碗”；碗和波波约定“给生活增添快乐”！（《美丽的约定·一只碗》）

另一个小女孩欣欣，一个人坐六小时的火车去见心爱的外公。外公病了，爸爸要出差，妈妈要考试，欣欣渴盼已久独自去远行的愿望终于可以实现。她的心飞奔起来，恨不能“拎着火车”呼一下蹿到终点站！然而外公没能等到欣欣。考完试赶来的妈妈要和姨妈、舅舅料理后事，欣欣还是一个人回去。她踏上了回程的路。“除了这段路程，欣欣也要踏上其他旅途。每个人都不停地走在路上，都会走很多路，从这个角落到那个地方。人就是在世界上不停地流动的。用脚，也用心灵。”（《心的家园·旅途》）

《最亮的一盏灯·飞翔》直接是作者的视角，写“我”从机场候机室到登机、飞机上，又重回地面的“探视周围的一切”的细微感受。文字里触动灵魂的丰富的感知，看得我心思浩渺！我很汗颜我的一次次匆促的飞行，是如何丢失了感知生活本身的能力和凝视内心的耐心的。同样是机场大厅里来来往往的脚步声、扩音器悬浮在空中的音乐声……许多细碎的声音，我们都视而不见，充耳不闻。张洁却觉得这零乱声响的爽利和清脆，“犹如田野深处传出了布谷鸟的叫声，悦耳，也令人欣喜”。她甚至听出了不同的脚踢突、踢突的踩踏声，然后用意念“涂抹出一双又一双鞋子”。

这些故事（生活）小吗？很小。习惯了宏大叙事和虚高的豪情的人们，怕是不屑、也看不到这些小的。如果你以为这是一个安静的人写出的安静文字，那又泛泛了。我从这些文字里看到了一份踏实生活的信念，清洁的内心，欣赏和包纳，沉默和责任以及对相识者、陌生者的一份尊重。在这个市声攘攘的都市，张洁知道自己需要什么，放弃什么。“哪怕面对灰飞烟灭，我也必须告诉自己想要什么。生命中的每一丁点变化都可以是林中的水滴，我只想安然地迎视，听着和记取它们的声音。”

读着这样的话，我深深知道：她的安宁和信念来自哪里。倘若生活中有虚妄、伪饰和欺骗，那么这些，肯定都不属于她。

六朵金蔷薇

徐鲁寄来六册新书，冠以“金蔷薇·徐鲁美文系列”。每一册都清新雅静。每一册都书香扑面。每一册都厚实到刚好盈手一握，或稳当地立于案头。如此铺排在桌上，真真光彩而夺目！对写作者来说，大抵，这就是他的幸福时刻吧？它足可抵消经年长夜的艰辛付出。

我对徐鲁的文字不陌生。也蒙他信赖，经手编发过不少他的美文，然而收到这六册给孩子看的散文集，还是吓了一跳：他哪来的神力写下这么多！而这，仅仅是他写作生涯的小部分，他同时还写诗、写小说和评论。

六册书，一册一个主题，分童年、自然、艺术、励志、书香和行旅，近三百篇、七十余万字。这些文字，当它分散在某本刊物或某张报纸的副刊时，你察觉不到什么。我也曾零星读过一些篇章，对他文字里漫溢的书卷气、向着明亮那方的纯净和辽阔、孜孜于美的探求和发现，不骄矜、不卖弄、娓娓而谈的亲切，深有认同。但是当这些文字集卷成册立于案头时，我还是感到了震惊。

写作者都有这样一个体会：散文写作，有感而发、随性而来容易，当下多的是这般主题杂糅的随笔集。当然这样的书，写好了也不易。可究竟讨了一个便宜，不必长时间深入某一领域，浸淫其中，开山辟路，孜孜以求。主题性的写作，没有时间的累积出不来。余秋雨在《中国文脉》一书里有个观点："研究文化和文学，先做加法，后做减法。减法更为重要，也更为艰难。"

徐鲁的这六卷主题书，用的即是先加法，后减法的功夫。比如艺术篇《画布上的泪滴》，徐鲁在这本书中写到了梅纽因、爱德华·格利格、巴赫、贝多芬、肖邦、舒伯特、舒曼、彼特·古特等音乐大师们的音乐人生；写到了米勒、凡·高、德加、高更、塞尚、席里柯、艾伊瓦佐夫斯基、柯罗、米开朗琪罗、莫奈、嘉贝丽·文生等画家们的艺术人生；写到了索菲亚·罗兰、秀兰·邓波儿、迈克尔·杰克逊等演艺家们的追梦人生。每一个名字都金光闪耀，每一个名字都堪称一本大书。徐鲁显然熟稔他们的人生，他被他们的音乐激荡过，被他们笔下的美叩问过，他因之而写下这样的话："因为心中充满了音乐，所以他们对于世界上一切美好的东西充满了人道和良知。音乐使他们变得更加伟大、善良、欢乐、勇敢和坚定……"他忍不住以诗人的本真咏叹："啊，艺术！不朽的艺术，一切都会匆匆消逝，唯有你能够长存。你是内在的海洋。你是深邃的灵魂。你，不仅仅是苦难的约翰·克利斯朵夫的生命的灵泉，你也是一切善良、孤独和智慧的心灵的金窖和避风港。”

这两段话，大抵可窥见徐鲁对艺术的至真情怀。说到底，这是一种品质，为文做人的品质。甚而还是一种信仰，对一切美好东西的深信和珍重。要知道，这是献给孩子们的文字。它理应如此，理当如此。可是我们常常却做不到。我们总是顾此失彼。不是下笔太过匆忙，潦草为文，就是光顾自己一吐为快而忘了读者的感受。

给孩子写作，写给孩子的文字，需要很强的化繁为简的能力，它让一个深刻的故事呈现出最本质也最纯粹的面貌。不是每个人都能够拥有这样一种能力。徐鲁内心的良善与宽阔，似乎和孩子与生俱来的天真、明净、达观有着天然的呼应与共鸣。他的这六卷散文书，是献给孩子最合宜的礼物。成长中的他们，需要有这样一个智者，娓娓而谈地告诉他们：“世界上没有比读书更美好、更幸福的事情了，世界上也没有比拥有一个书香馥郁的童年更美好、更幸福的童年。”（《书虫的春天和秋天》）告诉他们：要时不时地从作业堆里，从电脑、游戏、补习班里走出来，“多去亲亲大自然，多去认识几种花草和昆虫，能准确地叫出更多一些小鸟、小甲虫和绿色植物的名字。不然是多么可惜！”（《大雁飞到哪里去了》）还要告诉他们：行走和阅读，从来就密不可分。你可以“背起小小的生命的行囊，向着命运已经把你指引和运载的地方，去漫游，去跋涉，去浪迹天涯……”（《土地街的下午》）

徐鲁自称“写作三十年、出书近百种”，那么这六卷散文书对他意味着什么呢？他用俄罗斯散文家巴乌斯托夫斯基“金蔷薇”的故事作喻，作家的写作好比巴黎的那位老清洁工，每天深夜用一个小小筛子，把从首饰作坊收集来的尘土归拢，筛出金屑粉末……“优秀的作家，会用几十年或者一生的时间来寻觅它们，筛洗它们，然后熔成金锭，锻造成美丽的‘金蔷薇’来献给他的读者。”

现在，这六朵金蔷薇呈到了读者面前。每一朵都沉甸甸，每一朵都光彩熠熠。这也是做一个读者最幸福的时刻。

图书在版编目（CIP）数据

时间纷至沓来 / 陆梅著．—北京：民主与建设出版社，2017.7

（名家散文自选集）

ISBN 978-7-5139-0606-7

Ⅰ．①时… Ⅱ．①陆… Ⅲ．①散文集—中国—当代
Ⅳ．①I267

中国版本图书馆 CIP 数据核字（2017）第 193448 号

时间纷至沓来

SHIJIAN FENZHI TALAI

出 版 人　许久文
总 策 划　李继勇
责任编辑　刘　芳
封面设计　宋双成
出版发行　民主与建设出版社有限责任公司
电　　话　（010）59417747　59419778
社　　址　北京市海淀区西三环中路 10 号望海楼 E 座 7 层
邮　　编　100142
印　　刷　三河市腾飞印务有限公司
版　　次　2017 年 10 月第 1 版　2017 年 10 月第 1 次印刷
开　　本　787mm × 960mm　1/16
印　　张　23 印张
字　　数　210 千字
书　　号　ISBN 978-7-5139-0606-7
定　　价　39.80 元

注：如有印、装质量问题，请与出版社联系。